私のための誘拐計画

西奏楽悠
NISHIZORA Yu

文芸社文庫 NEO

目次

一章

(一)

妹の光莉《ひかり》が、華奢な体を預けるようにして扉を開いたのがわかった。

日向《ひなた》は卓上の置き時計に目を向けた。どうやら作業に没頭しすぎるあまり、昼食の時間をずいぶんと過ぎていたようだ。

「お兄ちゃん、ごめんね。ちょっとお腹空いちゃって」

「悪い、もうこんな時間か。顔洗ってくるから、待っててな」

頷く光莉の頭を優しく撫で、日向は洗面所へ向かった。夏休みに入った今、この時間でも脱衣所の小窓からは西日が差し込んでいる。鮮やかな朱色をカメラに収めたい衝動に駆られながらも、これ以上光莉を待たせるわけにはいかず、掌で掬った冷水を顔面に叩きつける。疲れから狭窄していた視界が一気に開けた気がした。

「インスタント麺しかないと思うけど、今日は勘弁してくれな」

「ううん。ちょうど食べたいと思ってたから、嬉しい！」

食卓椅子に腰かけた光莉が相好を崩したのが、溌剌とした声音からも想像できた。

「お兄ちゃんのご飯ならなんでも美味しいから、私ね、いくらでも待てるの！」

光莉は今年、十三になる。家庭料理よりも即席のものを好みだす歳頃だ。自分もかつてはそうだったと、自然に頬が緩んだ。四つしか歳は違わないものの、自分と同じ、普通の道の上を光莉が歩んでいることが嬉しかった。

「そんなこと言っても、豪勢になんかならないからな」

わかってるよー、と笑う光莉の声を聞きながら台所の戸棚を覗く。しかし、以前買い置きしていたはずの即席食品は一つも見当たらなかった。

どうやら父が夜食にでも食べてしまったようだ。一度食卓へ視線を向けると、光莉はすっかりその気分なのか、手に持った箸で愉しそうに麺を掬う素振りを見せていた。揃った前髪、腰にかかるほど伸びた黒髪が左右に揺れ、朗らかな表情に似つかわしい仕草に、今さらありませんでしたとはどうにも伝えづらい。

悩んだ挙句、父に内緒で夜食用に購入していたカップ麺を二つ、机の抽斗《ひきだし》から取り出してきた。湯を注いで数分、できあがった中身を椀に移し替え、食卓へと運ぶ。

待ってましたと言わんばかりに光莉は両手を合わせ、イメージしていたとおりに麺を掬うと、口に運んだ。日向はそんな妹の姿を正面からじっと見つめる。ふと、光莉のこめかみ辺りがぴくりと動いた。どうやら、ごまかすことはできなかったようだ。

「光莉、ごめんな。実はそれさ……」

「これ、美味しい！　お兄ちゃん、忙しいのに、いつもありがとね」

「……おう。美味しいならよかった。たくさん食べろよ？　お前痩せてるんだから」

「私、痩せてるのかな？」

「昔の俺よりもな。俺も昔はもっともっと食べろって、父さんによく言われたんだ」

月嶋《つきしま》家では、数年前に光莉が起こしたとある出来事をきっかけに、カップ麺を子供たちだけで食すことが禁止された。それでも日向だけはこれまでも父の目を盗んでカップ麺を食してきたのだが、この様子だと光莉は兄の隠し事を知っていたのだろう。これまで何度か食してきたインスタント麺と味が異なることに気づいていながらも、指摘せず、黙認してくれている。

「優しいよな、光莉は」

「そんなことないよ？」

恍ける表情があまりにも自然で、日向はテーブルに身を乗り出し、艶のある黒髪をくしゃくしゃと撫でてやった。驚きつつも、光莉は頬を染めて麺を啜っている。

「美味いか？」

「うん！　あのね、このラーメンすごいの。ほら、きらきら輝いてる。金粉が入ってるんだよね。だからいつもより美味しいのかな？」

光莉は昔から人の心の機微を読むのに長けていた。常に相手の気持ちを汲み取り、言葉を選んで口にしてくれる。誰も傷つけないように、傷つかないように。安値で購入したカップ麺に、まさか金粉など入っているわけがないのだ。

「食べ終わったら、椀はテーブルに置いたままでいいからな」

「それくらい自分でできるもん。お兄ちゃん、そういうの過保護っていうんだよ？」

「今さら俺に遠慮したって仕方ないだろ。俺とお前は兄妹なんだからさ」

「そうだけど、お兄ちゃん忙しいから、私も何か手伝いたいよ」

「そうだな。もし手伝いがしたいなら、今度またカメラを扱う時、頼むな」

「……うん！」

綺麗に平らげた容器を流し台へ運び、光莉にもう一声かけてから部屋へ戻った。中途半端だった作業を再開しようとして、ふと聞こえた物音に、日向の手が止まった。

廊下へ続く扉が開けられ、フローリングを裸足でゆっくりと進む足音が聞こえてくる。隣の部屋の扉が開かれて、閉じられる。

何もかもが普通で、それらはすべてただの生活音にすぎなかった。どの家庭にも存在する日常。そして光莉はどこにでもいるような、普通の女の子。

兄を慕う、よくできた普通の子。

「……普通なんだよ、光莉は」

光莉はこの十年間、一度も自宅から外へ出たことがないだけの、普通の子だ。

（二）

日向たちが暮らす池神村は、県北部に位置する小さな村だ。

一歩自宅から外へ出ると、辺り一面はこの季節、鮮やかな翠色《みどり》をした田畑に囲まれている。物心ついた頃から当たり前だった光景に日頃から辟易としているものの、数年後に自分がこの地を離れ、何かの拍子にふと思い出した時、郷愁に駆られることもあるのだろうかと、日向は真っ青な空の下で漠然と想像を膨らませた。

「暑いな、今日も」

前髪同様長めの襟足から首筋に沿うように滴る汗を拭うことも忘れ、日向は愛用の8ミリカメラを構える。

高校二年生の今となってはすっかり手に馴染んだ独特のフォルムは、戦隊ヒーローが扱うレーザー銃に見えなくもない。まだ幼かった頃、玩具と勘違いして手に取っては、父の明臣《あきおみ》によく叱られていたものだ。

デジタル化が進み、スマートフォンで誰もが簡単に高画質の映像を撮影可能な今の時代、アナログフィルムは時代遅れだと思われがちだが、日向はむしろ好んでこのカメラを使っている。明臣が日向の中学入学時に祝いとしてプレゼントしてくれた時から、日向にとってこの8ミリカメラは私物の中でもっとも大切な物になった。今でも肌身離さず持ち歩き、隣町の八子路町にある写真屋で現像したフィルムをデジタルコンバーターでパソコン内に取り込んでは、映像編集に明け暮れる毎日である。

「このくらいの角度が、一番いいんだよな」

遠方に広がる山の稜線を捉えた時、古い記憶がふいに蘇った。初めてその映像を見た時の衝撃は、今でも日向の胸にひだまりのような温かさとともに残っている。

誰かがカメラを構えて、その先に広がる景色を撮影していた。撮影技術など皆無な陳腐な映像だったと思う。ふいにピントが合ったかと思えばすぐに外される。古い8ミリカメラには録音機能が備わっていないものがほとんどのため、撮影者が何に反応して右往左往しているのかはわからない。しかし、それでもその映像の中には、撮影者が見たリアルな世界が広がっていた。

人が本来瞳を通して見ている世界が、その映像の中には記録されていた。

明臣曰く、それは個人がドキュメンタリー風に撮影した映像なのだそうだ。撮影者の視点から見える世界がリアルに切り取られた映像。ほとんどが複数の第三者視点で描かれる映画やドラマとは違う、たった一人の視点からだけ伝わる情報。誰のためでもない、その人だけの世界。当たり前に広がる、しかし、どこか既視感のある景色。

その映像がきっかけとなったかは定かではないが、こうして来る日も来る日もカメラを構え続けられたのは、当時感じた熱が今でもしっかりと燃え盛っている証だ。

日向はカメラを構えていた腕を下げ、自宅へ戻った。幸せそうに居間で眠っている光莉の体にタオルケットをかけてから部屋へ戻る。以前現像した映像をパソコンに取り込み、編集画面を開いたところで、ゆっくりと意識が途絶えた。


目を覚ますと窓の外には夜の帳が下りていた。慌てて上半身を起こした時、背中辺りに違和感を覚えてとっさに手を伸ばした。指先で掴んだのは、普段は脱衣所にあるはずの大きなバスタオルだった。

眠りから覚めたばかりの脳では上手く処理できずにいると、居間にあるテレビから廊下に音が洩れていることに気がついた。廊下に出るとすぐに隣の部屋の扉も開き、上下が揃っていないパジャマを着た光莉が姿を見せる。

「居間にいるの、光莉じゃなかったのか。夕飯は？」

「お父さんが買ってきてくれたよ。お兄ちゃん眠ってるみたいだったから、起こすのは悪いかなって思って」

「起こしてよかったのに。あと光莉、夏でもうたた寝してたら風邪引くからな」

「けどそれは、お兄ちゃんもだよ？」

「ああ、それもそうか。お互い気をつけような」

「うん。あのね、お兄ちゃん」

光莉は一度言葉を切り、扉に手をかけたまま笑う。

「風邪引かないようにしてくれて、ありがとね」

光莉が部屋に戻るのを見届けて、日向は廊下を進んだ。夕刻、日向がタオルケットをかけてやった代わりに光莉がバスタオルをかけている姿を想像して思わず頬が緩む。日向も光莉のおかげで風邪を引かなかったのだから、それで十分だ。

緩んだ頬のまま居間へ移ると、作業着姿のままロックグラスを傾けていた明臣が日向に気づき、河岸を変えようと気怠そうに立ち上がった。

「待って、父さん。話があるんだけど……」

椅子から腰を浮かせたままの明臣は動きを止め、日向が向かいの席に座ったのを機に、自分も再び腰を下ろした。

「引っ越しの件、どうなった？」

明臣は日向とは視線を合わせず、舐めるようにウイスキーを口に運んだ。

「まだわからない。でもな、おそらく引っ越すことになると思う」

「そっか。まあ、仕方ないのかな」

明臣はそこまで酔ってはいないらしい。ボトルの中身は二割を下回っているが、それは先日目にした際も同じだった。

池神村のすぐ近くに高速道路が建設されることが決まったのは何年も前のことだ。立ち退きを強要されたわけではないが、今年に入り工事が本格的に始まると、騒音問題や業者の出入りなどで一部の村民は苦痛を強いられ、すでにいくつもの世帯は池神村から八子路町へと住まいを移している。

実際、最寄り駅まで徒歩一時間弱もかかるこの村に住む人々にとっては、いいきっかけだったのかもしれない。高齢者が多いこの村の人々にとって、高齢者向け施設が充実した隣町へ移るべきなのは誰の目にも明らかだった。

「あのさ……父さんがもし引っ越したくないなら、俺はこの村に残ってもいいよ。ただ、住所さえきちんとあれば、俺はそれでいい」

「……住所？　お前はなんの話をしているんだ」

できるだけ早く伝えようとは思っていたが、ここ最近は特に明臣の帰宅が遅くなる日が続き、面と向かって話す機会を作れなかった。日向はポケットからスマートフォンを取り出すと、事前に開いていたページを明臣に見せた。

「俺、これに申し込みたいんだ。前にも言っただろ」

日向が見せたのは、『全国特殊映像コンクール』と銘打ったコンクールのホームページだった。

　その名のとおり、各々が撮影した映像に自らの手で特殊効果などの編集を加え、一本の短編作品として成立させたものを審査対象としたコンクール。設立は今年で、知名度はまだほとんどないに等しい。仮に最優秀賞を受賞したとしても、賞金は十万円程度のもの。しかし、だからこそ自分にもチャンスがあるのだと日向は考えていた。

「……お前はまだそんなことを言っているのか。無理だと言っただろう」

　明臣には以前もコンクールの存在を仄めかしてはいたが、その際も明臣は息子が応募することを厭わしく感じているのか、ぞんざいな口調でやめるよう釘を刺された。

「どうしてだめなんだよ。俺は勝手に応募することだってできるんだ。ただ、父さんからもらったカメラで撮った映像を元に作る作品だから、報告くらいはしておこうと思って、こうして話をしてるんだ。それを頭ごなしに無理だなんて言われても、納得できるわけないだろ」

　日向が語気を強めても明臣は表情一つ変えず、琥珀色の液体を呷《あお》った。

「それに、もしもだけど……もし俺が受賞したりしたら、その後の手続きに必要な書類とかが家に送られてくるみたいなんだ。返送が遅れたりしないように、住所がないと困るんだよ。引っ越すなら引っ越すで早めに決めてもらわないと、応募フォームに早く住所を入力しないといけないから、だから――」

酒臭いにおいを孕んだ息を吐きながら、明臣が口を開く。

「お前には無理だ、やめておけ」

「父さん！」

日向は明臣の手からグラスを奪った。角ばった氷が身を打ちつけ合い、この場に似つかわしくない爽快な音を響かせる。テレビから洩れる芸人の笑い声がだんだんと小さくなり、自身の心音だけがやけに大きく耳朶《じだ》を打った。

「……お前には、そんな才能はない。いいか、俺を見ろ。こんな体たらくで、ただの工場勤務の男の息子が芸術の才能なんて持っているわけがないだろう。お前にやったあのカメラだってな、もともとは知人から譲り受けたものだ。お前が欲しがっていたから与えたが、こんなことになるのなら……渡さないほうがよかったのかもな」

「その話は何回も聞いたよ。父さんには扱えない代物だから俺にくれたんだろ？　だから、親子揃って宝の持ち腐れにしないためにも、俺がこうして使ってるんじゃないか。それに……才能があるかどうかなんて、やってみなきゃわからないだろ」

「何度でも言う、やめておけ。うちには金銭的な余裕もない。仮にだがお前が日の目を見て、その後頻繁に東京にでも行くようになってみろ。交通費はどこから捻出するんだ？　賞金からか？　バイトでもするのか？　その分、作品を作る時間は削られて本末転倒だ。こんな賞金しかもらえないちっぽけな賞に価値なんてない」

軽く目を通しただけでも賞金の項目だけは見逃さない。才能の有無を指摘されたことよりも、そういった父にひどく幻滅した。

しかし、少し前までの明臣はまるで別人だった。日向に悪態をつくこともなく、どこにでもいる、思春期の息子とその父親だったはずだ。明臣が今のような態度を取るようになったのは、先月上旬に明臣の父、日向の祖父にあたる月嶋英寿《ひでとし》がこの世を去ったことが少なからず影響しているのだろう。

自殺だったそうだと、家族葬で明臣は日向に告げた。

英寿は優しい人だった。日向に対しても優しすぎるくらいだった。父子家庭の日向がまだ小学生だった頃、学校帰りに英寿の家に寄り、冬場は炬燵《こたつ》に足を忍ばせて煎餅や果物をごちそうになった。中学に入った頃からはカメラに夢中になり寄りつかなくなっていったが、優しくて温厚そうな英寿の表情は今でも鮮明に覚えている。

英寿が自殺した理由までは訊ねていない。もともと少なかった父との会話はその日を境にさらに減っていき、そんな中、英寿のことで消沈している父にコンクールの件を何度か伝えようとした自分という存在が少しだけ厭わしく思えてくる。

しかし今はどうしても明臣の了承を得なければならなかった。自分が長い時間をかけて制作してきた作品のためにも。

そして何より、光莉のためにも。

「父さんになんて言われようと、俺は申し込むからな」

「……勝手にしろ。俺は今、とてつもなく気分が悪いんだ。一人にしてくれないか」

勝手にしろということは申し込んでもかまわないということだろう。住所の問題もひとまずはこの家のものを記入しておけば、転居先の住所に即日転送してもらえるかもしれない。そもそもそんなことを考えるのは、自分の作品が受賞したあとだ。

「……呑みすぎるなよ。父さん、明日も仕事だろ」

明臣同様日向も気分はよくなかったが、労いの言葉だけはかけておくことにした。感謝の気持ちはある。誕生日をまともに祝われた記憶はない。寂しいと思ったことも一度や二度ではなかった。しかし、男手一つで二人の子供を育てていくことがどれほどの労力を伴うことなのか、それが理解できないほど日向は馬鹿ではない。

日向は明臣に背を向けて、居間の扉に手をかけた。

「――光莉の、ことだけどな」

明臣の声に反応し、日向は振り返る。

「光莉のこと？」

「さっき様子を見に行ったら、あいつ、テレビを点けてそっちを見ていたんだ」

いきなりなんの話を、と日向は思った。

「それが、どうかした？」

「どうしたって、お前なあ……」

またとない機会かもしれない。父親である明臣が光莉の現状をどう考えているのか、日向は以前から気になっていた。喧嘩腰に言い合った直後だ。家族の問題は家族で解決しておくべきだろう。

「もし引っ越すことになったらさ……光莉を、八子路町の中学に通わせるっていうのは……無理なのかな。今からでも、俺は遅くないと思うんだ」

光莉の歳だとほかの地域に住む子供は中学生になっているはずだ。本当に引っ越すことになれば住民票も新しくなるだろう。その際にでも、光莉の存在は外に知れ渡ることになる。ならばこの機会に、光莉が自らの足で外の世界に一歩を踏み出す手助けをしてやるべきではないか。日向は光莉の兄として、そんな想いに駆られ始めていた。

「……考えておく」

明臣が立ち上がり、書斎の扉に手をかけた。

「考えておくって……いつもそうじゃないか。父さんは本当にわかってるのか？　光莉は十年近くの間、この家から一歩も外に出てないんだぞ？　たしかに父さんの気持ちは俺も少しはわかるけど、やっぱり……こんなのおかしいよ。大丈夫だろ、光莉は。光莉は外でもやっていけるよ。心配なのは俺も同じだけど、けど、けどさ」

「とりあえず、今は少し一人にしてくれ。夕飯は一応、買ってきたから」

「……なんだよそれ。いいよ、部屋で別のもの食べるから。俺がカップ麺買い込んでること、どうせ父さんも知ってるんだろ。光莉のことも俺のことも、見て見ぬふりしてるんだろっ！」

怒鳴り声を上げても懊悩《おうのう》する素振りも見せない父に日向は呆れ、乱暴に扉を閉めて廊下へ出た。平屋の廊下は長い。廊下を進めば、五畳の洋室が二部屋。もともと一室だった部屋に手を加え、今は兄と妹の部屋に分けられている。部屋を分けるためにかかった資金はすべて、祖父が出してくれたそうだ。

うたた寝をしてしまう前の作業に戻った。集中できないと決め込んでいたが、指は軽快に動いた。三分弱の映像を細かくカットし、繋ぎ合わせる。そのままカットして繋ぎ合わされた映像の上に、特殊効果やＣＧ加工を施していく。

例えばそれは、道端の水溜りが突如として輝きだし、大量の魚が飛び出してくるものであったり、一本の向日葵が瞬く間に増殖する子供騙しのようなものばかりだったが、日向にはそれで十分だった。

きっと、自分が日頃何気なく目にしている光景は、別の誰かの瞳にはこんなにも輝いて映っている可能性がある。そういったものを形にして表現できれば、伝わるものがある。何せ自分は幼い頃、目の前に広がる光景が映されただけの映像を見て、あんなにも美しいと感じたのだから。誰かにとっての特別な景色を作れさえすればいい。

そしてその誰かは、きっと日向の作品を気に入ってくれる。

より細かい部分の編集に取りかかろうとした時、扉が軽くノックされた。

遠慮気味なノックだったことで最初は光莉だろうと思ったが、どうやら違うらしい。

「何？」と先を促すと、青褪めた表情をした明臣が扉を開いた。

「……仕事のトラブルで少し出かける。明日の夜には帰ってくる」

「こんな時間から？　何があったんだよ」

「すまない。金は少しだが置いておくから。……光莉のこと、頼んだぞ」

「ちょ、ちょっと、父さん！」

明臣は日向から逃げるように玄関へ向かい、そのまま家を出て行った。追いかけようとも思ったが、その背中はここ一ヶ月の内に何度も見た折れ曲がったものではなく、しっかりと伸びたものだった。今の懸念はすべて杞憂に終わるのだろうと感じ、戸締りをすませてから部屋に戻ろうとすると、いつの間にか廊下には光莉が立っていた。

「お父さん、出かけたの？」

「ちょっと仕事でトラブルだってさ。今はほら、繁忙期なんだろ」

「……本当に？」

声音だけでも、光莉が何を気にかけているのかがわかる。

「大丈夫だ。別に、喧嘩したわけじゃないよ」

光莉の部屋にも自分の怒声は届いてしまっていたのだろう。光莉が不安そうに指を伸ばし、腕を掴んでくる。指先はまだほんのりと温かい。

「風呂入ってたのか？　まだ髪も濡れてる」

兄と父が話しているのに気づき、ドライヤーを使うことを遠慮した妹。けれどその心はまだ子供のものだ。募った不安だけは、声には出さずとも隠せていない。

「髪、まだ濡れてる？」

「ああ。ほら、こっち来い」

水気を含んだ髪をドライヤーで乾かしてやっている間、光莉は嬉しそうに頬を緩めていた。本来なら中学生最初の夏休みを迎えている妹。小学校にも通わず、ずっとこの安普請な平屋の中で、日向のあとを追いかけてくる妹。

日向がまだ小学生だった頃、まだ純粋無垢だった日向はどうして光莉は学校に行かないのかと明臣に訊ねたことがあった。光莉が望んでいないからと、明臣は言った。まだ小学生だった自分は納得し、今日までの日々を過ごしてきた。

しかしそれは、過去の光莉が抱いた感情にすぎない。今の光莉が自らの現状をどう思っているのかを知りたい欲が、乾いていく髪とは裏腹に湧き出してくる。

「なあ、光莉。学校、行ってみたいと思うか？」

「……わかんない。お父さんは無理して行かなくてもいいって言ってくれてるから。

だから、ええと……」

「……そっか。けど、もし行きたいって思う時がきたらさ、俺は協力するからな。外、いいところだぞ」

「うん。でも、たぶん……全部、私のため、だから」

華奢な両肩が微かに強張る。無理強いをするつもりはない。長い間家に籠っていた人物がいきなり外の世界に一歩足を踏み出すのはとてつもなく勇気のいる行動だ。それが、普通。

拒む光莉も、背中を押したくなる自分も、間違ってなどいない。


光莉が部屋に戻ったのを見届け、咽喉の渇きを感じた日向は一度キッチンへ戻った。居間のテーブルには、本当に数枚の一万円札が置かれていた。

「金に余裕はないって、言ってたくせに」

咽喉を潤してから居間の照明を落とした時、居間に隣接する明臣の書斎から微かに明かりが洩れているのが目についた。普段は決して足を踏み入れることのない父の書斎は予想に反して整然としており、四畳程度の空間の中にＰＣデスクとワークチェアが置かれ、少し視線を上げたところには引き戸式の収納棚が見えている。

居間に洩れていた光の正体は、卓上にある簡易照明からのものだった。消し忘れだろう。粗放な性格である父らしいと思いつつ、ここ最近は帰宅するなり書斎に籠る機会が増えていたことを思い出す。工場勤務の父が書斎で何をしているのか、映像制作に夢中でこれまで特に詮索してこなかったが、先ほどの明臣の様子からふと日向は気になった。一人になりたい時は誰にでもある。そう考えて、書斎をあとにしようと踵を返した時、何かが爪先を掠めた。

「……これ、祖父ちゃんの」

机から落ちたのか、日向の足元にはＡ４サイズの封筒が残されていた。掴み上げ、その中に入っている書類が、英寿の遺産相続に関するものだと知った。

「金蔓かよ、祖父ちゃんは」

ポケットの中にある紙幣を今すぐにでも手放してしまいたくなる。実際、そんなことはできない。英寿が残してくれたもののおかげで、今後の自分たちの生活は幾許《いくばく》かのゆとりを持つのだ。

ただ、聡明なはずの英寿がなぜ自殺を選んだのかだけは理解できないままだった。もしかすると、自分のせいだろうか？　懐いていた日向が英寿の元へ出向かなくなったから、英寿は孤独を感じ、先立った祖母を追いかけたのかもしれない。

自殺では保険金が下りないケースもあるという知識は日向にもある。どんな形であれ、心優しい英寿が日向たちの生活を想い自らの遺産を残そうとしたのなら、よもやそんな博打のような方法で、金銭的援助を考えたなど到底信じられなかった。いくら血の繋がりがあるとはいえ、そこまでされる義理なんてものを自分たちは持ち合わせていなかったはずだ。

しかし、たった今胸に抱いた懸念は、封筒の中身をおもむろに取り出し、収まっていた書類に表記された数字を確認した瞬間、一つの可能性として確立した。

――三十万。

英寿が残した遺産額は、日向のポケットに入っている一万円札、たった三十枚分。

もちろん住んでいた平屋など、資産として残されたものは別に表記してあるのだろう。だが実際のところ、ほとんど買い手のつかないものばかりのはずだ。

故に計算できるのは、実質その三十万円のみ。

「祖父ちゃん……」

自分は英寿の重荷だったのかもしれないという考えが浮かんだ。

英寿が定年退職後、年金暮らしをしているのは知っていた。日向と光莉の部屋を分けるための資金。幼い自分が連日のように英寿の元へ通っていた頃のこと。炬燵の電気代。孫のためにと、日向が家を訪れるたびに新鮮な果実を取り寄せてくれたことすらも、ひょっとすると英寿の首を絞めていたのではないか――。

「……ダメだ、いったん頭を冷やそう」

自分があれこれと思考を巡らせたところで英寿は還ってこない。今の自分にはほかにもっと考えるべきことがある。コンクールに向けて作品を完成させること。そしてそれと同じくらい、それ以上に大切な——妹のこと。

愉しそうに笑う光莉の顔を思い浮かべると、強張っていた筋肉が弛緩していった。その拍子に指の間から数枚の書類が離れていく。ざらざらとした手触りだった書類がひらりと舞うように床に落ち、日向は中腰になって一枚一枚を拾い上げていく。

最後の一枚を指の腹で摘んだ時、その一枚だけがほかの書類と紙質が異なっていることに気がついた。卓上の照明に翳し、紙上に並んだ文字を読むと、それが何なのかがすぐにわかった。

戸籍謄本だった。間違いなく、父である月嶋明臣のもの。

遺産相続の際にはこんなものも必要となるらしく、改めて、明臣は英寿の残した遺産がどれほどわずかなものであろうと、できるだけ早く受け取りたかったのだと悟った。これ以上考えないようにしたはずが、脳裡には藁にもすがるような父の顔が浮かび、醜悪にも見えたその顔をかぶりを振って消し去ろうとした瞬間——。

「——……これ」

頭が、真っ白になった。

見間違いかと思い、何度も目を通した。

――月嶋明臣。

――月嶋日向。

そこに続くはずの名前が。

当たり前に続くはずの名前が、ない。

「……ない」

「光莉」

そんなはずがない。あっていいはずがない。

「――お兄ちゃん？」

突如、背後から声がして日向は振り返った。意味がないと理解していながらも、手に持っていたものを背中に隠した。

光莉は日向の足元をじっと見つめるように俯き、小首を傾げていた。

日向は何も、返せなかった。

おかしいと思っていたのだ。今日までずっと。光莉が十年前、突然この家に連れてこられたあの日から、ずっと。

心の深いところで、ずっと。


――この子は、誰、なんだろう。

（三）

編集ソフトを立ち上げると、四分割された黒枠が表示された。

　左上の枠内に収まっているのは、日向自らが撮影した自宅近辺の山々を映したものだ。手動で撮影された映像にはそのつど小さなブレがあり、三脚の購入を考えた時期こそあったものの、これこそが主観作品の醍醐味であると判断してからは余計な出費を避けることを選んだ。

　稜線に沿うように加工を施していく。映像の中では、稜線の遥か向こう側までもが澄んだ夏色の空に覆われている。日向はそこにあえて別の色を落とし込むことによって、この蒼を、蒼以外の何色かで見たがっている人に届けようとする。日向自身が常日頃美しいと感じているものをそのまま届けたところで意味がない。この蒼を、今はまだ美しいとは思えない人は世界にたくさんいるはずだ。彼らが見ている空の色を、はたして自分は表現できているだろうか。

　小一時間で映像は生まれ変わった。山の向こう側は先の見えない白に変わり、それよりも遥か向こう側には、別日に撮影した太陽を合成した。白い空に、眩い光を放つ丸い太陽。現実にはありえない景色が生まれ、満足感から背もたれに深く体を預けた。

仕上がった映像を再生する。普段自分の目を通して見る景色のほうが美しいと思った。それでも、この映像だって美しいと言えるものだった。

一息つこうとキッチンへ向かい、昨晩と同じく冷蔵庫から飲み物を拝借する。視界の端に、わずかに扉が開かれたままの一室が入り込む。

——あんなもの、見なければよかった。

昨晩、日向はあれを見た。見てしまった。訝しそうに日向の返事を待つ光莉に早く寝るようにとだけ告げて自室に戻り、タオルケットを脳天まで引き上げた。夏場の今、体からはすぐに汗が吹き出して、粘りの強い不快なものに変わっていった。


光莉がこの家にやってきたのは、日向がまだ七歳の頃だ。

朧げな記憶の中に、明臣に手を引かれた当時三歳の光莉がいた。「お前の妹だ」、そう言って微笑んだ明臣を見つめ返し、次いで、隣に立っていた光莉をまじまじと見つめたことを覚えている。

その日よりも以前から、明臣は日向に妹がいることを口にしていた。今はまだ一緒には暮らせないという明臣に、妹がいることを知って有頂天になっていた日向は矢継ぎ早に質問をした。

明臣は困った顔をしながらも、妹の名前が光莉ということ、突然兄になって申し訳ないが仲良くやってほしいと告げた。純粋無垢だった当時の日向は嬉しくなり、何度も頷いた。そうして、妹が家にやってくるという日を待ち続け、当日を迎えたのだ。

光莉がやってきて数年が経った頃、日向はそれまでの日々で生まれた疑問を明臣に訊ねた。日向の母親は明臣と離婚後に病でこの世を去ったと聞いている。日向の記憶には母親の姿はまったくといっていいほど残っていない。記憶にないのだから、哀しみすらも抱かなかった。故に疑問として浮かんだのは自分の母親のことではなく、光莉の母親がどんな人だったのかというものだった。

仮に光莉と自分が異母兄妹だとしても、そんなことは今さら気になりはしない。ただ、当時その疑問をぶつけた際、明臣の顔が微かに引き攣ったのを覚えていた。

そして昨晩、日向は明臣の戸籍を見てしまった。

妹であるはずの光莉の名前が記載されていない、戸籍謄本。

「光莉は……」

あれから一夜が明けた今はまだ、何かに没頭していたかった。意識を別のものに向けておきたかった。

部屋に戻ると、日向はすぐに編集中の画面を開いた。別のフォルダにカーソルを合わせると、フォルダ内にはこれまで撮り溜めたいくつもの動画ファイルが並んでいた。

加工されていない一つのファイルを再生する。別録りの音声ファイルを読み込んでいないため、内蔵スピーカーから音は聞こえてこない。それでも映像の中にいる光莉の口が動き、たしかに言葉を発している。『お兄ちゃん』と。

——光莉は、俺の……。

「——それじゃ、光莉ちゃん、また来週来るわね。次は英語の勉強だから、さっき出した宿題、きちんとやっておくのよ」

隣の部屋の扉が開かれると同時に、愉しげに弾んだ声が日向の元まで届いてきた。

「私ね、英語得意だよ！　だって、話してればいいんだもん」

はきはきとした口調で話す前者は、もう六年近くもの間、毎週のように光莉の元を訪れている女性のものだった。

日向はこっそりと部屋の扉を開け、廊下に顔を出す。いつも愉しそうにしている光莉の邪魔をするのも悪いと様子だけ窺うつもりだったのだが、タイミングよく廊下に出てきたその女性と目が合ってしまった。

「わっ、日向くん。急に出てくるから、おばさんびっくりしたじゃないの」

「千歳《ちとせ》さん、いつもありがとうございます。光莉もちゃんとお礼言ったか？」

部屋の中に向けて問いかけると、元気な声で「うん！」と返事が届く。

「いいのよ。実際わたしのほうが光莉ちゃんから学ばせてもらっているようなものだから。もうこんな歳だし、光莉ちゃんに勉強を教えながら、わたし自身ボケ防止にもなるからね」

四十路手前だという千歳の瓜実顔に施された化粧は、彼女を実年齢よりも遥かに若々しく見せていた。細いフレームの眼鏡もよく似合っている。

千歳には、光莉の自宅学習をかれこれ六年近くサポートしてもらっていた。

千歳は明臣の知り合いで、明臣からの依頼で光莉の面倒を見てくれている立場なのだ。ごくわずかだが給与も支払われていることも知っている。日頃学校がある日向とはあまり顔を合わせる機会がないものの、千歳は肉親以外で唯一、日向が心許せる大人でもあった。

「ボケ防止とか、千歳さんはまだまだ若いと思いますけど」

「あら、お上手ね。でも、ここ最近は全然だめなのよ。この歳まで独身だからなのか、老後はどうしようとか考えて歳を実感する機会も多くて、困っちゃうわ」

戯《おど》けてみせる千歳を見て、日向は光莉の部屋をもう一度覗く。カーペットの上に座り、翌週の予習をしているのか、光莉の口からは覚えたばかりの英単語が心地よいリズムで洩れていた。

「何か、相談事じゃないの？」

言いながら、千歳は後ろ手に部屋の扉を閉める。光莉には聞かせたくない相談事であると瞬時に察してくれたのだろう、居間のほうを指差した千歳に、日向は頷きを返した。こういうところが、千歳には時々ある。

「ちょっと……光莉のことで」

「光莉ちゃんの？」

言うべき、だろうか。

日向は以前も、千歳にコンクールの件を相談していた。その際は背中を押してもらったが、同時に、明臣の意見を聞いたほうが賢明だとも告げられた。彼女にとって自分と光莉は他人だ。どれだけ光莉が懐き、慕っていようとも、それだけは変わらない。

日向は一度吸い込んだ息を吐き出し、かぶりを振った。

「すみません、やっぱりいいです」

「あら、気になるのに。力になれるかはわからないけれど、聞いてあげることはできるわ。でも、こんなおばさんじゃ、やっぱりだめかしらね」

誰かに聞いてほしいという欲が湧く。一人では抱えきれないほどの不安が、時間が経つにつれ大きくなっているのがわかる。

「光莉は……いえ、ほら、高速道路のあれで、うちも引っ越すかどうかはまだはっきりとは決まってなくて。それでもし引っ越すなら、光莉を隣町の中学校に通わせてみてもいいんじゃないかって、俺は思ってて」

本当に聞いてほしいことは口から出ていかない。今はまだ判断材料が足りず、憶測とすら呼べない思考が脳内をぐるぐると彷徨っているにすぎないのだ。光莉の名前が明臣の戸籍に記載されていなかったのは、きっと何かの間違いだ。

「光莉ちゃんなら、もう大丈夫って私も思ってるわ」

「そう、ですよね。うん、そうだよ。光莉、いい子だから」

「ええ。……けれど、やっぱりお父さんがどう判断するかはわからないわね」

千歳は以前と同じく、雇用主である明臣のことを気にする素振りを見せた。

「あの……千歳さんと父さんは、その」

「日向くんも、そういうことに興味がある歳なのね。ずっと前から見てきたから、すっかり忘れてた」

「え？　いや、そういうことを訊きたかったわけじゃなくて」

日向は二人が直接顔を合わせている場面にほとんど出くわした記憶がなかった。千歳が家に来るのは決まって午前から正午にかけてのことで、その時間、明臣は常に仕事に出ている。

「安心して、そういうのじゃないから。あなたのお父さんはわたしにこんな素敵なお仕事をくださった方よ。そのおかげで、光莉ちゃんと日向くんにも出会えたんだから。あなたたち二人と同じで、誰かのことを想って行動できる、素敵なお父さんよ」

「そう、なのかな。祖父ちゃんが亡くなってから、父さん、まいってるみたいだし」

「そう。それは少し……心配ね」

「昨日も夜遅くに仕事のトラブルで出かけたっきりで、今日の夜まで帰らないとか言うし、珍しく金も置いていったりして。ほんと、何考えてるんだか……」

千歳がじっとこちらを見つめていることに気づき、日向は無理やりに笑みを作った。

玄関口まで千歳についていくと、部屋から出てきた光莉がいつの間にか、日向の後ろに続いていた。

「日向くん、ずっとこのカメラ持ってるわよね」

午後から撮影に出かけようとして、シューズボックスの上に置いていたカメラを見た千歳が言う。

「きっと、俺が見ている平凡で普通な景色も、ほかの誰かの目には輝いて見えていると思うんです。だから俺はそれを撮って、編集して、誰かの求める景色を作りたい」

「千歳さん、私もね。私も、最近はお兄ちゃんのお手伝いしてるんだよ！」

光莉が日向の隣に並び、朗らかな笑みを見せた。

「素敵ね。日向くんの気持ち、わたしにもわかるわ。すっごくわかる」

千歳は一度だけ光莉の頭を撫でてから、玄関扉に手をかけた。

「じゃあ、また来るわね。長閑《のどか》な村だからって、戸締りだけは怠っちゃだめよ」

千歳が運転する軽自動車が徐々に遠ざかっていくのを眺めながら、日向は隣に立つ妹の存在を実感した。家の敷地内には、これまでも何度か出ているのを見たことがある。ただ、自宅の門扉より向こう側の世界を、この子はほとんど知らない。

「光莉、やっぱりさ。外の世界、行ってみないか？」

日向の夏服の裾を掴んでいた光莉の手が、微かに引かれた。

「でも、お父さんが……だめだって」

「俺は光莉の気持ちを訊いてるんだ。昨日みたいに、学校に行きたいかって訊いてるわけじゃない。お前はさ、外の世界に興味ないか？」

「興味……」

光莉が頷いてくれるのを待ち続けた。無理強いをするつもりは今もなく、光莉が断れば、それはそれで仕方がないと思える。しかしどうしても、今の日向は光莉を外の世界へ連れ出したいという胸奥からの訴えに抗えなかった。

光莉はこれまでずっとこの家の中で守られてきた。風邪を拗らせた時だって、わざわざ家に明臣の知り合いだという医者を呼んだ。日向が風邪を引いた時はいつも病院へ連れていったくせに、光莉だけはずっとこの家にいた。それが、月嶋家ではもう長い間当たり前のことになっていたのだ。

もし。もし仮に光莉が無戸籍児だとするならば、保険証を持っていないのだとすれば——そんな思考が考えようとせずとも浮かんできて、日向は思わず光莉の手を握った。

滑稽な想像だ。きっとそんなことはありえない。探せばほかにいくらでも可能性はあるはずだ。それなのに、ドラマや映画から得た知識だけが降ってくる。本当に余計な知識だけが、降ってくる。

もし本当にそうであれば、今の光莉は自身が置かれている状況など知りはしないだろう。この家に引き籠っている限り、光莉には知る手段がないのだから。知る権利だけを持ったまま、その手段を閉ざされていると言っても過言ではない。

いつか光莉にも現実と向き合う時が必ず訪れる。その時光莉が何か大切なことを受け入れる準備を整えているとは、今のままでは到底思えないのだ。だから、今から少しずつでもいい、自分の知る世界を広げてほしかった。自分の体全身を使って、新しい世界を知ってほしかった。

そんな、光莉の兄としての確かな想いが、今の日向には芽生えていた。

兄、としての。

「……私、行ってみたい」

小さく洩れた言葉を聞いた次の瞬間、ここから見ている景色がほんのりと色づいた気がした。

「そうか。もっと早く、こうやって訊けばよかったな」

「お兄ちゃんはいつも訊いてくれてたよ。私の勇気が足りなかっただけ」

「どうして今は勇気が湧いたんだ？」

　掴んだ光莉の手から、ぐっと力が加わる。

「お兄ちゃんも勇気を出して訊いてくれたんだって、伝わってきたから」

　光莉が白い歯を見せる。嬉しそうに、愉しそうに、何度も掌に力が加わる。この手を握った時の自分は、ひょっとしたら震えていたのかもしれない。

「でも、どこに行くの？」

「そうだな……とりあえず、父さんの職場に行こう。光莉はもう外にだって出られるんだぞって、父さんにさ、見せつけてやろう。そうすればきっと、何か変わると思うんだ」

　言うと、また光莉の顔にぱっと花が咲いた。昨晩から職場に出向いている明臣に会えるのがそんなに嬉しいのかと思ったが、どうやら違うようだ。

「あのね、お父さんがお仕事してるところはね、大きな工場なの。溶接する時の光が、花火？　みたいに綺麗で、工場の周りには今の季節、向日葵がたくさん咲いてるの」

「それ、父さんから聞いたのか？」

訊ねると、光莉は頬を緩め、準備をしてくると言って部屋へ戻っていった。

掌はまだ温かい。何度も力強く握られた手から、光莉も本心では外の世界を切望していたのだろうと感じた。


田畑が視界いっぱいに広がる。細く長い畦道を二人並んでゆっくりと進み、時折立ち止まっては肺いっぱいに空気を送り込む。大きく両手を広げた日向の隣で、光莉も同じように両手を上げ、空気を吸っていた。

「気持ち悪くなったりしないか？　無理はしなくていいからな。あと、危ないから絶対手だけは離すなよ。それから」

光莉と二人きりで外出するのは当然初めてのことだ。ほかの民家と日向の自宅は離れているとはいえ、誰かに出くわす可能性もゼロではない。

もし光莉のことを訊かれたらなんと答えるべきだろうか。妹と、はっきりと答えてもいいのだろうか。今はまだ心の整理がついていない。できれば、この村の人たちには誰にも会わないようにと日向は密かに願っていた。

「もう、大丈夫だよ。私、今年で十三歳になるんだよ？」

「それもそうか。足元、気をつけろよ」

「うん。ねえ、この先には何があるの？」

畦道の先を指差しながら、光莉が日向に問いかける。

「ここからもう少しまっすぐ歩いていけば、バスの停留所があるんだ。そこからバスを利用して、隣町の八子路町に行く。そこにあるのが父さんの仕事場だ」

「すっごく遠いんだね」

「バスに乗ればすぐさ。光莉、びっくりするかもな」

「そんなにすぐ着いちゃうの？　私、もう少し歩きたいのに」

足取りは軽い。靴底が土に擦れるその音を聞いているだけで、光莉が一歩先の未来を進み始めていると実感する。

一日に片手で数える程度の本数しかないバスに奇跡的なタイミングで乗り込み、光莉を窓際の席へと座らせた。日向が窓の外を見ようとすると、光莉の後頭部が自然に視界に入り込む。

「俺たちの村にはほとんどないけど、八子路町には建物がたくさんあるんだ。といっても田舎であることにかわりはないから、東京みたいな大都市と比べると全然だけどな」

「ねえ、ビルってすごく高いんでしょう？　どれくらい高いの？」

「これから向かうところにはビルなんてないよ。けどな、一番高い建物は、光莉が百人以上の自分を肩車するくらいの高さはあるかもな」

「百人！　なら、一番上にいる私は雲を掴んでるね」

「そ、それは」少し無理があるだろう。そう言いかけて、しかし日向は光莉の頭を撫でながら頷いた。

「そうかもな。雲だって、食べられるんじゃないか？」

冗談も当たり前にわかる光莉は嬉々として笑う。今の光莉を見ているだけで、外へ連れ出して正解だったと思えてくる。家の中では、こんなに声を出して笑うことはほとんどなかった。

明臣と、今思えば祖父の英寿も光莉を外へ連れ出すことには否定的だったように思う。女の子の孫は目に入れても痛くない。危険が多い外の世界になんて出るべきじゃない。明臣同様に英寿もそんなことを思ったのだろうか。今の光莉の姿を、叶うなら英寿にも見せてやりたかった。

いくつか先の停留所でバスを降りた。乗車賃の支払い方がわからない光莉に二人分払ったことを告げると、光莉はありがとうと言ってくれた。素直な子だ。

「なあ、光莉。普段、父さんとはどんな話をしてるんだ？　俺が部屋で作業してる時とか、よく居間で話したりしてるだろ？」

「お父さんはね、いつもお兄ちゃんの話をしてるの」

「お、俺の……？」

予想だにしなかった返答に、日向は目を見開いた。

「うん。いつもね、お兄ちゃんの愚痴ばっかり言うの。勉強をもっとしてほしいとか、大学に行く気があるのかわからないとか、そんなことばっかり言ってる。でも、親子なんだから、それも普通なんだよね。お父さん、お兄ちゃんのこと大好きだから」

「……そんなことないさ。愚痴とはいえ父さんが俺の話なんて……信じられないな」

「ねえ、知ってた？　お父さん、夜一人でお酒飲んでる時、お兄ちゃんが申し込むって言ってたコンクールのホームページ、ずっと見てるんだよ」

正午過ぎの今、人通りはそれほど多くはない。昼食を終えた人々は皆、職場へ戻ったあとなのだろう。日向たちにわざわざ視線を向けてくる人々も、ここにはいなかった。

コンクリートの歩道の上、日向は足を止め、光莉を見た。

光莉は俯いたまま、日向に気づいて歩みを止める。

「どうして光莉が……そんなこと知ってるんだ？」

「だって、わかるよ。私、ずっと家にいるんだもん。だからね、わかるの」

返答に窮した日向は微かに胡乱《うろん》な気分に陥りながらも、光莉の言葉を信じたいと思った。

「あ、お兄ちゃん今ちょっと溜め息ついたでしょ？」

「嘆息したんだよ。もちろん、いい意味でな」

父が働く工場はバス停から歩いてすぐの場所にあった。大きなシャッターは開いたままで、その前に立つ日向からは、工場内で作業に没頭する従業員の姿がちらほら見えている。

燻んだ藍色の作業帽を被った作業員の中に一人、日向は見知った顔を見つけた。これまで何度か飲みの場で酔い潰れた明臣を自宅まで送り届けてくれた男性だ。名前はたしか、加藤といった。

加藤は日向たちの姿を認めると、おおっと片手を上げて歩み寄ってきた。

「お前さん、月嶋さんとこの坊ちゃんか。大きくなったな」

「ご無沙汰してます。あの、父さん……いえ、父はいますか？」

「月嶋さんは、今日はどうだったかな。顔は合わせてないが、事務所のほうかもな」

明臣と同じく顎に無精髭を生やした加藤は工場内を振り返り、困ったように首を掻いた。そのまま、彼の視線が日向から光莉の元へ移っていく。

「えっと……そっちの子は、どちらさんだい？」

無意識に体が強張る。しどろもどろになりながらも日向が続けようとした時、

「妹です。月嶋光莉です」

はきはきとした口調で、隣に並んだ光莉が自己紹介をすませた。

そうだ。自分もこれくらい堂々としていればいい。疚《やま》しいことなどないのだ。

「え？　月嶋さん、二人も子供がいたのかあ。いやあ、知らなかったな。何度か家まで送った時も、坊ちゃんしか見たことがなかったから……」

「あの、父は……」

続く言葉を遮るように訊ねる。加藤はすぐに確認のため、工場内へと戻っていった。戻ってくるまでの間、光莉は工場の周囲へ顔を向けていた。光莉が何を確認したがっているのか、日向は思考を巡らせ、そして気づく。繋いだ手とは反対の手で持っていたカメラを構え、工場全体が映るようにピントを合わせた。

「お兄ちゃん、何か撮ってるの？」

「ああ。工場と、その周りに咲いた向日葵をな。一番綺麗に見える画角で映したいから、もう少し下がるぞ」

光莉は口を半開きにしたまま、すぐに頷いた。しっかりと映像に収め、ボタンから指を離した時にようやく加藤が日向たちの元へ戻ってくる。

「月嶋さんいないねえ。社用車が一台見当たらなかったから、出てるのかもねえ」

「そう、ですか。あの、余計なことだと思うんですけど、昨晩のトラブルは大丈夫だったんですか？」

「トラブル？　月嶋さん、そんなこと言ってたのかい？」

日向が頷くと、加藤は髭を摩りながらうーんと唸る。

「月嶋さんは真面目だから、もしかするとあの人にしか気づけないトラブルがあって、営業先にでも行ってるのかもしれないなあ」

ここ最近の明臣を見ている日向にしてみれば、加藤の父に対する評価はいささか眉唾だと思えてしまう。

明臣がいないのならと、礼を言ってその場を去ろうとした時、加藤がもう一度光莉に視線を向けた。

細められた一重瞼のせいか、今はその目が鋭利な刃物のように見えてしまう。

「妹の、光莉ちゃんか……どうして月嶋さんは教えてくれなかったのかなあ。坊ちゃんの話は普段からよく聞いていたんだが……。なあ、その嬢ちゃんは……――」

訝しんだ様子の加藤がさらに鋭い目で視線を向けた瞬間、日向は光莉の手を取り、

「忙しいところすみませんでした。ありがとうございました！」と早口で言い、逃げるように駆けだした。

「お、おい！　どこ行くんだ？」

背中に加藤の声が届く。その声はどんどんと遠ざかっていく。

逃げている間も、光莉の手だけは絶対に離さないように努めた。足をもつれさせて転びそうになる光莉の体を背負う。何度かスピードを落とし、後方を確認するが安心

はできず、息を整えてからまた走りだす。ただひたすらに、日向は走り続けた。

いくつか先の停留所まで進むと、激しく乱れた呼吸を整えようと必死になった。そろそろ限界だった。胸の動悸が激しい。両肩が大きく上下する。

隣を見ると、停留所のベンチの端に腰かけた光莉も当然呼吸が乱れていた。日向に背負われていたとはいえ、約十年ぶりに外の世界へと飛び出した光莉の体力はないに等しい。無理をさせてしまった。恐怖すら覚えただろう。しかし、あの瞬間だけは、忘れようとした昨日の光景が蘇ってしまったのだ。

そこに本来あるはずの名前がない、戸籍謄本。

すぐに停留所近くの自販機で冷えた炭酸飲料を買い、キャップを外して光莉に手渡した。

「光莉、急に走りだしてごめんな。怖かったよな？」

どうして逃げだしてしまったのだろう。明臣は光莉の存在を同僚に隠していた。意図的か、たまたまか。加藤は光莉を見て、何かを言いかけた。続きを、聞くべきだったただろうか。

「ねえねえ、お兄ちゃん！　私の言ったとおりだったでしょ？」

両手で持ったペットボトルに口をつけ、光莉は笑みを向けた。その笑みの正体が気になって、なんのことだと日向は訊ねる。

「お父さん、お兄ちゃんの話ばっかりしてたって、あの人も言ってたよね」

屈託のない笑みを浮かべたまま、光莉はただ笑っていた。


居間にある壁掛け時計の短針が九の位置を越えている。

帰り際、八子路町の商店街で購入した惣菜は質素なものだったが、不慣れな外出で体力を消耗していた光莉は喜んで食べた。

炊いた白米をもりもりと食べる妹に感化され、日向も胃袋を満たしていく。それでも、炊飯器の中にはまだまだ白飯が残っていた。この時間になっても、明臣は帰ってきていない。

「私、お父さんが帰ってくるまで待ってる」

「そんなこと言って、かなり眠そうだぞ。今日は疲れただろうから先に休めよ。父さんには、明日起きてから話してやろうぜ」

明臣が疲労していることも考えたのか、光莉は反論することなく頷き、部屋へと戻っていった。

日向は妹の背中が部屋に消えるのを見届けてソファに体を沈めた。布製のソファはところどころが破れ、中に詰まっているスポンジが見えている。一人になって改めて居間を見渡すと、家の外観と同じく、経年劣化による綻びが多々見られた。

日向が日頃編集に使用しているパソコンは、以前明臣に買ってもらったものだ。中学入学祝いに譲り受けた古いカメラのデータを、今この時代でならパソコンに取り込めることを知った当時中学生の日向は、明臣にパソコンが欲しいと強請《ねだ》った。

当時はまだ家庭の金銭事情など知る由もなく、中古パソコンならと出先で購入してきてくれた明臣に不平不満の一つや二つ洩らした気もしたが、すぐに自分が撮影した映像を大画面で見ることができる魅力に取り憑かれた。

中古パソコンであったためか初期設定などをする必要もなく、それどころか、日向が当時求めていた編集ソフトなどもすでにダウンロードされているのを発見した時には、新品を買い与えられるよりも歓喜し、恥ずかしながら明臣に礼を言ったものだ。

――その頃はまだ、金銭的に多少の余裕はあったのかもな。

再び居間を一瞥し、日向は立ち上がった。明かりを落とし、部屋に戻って編集の続きをしようと廊下に足を踏み出して、立ち止まる。

閉まった扉の向こうから微かに寝返りの音が聞こえた。物心ついてからは初めての大冒険。初めての場所に一歩足を踏み出すのは怖くて、そして何より、わくわくする。そうして、一日の終わりはぐっすりと眠るもの。

――大丈夫。俺も昔はそうだったから。光莉は、俺と同じだよ。

よく頑張ったなと労いの言葉をかけてやるか迷っていると、呼び鈴の鳴る音がした。

ようやく帰ってきたのかと、あえて避けるのもおかしな気がして玄関口へ向かう。いつもどおり鍵を使わないことに違和感を覚えつつも、日向は玄関扉を開いた。

立っていたのは、見知らぬ二人の男だった。

「あ、どうもどうも。夜分遅くにすみませんね」

てっきり明臣が帰宅したのだと勘違いしていた日向は首を傾げ、そんな日向を見てか、向かって右側に立った長身痩躯な若い男が意図的に相好を崩した。彼の隣に立つのは小太りな年嵩の男で、夏場であるにもかかわらず背広を羽織っている。

「月嶋さんのご自宅で間違いありませんね？　わたしらは、こういう者でしてね」

年嵩の男が背広の内ポケットから取り出したものを見て、日向は思わず口を開いた。

「……警察？」

「県警一課の八雲といいます」

若いほうの男も八子路署の鮫島と自ら名乗り終えると、八雲と名乗った刑事は呆然とその場に固まる日向の返事を待たずして続けた。

「お父さんは在宅中かな？　少し、話がしたくてね」

日向の緊張を解こうとしているのか、二人はやけに清々しい笑みを浮かべた。

「父は、まだ帰ってきてないんですけど」

「こんな時間までお仕事かい？　いやあ、大変だねえ。勤め先は？」

「八子路町の工場、ですけど。あの……父が何かしたんですか？」

日向が神妙な面持ちで訊ねると、二人は対照的に頬を緩めたまま腕を組んで互いを見遣っており、緊張感も伝わってこない。

とてつもなく厭な予感がする。

「八雲さん、やっぱり関係ないんじゃないっすかね？」

「これだからゆとりは甘いとか言われるんだ。いやあ、すみませんね」

「……いえ。あの、一課って、殺人事件を担当するとかいう」

「おお、よく知ってるね！　こんな小さな村だから、すぐに噂になると思うから言うんだけど……高速道路を建設するための工事をしていたらね、出てきたんだよ」

「出てきた？」

「身元不明の白骨死体がね。しかも、二体」

鮫島という若い刑事の発言に、八雲が「おいっ」と声を出す。

えっ、と日向の口から声が洩れた時、背後で扉が開く音がした。振り返ると、うつらうつらした光莉が玄関口まで歩いてきていた。

「お兄ちゃん……？　お父さん、帰ってきたの？」

「おっ、妹さんか。お母さんは一緒じゃないの？」

続けざまに質問をする鮫島刑事に、今度こそ八雲刑事が睨みを利かせた。二人が背を向けて話している間に、日向も光莉の元へ向き直る。

「光莉、ちょっと部屋に戻っててくれるか？　まだ眠いだろ」

「うん……」

光莉が背を向けて歩きだすのを見て、日向はそっと玄関扉を閉めた。

「あの、それが父と何か関係があるんですか？　白骨死体なんて……」

「いやあ、すみませんね、こいつがべらべらと。一応、関係というかね、きみを動揺させないために言っておくと、犯人とか、そういう話ではないんだ。ただね——」

「——仏さんの近くに遺留品らしき物が残されていてさ、劣化が激しいメモ帳だったんだけど、ぎりぎり読める頁に、お父さんを含めた数人の名前が書かれていたんだよ。それで、心当たりがないかと思って、俺たち二人で訪ねたってわけだ」

途中から勝手に詳細を語り始めた部下の失態を恥じるように、八雲刑事が深い溜め息を吐く。

日向の背中には厭な汗が流れた。身に覚えもなく、事件に直接の関係がないとわかっていても、身内の名前が出るだけで冷や汗は湧き出るものらしい。

「まあ、実際にはまだ遺留品と決まったわけじゃないんだよなー、これが。一体の白骨死体は死後十年以上が経過していたものらしくって、もう一体のほうは数年前ってところらしいんだけど……その二体の仏さんが埋められていた場所が結構近くてね、その周辺にそのメモ帳も埋まっていたわけだから、一応関連性があるのかもって思ったんだよ。俺じゃなくて、上の人がさ。捜査上、本当にごめんな」

　鮫島刑事に諭すように言われ、強張っていた肩からほんの少し力が抜け落ちていく。

「父は、関係ないと思います。ずっと仕事ばかりしてるし……」

「それを明らかにするためにも、お父さんと話をしようと思ったんだけどねえ。まあ、戻っていないならまた後日出直すとしましょう。優先順位は低いからね」

「怖いよな？　こんなに聞かされたら。けど、大丈夫だからさ」

「どの口が言ってるんだ、まったく。喋りすぎなのはお前だ」

　居心地悪そうな鮫島刑事が日向を見て「悪かったね」と笑う。

　明臣は事件と何も関係がないはずなのに、こうして緊張している自分が滑稽に思えた。親子なら、これが普通なのだろうか。

「一応、鮫島がさっきも訊いたが、お母さんは一緒じゃないのかい？」

「母は……十年以上前に、病気で」

「……そうか、なるほどね。……いや、きみは立派だね。お父さんがいない間も、あの妹さんを一人で守っているわけだ」

「いや、俺は……全然、そんなことなかったですよ」

　守れて、いたのだろうか。むしろ本当に守らなければいけないのは、これからの光莉だ。慣れない世界を歩く妹に並び、手を引いてやるのは、兄である自分の役目だ。兄である、自分の――。

「いや、とても素晴らしいお兄さんだと、わたしは思うよ」

身内以外の誰かと光莉の話をするのは初めてに等しいことで、照れ臭さから俯いた。これからはもっと誰かに光莉の話をしていこうとすら思えるほど、兄としての自分を褒められることに誇らしさを覚えた。

二人の刑事が自宅をあとにし、田舎道には似つかわしくないセダンで去っていく。施錠をしてから部屋に戻ろうとすると、居間から洩れた光が廊下を照らしていた。

「眠れないのか？」

日向が戻ってきたことに気づき、クッションを胸に抱いたままソファに腰を下ろしていた光莉がぶんぶんとかぶりを振る。

光莉が明臣の帰宅を待っているのは明らかだった。日向は父に電話をかけてみたが、呼び出し音が延々と木霊するだけで繋がる様子はない。

「お父さんが……帰って、くるまで」

言いつつも、光莉はその場で何度も舟を漕いでいた。

日向は光莉に向かって手を差し出す。眠気に抗えなくなったのか、光莉は日向の手を掴むとすぐにあとをついてきた。

ベッドに寝かせると、すぐにすーすーと寝息が洩れ始める。その顔を見つめながら、髪を撫でてやった。擽《くすぐ》ったそうに口元を緩め、光莉が寝返りを打つ。

「もし父さんがまた反対しても、俺が守ってやるからな」

光莉が完全に眠ったのを見届け、日向は昨日に引き続き、明臣の書斎に入った。昨晩意図せず見つけてしまった封筒は、今も机の上に放置されている。

もう一度だけ、封筒から中身をすべて取り出した。

見間違いだったと思いたくて引き抜いた書類には、昨晩と同じく日向の名前が載っていた。明臣と母は離婚し、母はすでにこの世にはいないが、日向の名前がある欄にははっきりと母親である人物の名前も残っていた。知らない名前だった。聞いたこともない。

それよりも、昨晩と同じくここに光莉の名前がないことだけが不安を蘇らせる。

ここに名前がないということは、やはり出生届を出されていないのではないか。たまたま出生届を出し忘れるなんてことが本当にあるのか。あったとしたら、明臣はなぜそのまま放置してしまったのか。

時刻は午後十一時を回った。明臣と話をしたくて、日向は書類を手に持ったままソファに腰を下ろしていた。話したいこともたくさんあった。そのすべてが、光莉のことだった。

しばらく時間が経っても戻らない明臣に苛立ち、先に休もうと立ち上がる。書類を封筒に戻そうとして、封筒の底に何かが詰まっていることに気がついた。

封筒を逆さにして弄《まさぐ》ると、ゴミのようにくしゃくしゃに丸められた小さな紙切れが掌に落ちてくる。

紙切れを広げ、並んだ言葉を目で追い、固まった。

『あの時、儂はお前に子を攫うのかと問うた。その後、すべてをお前から聞き、それが今の苦悩へと繋がっている。儂にはもうこれ以上、耐えられん。すまん。これから儂のすることをどうか、赦してほしい。そしてどうか、皆と幸せに――英寿』

子を、攫う。

攫った。

おそらく、それを止められなかった自責の念から、英寿は。

日向は広げた紙切れを再びくしゃくしゃに丸め、封筒の中に戻した。

――光莉は俺の、本当の妹じゃない。

書斎をあとにし、また、ソファに腰を下ろす。どれくらいの時間そのまま固まっていただろう、気づけば窓の外に見える空がうっすらと明るくなり始めた。

「光莉は、俺が……」

明臣はその日も、帰ってこなかった。

（四）

台所から届くトントントンという小気味いい音が、今日も聞こえてこない。

時折光莉の耳に届くその音は、兄の日向が自分を部屋まで呼びにくる合図でもあった。具材となる野菜をすべて切り終える前に、日向はいつも光莉を呼びにくる。日向が包丁を握る時は決まってカレーだった。匂いにつられた光莉が部屋から出てくる前に、日向は光莉を呼びにくる。

幼い頃からいつも光莉は日向のあとについていった。この家の中で、日向が行くところにはどこにでもついていこうとした。

苛立たれ、無視をされたこともある。けれどそんな日の夜は決まって日向のほうから部屋に来て、ごめんねと謝ってくれるのだ。だから、光莉はいつも日向のあとをゆっくりとついていく。怖いものなど何もないのだと、日向はいつも光莉に教えてくれる。

そんな頼り甲斐のある兄のことが、光莉は昔から大好きだった。

「お兄ちゃん、最近忙しいもんね」

日向が入賞を目指し、作品制作に取り組んでいることも知っている。コンクールへ応募する予定の作品には、実のところ光莉も少しだけかかわっていた。

日向の指示で、光莉は兄の宝物であるカメラを持ち、体の正面に構えた。日向の声が耳のすぐ近くから聞こえるたびに、どこか擽ったい気持ちになる。それでも熱心にカメラの使い方を説明する兄の声音には、必ず素晴らしい作品を作るという意欲と、自分のことを慈しんでいるという確かな想いが含まれていた。何が正解かもわからない中、光莉はただ求められることが嬉しくて家の中を撮影した。自分の撮影した映像が使われなくてもかまわない。ただ、日向と同じ空間で、同じことをできている喜びを何度も何度も噛み締めた。

だからこそ、父が帰ってこなくなったここ数日間、日向の様子が以前とは明らかに異なっていることも如実に感じ取ることができてしまう。心の中では必死に作品制作に没頭しているからと言い聞かせていても、本当にそうなのだろうかと思ってしまう。不安で不安で、けれど、自分からは何も訊ねることができない。

昨日、この家から初めて外の世界に踏み出した際に持っていた勇気は、どこに落としてきてしまったのだろう。

「光莉、そろそろ夕飯にしよう。起きてるか」

隣室の扉が開いた時には、光莉もすでに扉に手をかけていた。壁越しに兄の気配を感じ取ろうと耳を澄ませていたおかげで、自然に振る舞うことができそうだ。

ゆっくりと扉を開くと、廊下に立っている日向が微笑んだ気配がした。相変わらず真っ暗な廊下に、太陽みたいに笑った兄の顔がうっすらと浮かび上がる。

「ごめんな、また手抜きのものばっかりだけど、許してな」

「ううん、いいの。私もちょうど、食べたいと思ってたもん」

光莉が椅子に腰かけると、日向は鍋を火にかけているのか、忙しない足音を響かせた。さして広くもない居間にある布製のソファには、光莉のお気に入りでもある花柄のカバーがかけてある。花弁が四枚からなるその花の名前を光莉は知らない。カーテンだって同じ模様だ。家族みんなが利用する居間なのに、少々自分の趣味に偏りすぎているとも思いつつも、替えることはしない。

「ねえ、お兄ちゃん。コンクール、間に合いそう？」

日常の一コマ。さりげなく、日向に問いかける。

「どうだろうな。でも、もう少しだ。光莉がたくさん手伝ってくれたから」

「私はカメラ持って立ってただけだよ。ねえ、ちゃんと撮れてた？」

「ああ、ばっちりだった。光莉はセンスあるよ」

日向の一言一言に、年甲斐もなく喜ぶ自分を時々恥ずかしく思うことがある。自分と同年齢の女の子が家族とどう接しているのか、光莉は見たことがない。

「センスとか、私よくわかんないよ」

「わからなくても、俺が今まで光莉に嘘をついたことがないのはわかるだろ？」

思いきり頷いて、途端、ひやりと背中に汗を掻いたのが自分でもわかった。

「まあ、ここから先は俺の頑張り次第だからな。頑張らないとな……」

弱々しい声音が台所から聞こえてくる。と思えば、日向が光莉の背後を回って正面の席に座った。スープの香りが鼻先を漂い、腹の虫が鳴きそうになる。

いただきますと、正面で日向がぱんっと手を合わせた。光莉も兄に続く。箸で麺を掬い、音を立てて口に運ぶと、美味しいと自然に言葉が出ていった。日向も同意し、場の空気が戻るのを実感する。

「お兄ちゃんが作ってる映像って、音はあるの？」

もう少しだけ空気を温かいものに変えたくて、光莉はすでに知っていることを訊ねた。光莉自身も数年前に自分向けの携帯端末を与えられていたが、勉強を見てくれている千歳と連絡を取る以外はまったく使用していなかった。

「んー、基本的には音はないけど、光莉と撮った映像にだけは音が入る予定なんだ」

「え？　どうして私のだけに音を入れるの？」

「言っただろ。今俺が作ってるのは、光莉が主人公になった作品だからさ。実は、お前との会話だけはこっそり録音させてもらってる。映像と一緒に取り込んで一つのデータとして纏めてるだけで、編集までは手をつけてないファイルもいくつかあるんだけど、量が多くてさ、まだ全部は確認できてないんだ。だから、その……厭だったら言ってくれな。すぐに消すからさ」

　時折、隣の部屋から光莉と日向の声だけが聞こえてくることがあった。部屋と部屋の間に隔てられた壁は薄く、これまで何度もその音声は壁越しに光莉の元まで届いていた。知っていて、不快には思わずにいたからこそ、日向に訊ねたのだ。

「私、変なこととか喋ってなかったかな？」

「基本的には光莉がカメラを構えてる時に俺のスマホで録音しているだけだから、恥ずかしがるようなことは言ってないよ。けど、そうだよな。勝手にごめん」

「え、違うよ。私は厭だなんて思ってないよ。あのね、ありがとう」

「なんで礼なんか言うんだよ。お前の世界を勝手に作品にしようとしてるんだから、礼を言うべきなのはむしろ……俺のほうなのに」

　日向の声がまた沈んでいく。せっかく戻った空気の色が変わっていく。

　光莉の世界。自分を題材としてコンクール用の映像を制作すると日向が言ってくれた時、光莉は心の底から喜んだ。自分も兄のためになれていることがわかり、率先して手伝いをしようと思ったのだ。

　ただ、光莉がこれまでカメラを構えてきたのはこの家の中だけだった。これまでならそれでよかった。自分の世界はこの家の中だけで完結していたのだから。

しかし、今は違う。違う世界を知ってしまった。日向の作る作品のために、自分にできることはなんだろう。どうすれば日向は喜んでくれるだろう。

どうすればまた、いつもみたいに笑ってくれるようになるだろう。

「ねえ、お兄ちゃん」

意を決し、口を開いた。

「お父さんのこと、捜しに行こうよ」

口にした瞬間、日向がはっと息を呑んだ。

「私ね、平気だよ？　この前一緒に外に出たけど、全然怖くなかったもん。それにね、お兄ちゃんが私の世界を作ってくれるなら、私が見る外の世界の映像だって撮らなきゃいけないって思うの。お父さんを捜しに行く間、私、カメラを持って歩くよ。怖くないよ。大丈夫。だからね、行こう？　お兄ちゃん」

先日、光莉は物心ついてから初めて外の世界に触れた。恐怖を覚えなかったといえば嘘になる。しかし、帰宅してしばらく経っても、胸の高鳴りは治まらなかった。

あの時、日向が背中を押してくれたおかげだ。自分が返事をするまでの間、じっと待ってくれていたおかげで、光莉自身が外の世界に触れることをずっと求めていたのだと気づくことができた。だからそのお礼に、今度は自分が兄の背中を押してあげたくなった。

返事を待つ時間はこんなにも緊張するのだと知った。

そっと手を伸ばし、日向の手を掴む。びくっと震えた手は汗ばんでいた。本当は今すぐにでも父を捜しに行きたいのかもしれない。しかし、自分という存在が邪魔をしている。日向が自分のことを大切に想ってくれているという実感は日頃から持っている。

時折、心の奥底でもう一人の自分が囁くのだ。真っ暗な世界で顔を合わせ、日向との時間を大切にしろ、と。いつか、後悔してしまわないように。

おそらくそれは数年前、意図的にではなく聞いてしまったあの会話が、今でも記憶の片隅にこびりついて離れないせいだ。

――……そこまでしてもらうわけには。でも、そうか。わかった。今後とも、よろしく頼むよ。これでよかったんだ、あのことも。……攫うなんて、あの時は親父も、まだ何も……――

父の書斎から洩れ聞こえてきた話し声。居間に光莉がいることに一切気づかず、父は誰かと電話で話していた。扉をノックした光莉は、父に拙い言葉で問いただした。

人の記憶のほとんどは、三歳以降の記憶で形成されていると聞いたことがある。故に、光莉は自分がこの家に来た前後の記憶が薄れてしまっていた。

それでも、微かに覚えていることがある。父に手を引かれた自分。この家の敷居を初めて跨いだ瞬間の記憶——廊下の先から駆け寄ってきた誰かが、光莉の前で立ち止まる。その、第一声。

——はじめまして。俺は、日向って言うんだ——

その時ふと、思ったこと。

——この人は、誰なんだろう。

——私はこの人の、なんなんだろう。

「……本当に、大丈夫なのか？」

目の前から届いた声は、光莉を記憶の底から引き上げてくれた。

「うん！　それに、早くお父さんに帰ってきてもらわないと、お兄ちゃんも集中できないでしょ？　だからね、私たちで一緒に、捜しに行こう？」

これまでにはない積極的な自分に、光莉自身がもっとも驚いていた。これもすべて、自分を外の世界へ連れ出してくれた、この人のおかげ。

——この人は、私のお兄ちゃん。

幼い頃から自分の手を引いてくれた、大切な人。

「……なら、明日もう一度父さんの職場に行くか。それと、光莉が行きたいところにも行こう。光莉が見てみたい世界を、もっともっと俺に教えてほしいんだ」

日向が少し乱暴に髪を撫でてくる。「やめてよ」と言うと、「風呂、先に入ってきていいからな」と、いつもの優しい兄が言う。

普段どおりの日常が戻ってきた気がして、光莉はまた、大きく頷いた。

（五）

翌日の午前中。日向は光莉を連れて再び明臣の職場を訪れていた。

「そうか、まだ帰ってきてないのかあ。それはちと、心配だなあ」

先日逃げだしてしまった無礼を詫びると、加藤は気にするなと言って笑ってくれた。応接室に通され、夏場にもかかわらず温かいほうじ茶を目の前にしたまま、日向は彼の話に耳を傾ける。

「父は無断欠勤という扱いなんでしょうか？」

「いや、それがねえ。確認したところ、先週の段階で月嶋さんは有給休暇を取っているんだよ。一週間分」

寝耳に水だった。明臣からは一切そんな話は聞いていない。

「月嶋さんは仕事ぶりも真面目で、繁忙期でもない今なら、会社としても有休消化は当然認めるということになったらしくてね。ほら、お祖父さんの件もあっただろう？いやあ、力になれなくて悪いが、坊ちゃんたちの前からもいなくなるなんて、何かあったのかねえ……警察には？」

加藤は本当に何も知らないのだろう。日向を見て心配そうに眉尻を下げている。ちらりと隣の光莉を見ると、落とさぬよう丁寧にカップを持ち上げ、肌で感じたカップの温度に少々顔を顰《しか》めていた。

心が瘴気《しょうき》のようなもので満ちていく。明臣が今どこで何をしているのか、もしかすると父は何かの事件に巻き込まれてしまったのではないかという不安は確かに存在した。警察に頼るべきかと、日向自身も考えたことは一度や二度ではなかった。

また、光莉を見る。光莉はカップの中に息を吹きかけ、熱を冷まそうとしていた。そんな光莉を、今度は加藤が正面からじっと見つめる。訝しげな表情で、腕を組んでうーんと唸る。

もし今、明臣がいなくなった件を警察に伝えた場合、彼らは何を考えるだろうか。

繋がるはずのない点と点。先日自宅を訪ねてきた二人の刑事。工事現場から掘り起こされたという二体の白骨死体。なぜその死体のすぐそばに、明臣の名前が書かれたメモ帳が埋められていたのか。一体の死体は死後十年以上が経過していたと彼らは言っていた。繋がらない。そこに、繋がりなどあるはずがない。

「……光莉、熱くないか？」

「大丈夫。普段飲まない味だけど、このお茶、すっごく美味しい！」

光莉の年齢は十二。今年で十三になる。一度固着された記憶は寝ても覚めても消えてはくれない。

攫われた、子供。明臣がどこからか攫ってきた、女の子。

繋がりなんてものは、どう考えてもあるはずがないのだ。

「気が利かなくてすまなかったね。冷たいものを用意しようか？」

「大丈夫です！　すっごく美味しいから」

ほぼ初対面の加藤を前にしても光莉は堂々としていた。また、相手の気持ちを慮ったのだろう。光莉のいいところだ。

――せめて、光莉の前でだけは何も考えないようにしよう。

十年近くともに暮らし、自分のあとばかりついてきた妹。不確実な情報だけでこの数日妹と距離を取ろうとしていたことを日向は後悔していた。

そんな日向の背中を押し、こうして明臣を捜しに出かけることができたのも、ほかの誰でもない光莉のおかげだ。

「そういえば、昨日えらい別嬪さんが坊ちゃんたちと同じように月嶋さんのことを訪ねてきたが、何か関係があるのかねえ……」

たった今思い出したのか、加藤は茶で咽喉を潤しながら言った。

「女の人、ですか？」

「ああ。今はいないと言ったらえらい焦った様子で帰っていったんだが」

訪ねてきたという女性の特徴を訊き、脳裡に一人の女性の顔が思い浮かんだ。明臣を訪ねてくるような女性は、自分の知る限りほかにはいない。

丁寧に礼を言ってから父の職場を去ろうとすると、加藤は「大丈夫だと思うよ」と日向たちに向けて口にした。

明臣が戻ったら自分からも伝えますと返す間も、加藤はまた腕を組み、光莉のことを見つめていた。


「あそこに来た女の人って、千歳さんじゃないのかなって、私思うの」

昼食の買い出しへ向かう中、立ち止まった光莉が首から下げていたカメラを持ち上げ、構えた。レンズは日向の胸辺りを向いている。

「俺もそうだとは思うけどさ。千歳さんなら父さんと連絡を取っていても不思議じゃないし、俺たちみたいな子供には言えない給与面のこととか相談したくて、直接捜してるのかもしれない」

「けど、それだと私たちの家に来たほうが早いよ？」

「たしかに、そうだな。やっぱり連絡を取り合っていて、千歳さんは父さんの居場所を知ってる、とか」

「そうだと安心だけど、私ね、ひょっとしたら千歳さんって、お父さんのことが好きなんじゃないのかなって思うんだー」

何度かカメラの位置を変えながら、光莉が頬を染める。

「俺も前にそう疑って訊いたけど、全然そんなことなさそうだったぞ」

「うーん。けど、もしね？　もし、千歳さんが私とお兄ちゃんのお母さんになったら、お兄ちゃんはどう思う？」

お母さん。自分には縁がないとばかり思っていたその響きに、日向はあからさまな動揺を見せてしまった。しかし光莉は日向に背を向けてカメラを構え、周囲に広がる景色を一生懸命記録している。

大人は子供に嘘をつく生き物だと、日向が憧れる映像クリエイターが著書の中で語っていた。子供には理解できないと決めつけ、説明するのも億劫で嘘に頼るのだ、と。

明臣だって同じだ。仕事だと嘘をつき、もう何日も家に帰ってこないのだから。

「俺は……別に、父さんたちが好きにすればいいって思うよ」

「けど、もしそうなったら、私とお兄ちゃん、二人だけになっちゃうね」

カメラを下げ、光莉が呟く。惣菜屋の近くを通りかかると、そこには高速道路の建設にかかわっている作業員たちの姿があった。彼らの会話の節々に、例の白骨死体に関する話題が出ている。もうこの町でも噂は広まっているようだった。

「二人だけにはならないだろ。父さんたちがどうしようと、お前はこれからこうして外の世界に触れていく。いろんな人との出会いがあるよ。それに……まあ、もし二人だけになっても大丈夫だ。わがままな妹と一緒で、俺のほうは骨が折れるけどさ」

日向が戯けて言うと、光莉が顔を真っ赤にして、カメラを持っていないほうの手を少しだけ振り回した。

力の込められていない拳が一度、日向の胸にあたる。その拳を握り、我に返って謝ろうとする光莉の髪を撫でてやる。熱を持った黒髪が、日向の掌を熱くする。

「父さん、一緒に見つけような」

光莉だって不安に違いない。それを隠し、兄を少しでも笑わせようとする妹。明臣が戻らない中、普段どおりに光莉が振る舞ってくれるおかげで、自分も余計なことは極力考えずにすんでいる。

持ちつ持たれつ。日向も、光莉を笑わせてやりたかった。

「でもよかった。女の人が千歳さんじゃないかって思ったの、お兄ちゃんも一緒で」

光莉は繋がれた日向の手を大きく前後に揺らした。もう片方の手で持っているカメラも足が進むたびに揺れている。ピントなど合っていないだろう。日向はポケットの中に手を入れた。

今の会話もこっそりと録音していたことを光莉に伝えると、また、その頬が朱色に染まった。

明臣がどこにいるのか手がかりはなく、しばらく外の世界を堪能してから自宅に戻った。

加藤の話では、明臣の有給休暇は一週間だったはずだ。いなくなった日から数えると、明後日には翌日から仕事に戻るため、自らの足で帰ってくるかもしれない。

「すぐ飯作るからな。また遅くなっちゃったけど」

「うん！　お兄ちゃん、明日も私と一緒に出かけてくれる？」

「おう、そうしよう。父さんが帰ってきたら本当に驚くだろうな」

えへへっと年相応の笑顔を見せ、光莉は自室へ消えていった。買い出しを終えたあとも行く先々で明臣の姿がないかを捜しはしたのだが、偶然見つかるはずもなく、内心では光莉も消沈していることだろう。

購入した惣菜を温めている間、現像に出していたいくつかの映像を確認しようと部屋に向かった。今ではあまり使用していない映写機を押入れから取り出す。そのついでに、フィルムエディターやスプライサーなども一緒に押入れから取り出しておいた。

本来の８ミリフィルムはこうしたものを駆使して、一つの作品へと仕上げていく。

明臣からカメラを譲ってもらった当初は素人でも簡単に扱える編集ソフトばかりに日

向も頼ってしまったが、パソコン内へフィルムの取り込みが可能となるよりも前の時代では、誰もがこれらの道具を頼りに撮影した映像を手作業で繋ぎ合わせていたそうだ。もっとも、今の日向が制作しているのは、エフェクト加工を多用した創造性に溢れる作品であり、編集ソフトを使用しなければ申し込み要項を満たした作品には仕上がらない。

　フィルムを映写機にセットし、再生しようとした時だった。

　日向のポケットの中にあるスマートフォンが振動した。ポケットから取り出して画面を見ると、非通知になっている。しばらくそのまま放置してみたが振動が止まることはなく、一つの予感がして、日向は通話ボタンに触れた。

「……もしもし？」

　日向が声を出した瞬間、電話が切れた。

　これまで一度も悪戯電話がかかってきた経験はない。訝しみながらも、日向はスマートフォンを床に置いたまま作業に戻ろうとした。

　しかしすぐにまた、小刻みな振動が床から足に伝わった。

「もしもし」

　声は聞こえてこない。ふつふつと苛立ちが募り、日向は声を荒らげた。

「あの、迷惑なんでやめてもらえませんか？　どうして俺の番号を――」

通話の相手は外にいるようだった。車の走行音に混じり、話し声らしきものが聞こえてくる。そして微かに、何かを叩くような音がした。

可能性として考えられる人物には、すぐに辿りついた。

「……父さん？　なあ、父さんなんだろ？　加藤さんに聞いたよ、有給だって？　明後日には帰ってくるんだよな？　あのさ、光莉のやつ、もう大丈夫だよ。俺と一緒に、外に出て──……」

光莉は、俺の妹じゃないのか──その言葉が口から出かかった時、電話が切れた。

それ以降は二度とかかってくることもなく、呆然と部屋の壁を見る。映像を見る気もなくしてしまった。こんな気分のまま光莉が映してくれた景色を見るのは失礼な気がして、日向は電子レンジの音が聞こえると、ふらふらと台所へ向かった。

（六）

明臣が失踪して二週間近くが経っていた。有給休暇も本来であれば終わっているはずなのに、明臣はまだこの家に帰ってきてはいない。

「千歳さん、やっぱり電話繋がらないのか？」

「うん……昨日とは違う時間にかけてるのに、出てくれなくて」

明臣の失踪と関係があるのかは定かではないが、本来であれば昨日の午前中に光莉の元を訪れるはずだった千歳とも、なぜか連絡が取れなくなっていた。

「お父さんと千歳さん、駆け落ちとかしちゃったのかな……」

「馬鹿なこと言うなよ。もしそうだとしても、俺たちには何か伝えてからだろ」

「そうだけど、駆け落ちってそういうものでしょ？　聞いたことしかないけど……」

昼食時に使用した食器を洗いながら、今もまだ部屋に戻らない光莉の姿を眺める。片手で端末を持ったまま、何度も耳にあてながら声を出す光莉に、伝えておくべきかどうか悩んでしまう。

あの晩、家から出て行く際、明臣は日向に、光莉のことを頼むと伝えた。こうして自宅に戻らないことを見越しての発言だったのではないかと、今となっては思えてしまう。

「お兄ちゃんは早く作業に戻って？　電話が繋がったら言いに行くから」

連日のように自分と出かけるようになったせいで作品作りに支障が出ていると考えているのか、光莉は一向にその場から動きだそうとはしない。

コンクールに応募するための作品は、眠れない夜に作業に没頭したおかげもありかなり形になってきている。理想としている出来栄えにはまだまだ遠く及ばないが、制作を中止しようなどとは思わなかった。しかし、作業の手を止めて一息つくたびに、脳裡にあのメモ書きが蘇る。

子を、攫う――誘拐。

父が失踪したのとほぼ同タイミングで発見された白骨死体。真面目で勤勉だった父が有給休暇期間を終えても職場にすら連絡を入れていない、繋がってはいない、繋げてはいけない点と点。以前からふつふつと湧き上がる厭な予感。やはり明臣と英寿は、そして光莉は、なんらかの形で大きな事件とかかわっているのではないか――。

「お兄ちゃん、いる?」

返事が聞こえてこなかったからか、不安そうな声で光莉が訊ねてくる。日向は台所から顔を出し、光莉の元へ歩み寄った。

「いるよ。俺はこれからもずっと、光莉のそばにいる」

光莉は、自分の妹ではないのだろう。祖父のメモ書きを真に受ければ、誰だってそう考えてしまう。

おそらく光莉は十年前、明臣と英寿の手によって誘拐された、見ず知らずの女の子だ。

なぜ二人は光莉を誘拐することになったのか、そうする必要があったのか。わからずとも、明臣がこの十年間光莉を頑なに家の中から出そうとしなかったのは、光莉を誰にも見つからないようにするためであった、という考えの方がしっくりくる。同僚にすら光莉の存在を隠していたのだ。考えるに、明臣と英寿、そして千歳と日向以外は誰一人として光莉の存在を知らないのだろう。

日向自身、いつの間にか光莉のことを外では話さないようになっていた。それは光莉がこの家にやってきた十年前、自分に妹ができた嬉しさのあまり当時近所に住んでいた人たちへ伝えに行こうとして、明臣にこっぴどく叱られたことが原因だった。その頃はまだ今よりも子供で、父が発した怒声にひどく恐怖し、誰にも言わないようにしようと決意を固めたことをうっすらとだが覚えている。

光莉の存在をひた隠しにしていることがおかしなことだと感じ始めたのは、やはり、このカメラを使って光莉の世界を作品にしようと決めたからだろうか。

カメラの側面を撫でながら、収まっているフィルムを取り出した。締め切りが迫っているため、光莉が初めて外の世界を撮影した映像は残念だが使えない。

また別の機会に続編として応募すればそれはそれで面白いかもしれないと思い、出しっぱなしになっていた映写機を元あった場所へ収める。その際、足の指を壁にぶつけてしまった。悶絶し、これは実際どの部分が傷んでいるのかと考えた時、脳裡にはまた見たこともない景色が浮かびあがる。

見つかったという二体の白骨死体。土から剥き出しになった人間の骨が、実物など見たこともないのに簡単に頭の中に描かれる。

この十年間、我が子を攫われたというのに誰一人として光莉を取り戻しにこなかったのは、光莉の関係者がすでにこの世にはいないからなのではないか――ぴたりと脳内でハマったピースを無理やりに取り外し、日向は編集作業へ戻ることにした。

辻褄が合うとはいえ、すべては憶測にすぎない。そんな非現実を自分が生きているとは思いたくなかった。パッと浮かんだ考えよりもむしろ、先ほど光莉が言っていた駆け落ち説のほうが遥かに現実的に思えてきて、苦笑とともに卓上に置かれた雑誌を手に取った。

頁を捲る指が、ある一頁を前にして止まる。

見開きの右頁には、先日の買い出し中にこの雑誌を購入するに至った要因である一人の人物の写真が掲載されていた。

會澤庸介《あいざわようすけ》。ドキュメンタリー映像などを主軸とした数々の映像作品を手がけ、ここ数年で広くその名を世に知らしめた新進気鋭の映像クリエイターだ。

日向が今回新設されたコンクールに作品を応募しようとした理由は、自分の実力を試してみたいという意欲からきたものもあったが、そもそものきっかけは、コンクールの審査員欄に會澤庸介の名前を見つけたからだった。

會澤庸介の作りだす映像は、ここ二年の間で大きく変化した。もともとは日本以外で撮影された動物たちのドキュメンタリー映像を主軸として活動していた彼が、日本に戻り初めて発表した作品は、それまでの作品とは一線を画す、人間の視点を中心とした映像作品だった。

初めて彼の出世作を見た時の衝撃を、日向は忘れることができない。なぜなら彼の出世作は、日向が幼い頃に一度だけ見たあのフィルムの映像とどこか重なって見えたのだ。

小さな子供の背中を映した冒頭から始まる會澤の作品は、目前で繰り広げられる人々の日常に重きを置いた、いわゆる一人称視点の物語だった。

昨今、盗作等を疑われる作品は多々存在しているが、會澤の作品は日向がかつて視聴した映像と視点こそ同じであれど、まったく異なる世界を画面の中に作りだしていた。

何もない場所に突然花が咲く、というような編集を施す日向に対し、曾澤はあくまでもカメラを持った人物の視点に本来映された世界を輝かせる程度の加工しかしていない。自分とは違い、小さな加工一つで世界を輝かせる會澤庸介というクリエイターに日向は一目置いていた。尊敬や憧れ。自分はこの人のようになりたかったのだと、初めて會澤の作品に触れた時にひしひしと感じた。會澤の作品を目にするまでは闇雲にレンズを向けていただけの自分が益体もない存在に思えた。會澤の作品は、それまでの日向が漠然と描いていた映像美を根本から覆したのだ。

そんな憧れの人が、審査員としてコンクールに携わっている。仮に會澤が今回のコンクールで日向の作品を目にし、評価してもらえるなんてことがあれば、光莉とともに生きてきた日々は間違ってなどいないと言ってもらえるような、そんな気がした。

『お兄ちゃん、カメラの向き、こっちでいいの？』

ディスプレイの内蔵スピーカーから、以前映像とともに取り込んだ光莉の声が聞こえてきた。

『おう、ばっちりだ。そのままもう少し下げて、そうそう、いいぞ』

『膝くらい？　ねえ、これって何を撮ってるの？』

『それはな、まだこの家に来たばかりの頃の光莉が見ていた世界なんだ』

光莉が一瞬間を空けて、くすくすと笑う。

『私、こんなに小さくなかったよ？』

『そんなことないぞ。光莉は小さかったんだ、すごくすごく』

光莉は小さかった。だから、兄である自分がこの子を守ってやるのだと決めた。

日向は映像に加工を済ませていく。幼い頃の光莉が本当は見ていたであろう景色をよりいっそう輝かせていく。

初めてこの家の床を踏んだ時、どれくらい光莉の世界は輝いていただろうか。出迎えた自分の笑顔は、どれくらい光莉に伝わっていただろうか。

当時の光莉が浮かべていた表情を思い出せそうで、思い出せない。もし會澤庸介がこの映像に加工を施すとしたら、どんなふうに輝かせるだろう。

何度でも言える。彼の出世作は素晴らしかった。故に気になった。

會澤はあの映像を撮影しながら、誰の気持ちを想像していたのだろう、と。

「……お兄ちゃん、今、大丈夫？」

直接耳に届いた声は、スピーカーからのものではなかった。

日向が驚いて振り返ると、光莉は胸の前に手帳のようなものを持ったまま佇んでいた。扉が開いたことにも気づかないくらい自分が集中していたことに気づき、椅子から腰を上げてゆっくりと光莉に近づく。

「これ、通帳じゃないか。どうして光莉がこんなもの持ってるんだ？」

「さっき、間違ってお父さんの部屋に入っちゃって……それで、入ったことほとんどなかったから、どこに何があるかもわからなくていろいろ触ってたら、これが上から落ちてきて、私じゃ届かなくて戻せなかったから……ごめんなさい」

光莉が差し出した通帳を受け取る。

予想どおり、明臣のものだった。光莉の名前が記載されていることを期待しなかったといえば嘘になる。

「俺が戻しておくから、心配するな」

「ごめんね、お兄ちゃん」

躊躇なくお兄ちゃんと呼ぶ妹に、光莉だけはそのままでいてほしいと思う。

「父さんのことが心配で、書斎に入っちゃったんだよな？」

自分の嘘がばれたことを悟ったのか、光莉は俯いた。

「俺がコンクールに集中できるように、俺のことを想って嘘をついてくれたんだろ？　なら、それは悪いことじゃないよ。今も少し考えてたんだけどさ、ほら、祖父ちゃんのことがあって、父さんも気分転換したくなったんだと思うんだ。光莉だって外に出るのが楽しくなったから、毎日出かけたいって今は思うだろ？　たぶん、父さんもどこかに気分転換に行って、同じことを思ったんじゃないかな。俺たちの予想どおり、千歳さんが父さんと繋がってるなら、今は本当に一緒かもしれないし」

「けど……連絡つかないままだよ？」

「それは、俺たち二人なら大丈夫だって信じてくれたからだと思うんだ。千歳さんも父さんも、俺たちなら大丈夫だって思ってくれたんだよ、きっと」

言葉にしてみると、本当にそうだと思えてきた。

俯いたままの光莉の髪に触れる。風呂上がり、毎日のように日向が乾かしてやる艶やかな髪が輝いて見える。

日向にとって、この子は光だった。

父と二人だけで暮らしていた日々に突如舞い降りてくれた、太陽のように眩しく、かけがえのない存在。

「……お兄ちゃんは、どこにも行かないよね？」

何度かけても千歳と連絡が取れない不安もあるのだろう。自分の周りから次々と誰かが消えていく今の状況のせいで、普段は隠している光莉の本音が洩れていた。

「どこにも行くわけないだろ。俺だけじゃないよ。父さんも千歳さんも絶対帰ってくるさ。だから、帰ってきた時にしっかり怒ってやれるように、今のうちに力溜めておかなきゃな」

これまで感じてきた愛おしさが少しも薄れていないことを自覚しようと、何度も何度も髪を撫でた。そうするうちに、今度は手を離すことを躊躇した。このまま手を離せば、離れていくのは自分ではなく光莉のような気がして、怖かった。

「うん。お兄ちゃん、あのね……」

「どうした？　父さんの書斎に入ったことをまだ気にしてるなら、告げ口なんかしないから安心していいぞ。だから光莉もさ、俺が父さんの言うことを無視してコンクールに応募するの、黙っててな？」

光莉が顔を上げる。もちろん、と頷いてくれる。自分と似ていない部位を探すよりも、形の好い鼻や耳にばかり目がいった。よく似ていると思っていたから、これまではなんの疑問も抱かなかったのかもしれない。

部屋に戻っていく光莉に今日は出かけないのかと訊ねると、信じて待ってると返事が聞こえた。

日向と二人だけの生活が始まってから約二週間。明臣がいなくなったことを警察に相談すべきではないかと考えたこともあった。だが、どうしてもそれだけはできなかった。したくなかった。

警察に行けば明臣は見つかるかもしれない。しかし同時に、すべてが明らかになる可能性があった。知りたいのに、知りたくない。明臣がなぜいなくなったのか、その理由も。光莉のことも。知りたいのに、知りたくない。警察には、頼れない。

ただ、以前よりも兄妹の絆は深くなっている実感が湧いた。その実感が勇気に変わり、光莉から受け取った通帳を開かせる。

通帳残高を見て言葉を失った。それくらい、残高は乏しいものだった。

頁を戻し、すぐに気づく。数ヶ月前から一ヶ月に一度の頻度で使途不明な数十万円が定期的に引き出されていた。もともとあった貯蓄はそのせいでみるみる減っており、日向は途端に自分の将来に不安を覚えた。

日向は映像関係の専門学校へ進むつもりだった。アルバイトをしながら通うことも可能ではあるだろう。しかし、以前明臣からも指摘されたように、編集や課題に取り組む時間は確実に減ってしまう。自分が思い描いていた未来が音を立てて崩れていくのを自覚した。

まだ明るい窓の外。カーテンの隙間から差し込む日脚が伸びているのとは対照的に、自分の心にはだんだんと闇が迫ってくる。今はまだ夏なのに、突如冬が到来したような、そんな冷たさが胸を襲う。

日向は数日ぶりに明臣に電話をかけた。数日前にかけた時にも繋がらず、折り返しすらなかった。

今日も同じだった。ほかに連絡を取る手段はないだろうかとふと顔を上げ、光莉が誤って入ってしまったという父の書斎が瞳に映る。開かれたままの扉。中に入ると、黒々としたデスクトップパソコンが真っ先に目に飛び込んだ。

急にあの日のことを思い出す。明臣は書斎の明かりを消し忘れていた。それは、この家を出る直前まで、明臣が書斎に籠っていたことを意味するはずだ。

指先は、広い卓上の上に置かれたキーボードへ伸びていく。エンターキーを押すとディスプレイが音もなく光を宿した。そこには予想どおりロックがかかっている。日向は思いつく限りの数字やアルファベットを打ち込んでみた。明臣の生年月日。フルネーム。逡巡したあとに、先に光莉の誕生日を打ち込んだ。しかし、ロックは一向に解除される気配をみせない。

まさかとは思いつつも、日向は自身の誕生日を入力した。

次の瞬間、一瞬でページが切り替わった。ロックが解除されたと悟り、日向はその場に呆然と固まった。

「俺の誕生日が、父さんのパスワード……」

呆気に取られていたはずなのに、時間が経つにつれ、目頭が熱くなっていった。

日向の誕生日だって、毎年早く帰ると約束しておきながら、付き合いで飲みの場に行ってから帰ってくることもあった。それでも明臣の手には、日向の誕生日を忘れていないと主張するように、毎年、四角い箱に収まったチョコレートケーキがあった。

「馬鹿じゃないのか。……どこ行ってんだよ、父さん」

目元を拭い、痕跡を探した。並んだアイコンのうち、電子メールのものと思われるアイコンをクリックする。

受信フォルダも送信フォルダも、どちらもすでに一掃されたあとだった。日頃電子メールを利用しないユーザーの受信フォルダには、契約したプロバイダーからの初期メールがいくつか残っているはずだ。それが一つも残っていないということは、明臣自身が受信フォルダをチェックし、わざわざ自らの手で受信メールを全消去したということになる。大雑把な性格の明臣が普段は使っていないフォルダをたまたま確認し、フォルダ内にあるものすべてを削除したとは到底思えない。

明臣は間違いなく、誰かとメールでやりとりをしていた。千歳だろうかと考えて、それならばスマートフォンのほうで連絡し合うだろうと考え直す。ほかに父が連絡をし合う間柄の人間が思い浮かばない。

「もし……このまま父さんが帰ってこなかったら」

光莉に伝えた言葉とは裏腹な不安が言葉に変わる。

この先もし明臣が戻らないようなことがあれば、自分と光莉は本当に二人きりになってしまう。助けてくれる人も周りにはいない。いつか、どこかのタイミングで光莉の素性が明らかになる局面に出会《でくわ》すだろう。

その時、自分と光莉は離れ離れになってしまうかもしれない。

血の繋がらない兄と妹。親も消え、二人だけで生きていくことをほかの大人が認めてくれるはずもない。日向には光莉がこの家に来た頃からの記憶があるが、光莉は当時まだ三歳だった。物心ついた時には当たり前に日向と明臣がそばにいて、光莉は千歳を除けば、自分たち以外との関わりがない。

——光莉。

日向は書斎をあとにしようとした。絶対に離れないと約束したのだ。この先どんなことがあっても、自分が光莉を守っていくと固く誓った。

初めて光莉を見た時から、言葉にはしなくとも、そう思っていた。

「……──」

微かな電子音が聞こえ、日向は振り返った。開きっぱなしになっていた受信フォルダの端に、先ほどまでは存在しなかった1の数字が浮かんだ。すぐに更新ボタンをクリックし、たった今明臣のパソコンに届いた受信メールの中身を確認した。

『きょうのけん　にじゅうじに　みさかこうえんまで　こえをきかせてください』

平仮名のみのメッセージは読みづらかった。このメールを送信した相手は余裕のない状況にでもいるのかもしれない。読みづらくとも、送り主が今日の夜に明臣と『みさかこうえん』という場所で待ち合わせをしようと試みているのがわかった。

「みさか、こうえん……」

聞き覚えはなかった。躊躇はしたが、日向はすぐに送り主に返事を送信した。

『自分は月嶋明臣の息子です。父はもう何日も家に帰ってきていません。何か、心当たりはありませんか？』

返事はすぐに届いた。

『おなまえは』

『日向です』

返事を送ると、そこからぷつりと返信が途絶えた。頼みの綱であったにもかかわらず粗相を働いてしまったのだろうかと焦りが募る。しかし、今は待つ以外の選択肢はない。

数分後、ようやく返事が届いた。そこに書かれた一文を読み終えるや否や、日向は今度こそ父の書斎をあとにした。

『にじゅうじ　おなじばしょで』

（七）

「何かあったら連絡してくれ。大丈夫、俺はすぐに帰ってくるから」

「で、でも……」

三和土《たたき》で靴に足を通すこつこつという音を響かせながら、日向は光莉に伝えた。

日向が突然外出することに、光莉は微かな違和感を覚える。それが表情から伝わってしまったのだろうか、日向は立ち上がると光莉の頭に掌をのせ、揶揄《からか》うような口調で言った。

「そんな心配しなくても、父さんのことを知ってるかもしれない人に会ってくるだけだ。もしかしたら父さんもそこにいるかもしれないし、そうだったら俺が連れて帰ってくるよ」

「私も行きたい！」

光莉はとっさに日向の腕を掴もうとした。しかし、光莉の手は空を切る。日向はすでに玄関扉に手をかけていたらしく、ぎいっと扉が軋む音がした。

外の空気が家の中に入り込んでくる。

新鮮で、ほんの少しだけひんやりとした空気。

「夜になってから出かけたことはまだないんだから、また今度、ゆっくり時間が取れる時にしよう。なんなら父さんと三人で夜に出かけるのもいいな。今のうちに想像しておけよ？　きっと、すっごく楽しいから」

「お兄ちゃん！」

玄関扉が閉まると同時に外から扉が施錠された。すぐに内側から施錠を解いて日向を追うこともできる。自分はもう外だって怖くない。そう思うものの、やはりこの十年間体に根付いたものは簡単には抜け落ちてくれず、光莉はその場に座り込んだ。膝を抱え、顔を埋める。

――みさか、こうえん。

数分前、廊下からこっそりと聞いていた兄の呟きを思い返し、光莉は壁に手をついて立ち上がった。

長い廊下を進み、父の書斎に向かう。書斎の扉は閉まっていた。把手を掴み、ゆっくりと引く。この部屋のどこに何があるのかを光莉は知らない。また何かを落としてしまいそうで、光莉はそっと扉を閉めた。

諦めて自室に戻ろうとして、隣にある兄の部屋の扉が開きっぱなしになっていることに気がついた。父の書斎とは違い、兄の部屋にはこれまで何度も足を踏み入れたことがある。それこそ、毎日のように。

「……お兄ちゃん、いる？」

部屋の前で立ち止まり、光莉は一応声を出した。当然そこに日向がいるはずもない。そんなわけはないが、念のため。返事がないのを機に、光莉は部屋に侵入した。

日向が学校に行ったあとはいつもこうした。誰もいない家の中、こっそりと部屋に忍び込んでは、日向がいつも座っているワークチェアに腰を下ろす。卓上にはキーボードが置かれていて、光莉は適当に一つのボタンを押し込む。けれど、それ以上先へは進めない。光莉には、キーボードの正しい使い方がわからない。

これまで何度も日向の隣でキーボードに指を這わせるカチカチという音を聞いた。光莉が隣に立っていると、日向は進めていた作業を止めて、完成した場面までの映像を再生してくれた。

『この家の周りには、大きな木が生えてるの。その木は春になると、桜の花弁を散らすんだよ。その花弁がね、窓から私の部屋にたくさん入ってきて、絨毯が桜の絨毯に変わっちゃうの！』

自分の声がスピーカーから聞こえるたびに、日向が微笑んでいるのがわかった。

『光莉の部屋の桜の絨毯、すごく綺麗だよな』と日向が言ってくれる。日向と自分は兄妹だから。優しい兄は、妹を愛してくれている。家族だから。兄妹だから。

光莉は羽織っていた薄手のパーカーのポケットに手を入れ、収まっているものをぐっと握った。兄の部屋の絨毯にごろんと寝転んでいると、だんだんと瞼が重くなってくる。


目を覚ましたのは、家の呼び鈴が二度押されたのが聞こえたからだった。

光莉は兄の部屋をあとにし、玄関口へ向かった。常日頃から訪問客が来た際はドアガードを確認しろと父から言われていた。もっとも、これまでは父と兄の不在時に家を訪ねてくるのは千歳ただ一人だったから、いつもの癖で警戒を怠ってしまった。

ドアガードが外れていることを忘れ、ゆっくりと玄関扉を押し出す。

微かに煙草の匂いがした。父もたまに吸うことがあったから、一瞬、父がなんの前触れもなく帰ってきたのだと思い、光莉は勢いよくドアを押した。

「お父さん！」

「おやおや、今日は妹さんかい。ごめんね、お父さんじゃなくて」

頭の上から降ってきた男の声に、無意識に両肩に力が入る。

「……警察の人、ですか？」

「おお、よかった。覚えていてくれたみたいだね。わたしは八雲と言います。こっちは鮫島ね。お父さんかお兄さんは、ご在宅かな？」

以前家を訪ねてきた二人組の刑事だとすぐにわかった。

光莉が首を振ると、八雲という刑事が微かに溜め息を吐き出したのがわかった。

「そうか、いないのかい。怖がらせてしまって悪かったね。ところで、きみにこんなことを訊くのは失礼かもしれないが、お父さんは以前、お金のことで何か悩んだりしていなかったかい？」

「お金……？　ごめんなさい、私、何も知らなくて。この前聞いちゃった話も……」

「この前？　ああ、お兄さんとわたしたちの会話を、聞いていたのかい？」

光莉はハッとして口元を手で覆った。そんな光莉を見てか、若い鮫島という刑事のほうが少し早口で続けた。

「いやー、悪いことじゃないよ、気になっただろうしさ。聞いていたなら、見つかったメモにお父さんの名前があったことも知ってるよね？」

知っていた。あの日、玄関までやってきた光莉に話を聞かせないように日向は扉を閉めた。しかし光莉はそのあともずっと、三和土に座って洩れる声を聞いていた。

学校に通っていないことはきっと勘付かれてはいけない。光莉は頷くだけに留め、把手をぎゅっと握った。

　そんな光莉の姿を見てか、鮫島刑事の声が近くなる。

「いやー、それでね、メモに名前があったほかの人たちにも話を聞いてみたら、そのうち何人かは過去に借金をしたりしていたことがわかったんだ。だから、もしかしたらお父さんもそうだったのかなーって思ってね。でも、たぶん違うよね？」

　寝耳に水だった。

「ごめんなさい、本当に私、わからなくて……」

　光莉は即座に首を横に振った。

「で、でも、お金には困ってなかったと思います。通帳もちゃんとあったから……」

「そっか。うんうん、そうだよね」

「鮫島！　お前はまた勝手にぺらぺらと……」

「いいじゃないっすか。父親が殺人犯だって疑われているより、こうして事実をはっきり伝えておいたほうがこの子も安心できるっすよ」

「……さつじん、はん？」

　把手を握った手が震えた。

「いや、ごめんね。こいつが勝手に。驚かせるつもりはなかったんだ。違うんだよ。見つかったメモはたしかに仏さんの遺留品の可能性が高いんだがね、メモに名前があった人の中でも、金銭トラブルがなかった人たちに関しては、今回の件とはほぼ無関係ということになりそうなんだ。仏さんは借金取りか何かで、ヘマをしてあんなことになったんじゃないかって、わたしらは考えているんだよ」

「悪い、人……」

「ああ、そうだ。もう一体の死体と同じ場所に埋められていたことからも、いくつか固定の処理場を持つ連中の仕業だっていう見方もできるわけだ。今はもうだいぶ減ったが、未だに昔ながらのやり方に憧れる連中も中にはいてねえ、困ったもんだ。……おっと、怖い話になって本当に悪かった。とにかくね、メモに名前があっただけで、きみのお父さんは今回の件とは直接関係がないということになると思うんだ。だから、何も心配はいらないよ。また話を聞きにくるかもしれないけど、とりあえずお兄さんにもそう伝えておいてくれるかな」

八雲刑事がそれじゃあ、と柔らかい声音で言い、踵を返す。光莉はすぐに扉を引いた。

施錠し、扉に背中を預けてずるずると座り込むと、ひんやりとした三和土が上がった熱を冷ましてくれる。それでもまだ外に気配を感じて、そっと耳を近づける。

「八雲さん、でも、本当に堅気以外の奴らの仕業なんすかね？　メモに名前があった人物から聞いた話を元に考えると、あのメモは比較的新しい情報を書き込んだもののようだった。とすれば、所有していたのはあとに埋められた仏ってことになるでしょ？　さっきも八雲さん言ってたっすけど、この時代にまだあんなやり方する連中いますかね？　身元もわかんないままだし」

「おい、ここでそんなことまで話すな。また聞かれたら困るだろう。まったく……ほかの現場だとそこまで口が軽い男じゃなかったと聞いてるぞ。どうしたんだ、今回だけ」

「いやあ、同情って言ったら失礼ですけど……あの子はたぶん、大丈夫っす。……自分、よくわかるんすよ。あの子と同じような人が親戚にいて、よく面倒見てたんで。その人も最初は家にいることがほとんどだったんすけど、ほら、やっぱり本当のことを伝えたほうが、いろいろと安心してもらえるみたいで。俺もそんなことがあったから、なんか……放っておけないんすよね、あの兄妹」

「それはまあ、そうかもしれんがなあ……」

二人の足音が遠ざかっていくのを確認して、光莉もようやく立ち上がった。学校に通っていないことも、ひょっとしたら勘付かれていたのかもしれない。

早く日向に連絡しなくてはいけなかった。兄は今も父を見つけるために頑張っている。作品作りに没頭したいはずなのに、少しでも妹の不安を消し去ろうと頑張ってくれている。

光莉は胸に手をあて、自分自身に訊ねた。

今の自分が望むことはなんだろう。日向は昔から光莉のことを第一に考えて動いてくれる節がある。学校で一生懸命勉強して家に帰ってからも、まず第一に光莉にただいまを届けてくれる。時間を割いて夕食を作り、あと片付けだって、文句一つ言わずにしてくれる。

「……お兄ちゃんはいつも、私のために」

乾ききっていた唇を開き、咽喉に力を込めた。自分が望んでいるものなんて、一つしかありはしない。日向が自分を想ってくれるように、自分だって日向を想う。

居間にある掛け時計の秒針が、静寂に包まれた光莉にカチカチと耳障りな音を届けてくる。

あの日も——あの日もそうだった。同じようにこの居間で、聞き慣れた秒針の音が光莉の耳朶を震わせていた。

かつて、光莉は一度だけ父にあることを問いただした。その時、驚いた父は言い淀んだ。光莉の前で、初めて父が返答に窮した瞬間だった。

——私も、お兄ちゃんのために。

午後七時を告げる電子音が手元の端末から聞こえ、光莉は意を決し、端末を開いた。

（八）

みさかこうえん、という場所が、八子路町付近のバス停留所から徒歩十分圏内にある『御坂公園』であることはすぐにわかった。高校入学時に明臣から贈られた腕時計を見ると、時刻は午後七時五分を示している。

「誕生日には何もくれないくせに、入学祝いだけはたくさんくれるんだよな」

日向は視線を公園内へ向けた。まだうっすらと夕焼けの残る一角には、帰宅をごねる幼児と、目の前に屈んで説得する若い母親の姿があった。男の子はえんえんと声を上げげて泣き、母親のほうは困ったように眉尻を下げている。

二人の横顔をただ、眺めた。母親は駄々を捏ねる我が子を宥め、顔を上げるように促している。男の子は両手に持ったスコップとバケツを砂場に叩きつけながら、いやだいやだと喚き散らす。微笑ましい光景のはずが、日向の胸には何にも響かなかった。往生際の悪い子供だな、くらいにしか思えない。

自分には、母親との思い出が一切ない。それ故、泣き喚く子供を見ても、母親側の気持ちを感じ取れずにいる。日向の母親が存命であれば、高校生で反抗期を迎えた日向に対し、「昔は泣いていても可愛かったのに」と、当時の気持ちを吐露してくれたかもしれないのに。

物心ついた頃には、日向のそばにいるのは明臣だけだった。

明臣が仕事に出かけ、一人きりの家の中。祖父の英寿が面倒を見に訪ねてくれるたびに甘えた。哀しいことなんて何一つなかった。父子家庭であることを学校で揶揄されても、それがなんだと跳ね除けた。しかし、参観日にクラスメートの母親が来る時だけは、少しだけ俯いてしまった自分を、日向は今も覚えている。

光莉が家に来てからは、そんなこともあまり考えなくなっていった。

家族が増え、家に帰れば満面の笑みを浮かべた妹が待っている。何も哀しくないどころか、むしろ、幸せだと実感していた。光莉が来てくれたおかげで、月嶋家には本来存在しなかった向日葵や紫陽花といった花々が家中に咲き誇ったのだ。

いつの間にか下げていた顔を上げると、ようやく泣きやんだ男の子が母親と手を繋いで公園をあとにするところだった。日向の隣を会釈して通り過ぎる際には、男の子はすっかり泣きやみ、夕食の献立を母親に訊ねていた。愉しそうな笑顔で、笑い合って。

――今は光莉のためにも、父さんを見つけないと。

公園内のベンチに腰を下ろし、時間が過ぎるのを待った。時計で時間を確認し、数分過ぎるたびに立ち上がって入り口付近に目をやったが、誰の姿も見られない。この時間帯は人通りの少ない場所だからこそ、メールの送り主は明臣との密会場所に指定したのかもしれない。

　待てども待てども現れないことに苛立ち、日向はベンチから腰を上げて自ら送り主を探しに行こうとした。

　ちょうどその時ポケットに収めていたスマートフォンが震え、どこか胸に温かいものを感じながら、持ち上げた端末を耳にあてる。

『……もしもし、お兄ちゃん？　ごめんね、いきなり電話して。メールにしたほうがいいかと思ったんだけど、メールだと上手く伝わるかわからなくて……』

　光莉の声は震えていた。これまではどんな時でも気丈に振る舞うことの多かった光莉が、ここ最近は数日前と比べても少しだけ脆くなっている印象を受ける。一緒に父を捜そうとは言っていたが、見つからないまま一日一日が過ぎていくたびに、やはり不安のほうが大きくなっていったのだろう。

　光莉はまだ子供なのだ。急に強くなんてなれるはずがない。少しずつ、少しずつでいい。

　日向自身送り主が現れないことで困惑していたが、平常心を装って訊ねる。こんな時だからこそ、自分がしっかりしなければいけない。

「何かあったのか？　まさか、父さんが帰ってきたのか？」

『ううん、違うよ。あのね、さっき家に……刑事さんたちが来てね。それで私、いろいろ訊かれて……』

沈んでいく光莉の声。刑事と聞き、以前も日向たちの自宅を訪ねてきた八雲と鮫島という二人組の姿が頭に浮かんだ。

『お父さんが殺人犯だっていう容疑は、とりあえず晴れたみたい』

「殺人犯って……そんなの、元からあるわけないだろ」

日向は激しくかぶりを振った。あるわけがない。あるはずがない。

『でも、でもね……』

「光莉、何を言われたのかは知らないけど、あの父さんだぞ？　真面目で、そりゃちょっとはムカつくし横暴なところもあるけど、俺たち兄妹が一番近くで見てきたじゃないか」

『……うん、そうだよね』

「それに、容疑は晴れたって刑事が言ったんだろ？　なら、大丈夫だよ。あ、あれだな。もしかしたら父さん、自分が疑われてるって誰かから聞いて、怖くなってどこかに隠れてるだけなのかもな。小心者だよなー、光莉に似て」

『もう！　私、そんなんじゃないもん』

「ごめんごめん、知ってるよ。光莉は強くて、勇敢だ」

気丈に振る舞わなければ、光莉にあらぬ心配をさせてしまうだろう。屋外に出ることを覚えた光莉が夜分に一人で家を出て、不安そうな兄のためにと追いかけてくる可能性はもうゼロではない。ゼロではないが、今の光莉はまだ、脆い。

「光莉……大丈夫か？」

『……うん』

沈んだ声が聞こえた。これから先、光莉が少しでも強くなれるようにと、日向はあえて笑い声を届ける。

同時に、電話を繋げたまま画像フォルダを呼び出した。その中に、日向の部屋のワークチェアに腰かけて笑っている光莉の写真を見つけた。光莉の指先が伸びているものを拡大する。この写真と同じように、今の光莉も笑わせてやりたい。

「なあ、光莉。もう少ししたら帰るからさ、俺の部屋に行ってみろよ」

『お兄ちゃんの部屋？』

「ああ、机の上にキーボードがあるだろ？　そのキーボードのどこでもいいから、一回押してみろ。下から数えて三列目の、左から七個目のキー。次に下から四列目の、右から六個目を押して、それから――」

うんうんと光莉が頷いている。ひょっとすると、光莉はすでに日向の部屋にいるのかもしれない。日向が学校へ行っている間、時折光莉が自分の部屋に入り込んでいることを日向は知っていた。

「そうだ。その順番で押してみろ。途中で閉じたままだから、自動で流れるはずだ」

カチカチと、指先で押す音がする。

『――……この家の周りには大きな木が立ってるの。その木は春になると』

その音声が日向にも聞こえてくるということは、光莉は見事にやってのけたのだろう。日向は光莉が今も端末を耳にあてていると信じ、口を開いた。

「俺もすぐに帰るからな。父さんと一緒に」


腕時計の短針が八を指している。夜の帳が下りた辺り一帯が街路灯からの人工的な光に照らされ、日向の不安を煽る。近場を歩き続け、結局は指定された御坂公園まで戻ってくるたびに、誰もいない公園を見ては溜め息が洩れていく。

と、いくつかの足音が聞こえた。

仕事終わりのサラリーマン風の男性のうち一人が、公園の入り口に置かれた自販機の前で佇む日向を見つめている。

まさかっと息を呑み、飲み物を購入するふりをしながら様子を窺った。出社前は整髪剤でがっちりと固められていたであろう短い髪が、掻き毟ったあとのように激しく乱れていた。

男はゆったりとした足取りで日向に近づいてきた。メールの送り主はこの人かと日向は身構える。

「買わないのか？」

「え？」

「いや、自販機の前にいるからさ。買わないなら、退いてもらえるかな」

「あっ、すみません」

日向が身を引くと、男は財布から小銭を取り出して投入し、炭酸飲料を購入した。疲弊した様子を隠しもせず、男はペットボトルの中身を一息に飲み干すと、日向を一瞥して去っていこうとした。

「あの、ちょっといいですか」

立ち止まってくれた男にわずかな望みをかけ、取り出したスマートフォンの画面を見せる。

「この人、近くで見かけたりしませんでしたか？」

日向が男に見せたのは、スマートフォンに保存してあった明臣の写真だった。中学の入学式の際に日向と並んで撮られた写真。直近でもっとも新しい明臣の写真はそれしか残っていなかった。愛用のカメラで撮影した映像のほうには、光莉が自宅で撮影した明臣の姿もいくつか残ってはいるが、まさかそれを見せるわけにもいかない。

「いやあ……見てないなあ、悪いね」

男は今度こそ日向の元を離れていった。冷静に考えると、メールの送り主があの男であるはずはない。去り際、男が手に持っていたスマートフォンの画面が光り、日向は気づかれないようにその画面を盗み見た。『ママ』と表示された画面を見て、仕事の疲れや妻からの催促に辟易としていただけの男だとわかった。

「……もう少し。もう少しだけ粘ろう」

光莉が家で待っている。自分と明臣が揃って帰宅するのを心待ちにする妹の顔を想像すると、見知らぬ人に声をかける躊躇はなくなった。その後も通りかかった何人かに写真を見せて訊ねたが、誰も明臣の姿は見ていないという。

時間だけが過ぎていく。日向が身元を明かしたあとも、送り主は同じ場所を指定した。それはつまり、自分と会う気があるということだと思っていたのに。

相手側の外見的特徴はわからないのだから、こうして待っているほかない。しかし、いつまでも待っているわけにはいかない。約束の時間はとうに過ぎている。光莉は落胆するかもしれないが、いつまでも戻らない兄を心配するよりはましだろう。

「あの、すみません」

最後の一人と決め、近くを通りかかった女性に声をかけた。日向は立ち止まったその女性を見て、出かかった言葉を飲み込んだ。女性が白い杖をついているのを目にし、声をかけてしまったことを申し訳なく思った。

「ごめんなさい、大丈夫です。急に声をかけてしまって申し訳ありませんでした」

日向が頭を下げたのを感じ取ったのか、女性は目元の小皺をさらに深め、丁寧に会釈してからゆっくりと進んでいく。小さな背中だ。去っていく女性を見て日向が気もそぞろでいると、突然、頬に一陣の風を感じた。暗がりの中、日向の立つすぐそばを一台の自転車が通り過ぎていった。

自転車が迫っていることに、女性はまだ気づいていない。

危ない——日向がとっさに駆け出した時には、自転車が女性の肩を掠めていた。運転していた若い男は片手に持ったスマートフォンに意識を集中させていたのか、女性とぶつかった瞬間に顔を上げ、「すんません」とだけ残して走り去っていった。

突然のことに何が起こったかわからず、バランスを崩して倒れそうになっているその女性の元に日向は駆け寄った。

「だ、大丈夫ですか？　今、すぐそこを自転車が通って……あの人、スマホ見たまま運転してて。け、怪我は……」

矢継ぎ早に事情を説明すると、女性は突然のことに恐怖したのか、日向の腕をしばらくの間掴んで離さなかった。見たところ怪我はないようで日向は安堵する。

「立てますか？　そのまま掴まっててていいんで」

頷いた女性の体を支え、一緒に立ち上がろうとした。その時、日向はふいに視界の端に誰かの姿を捉えた気がして顔を上げた。公園全体を囲むように設置された垣根の先に、路上駐車された軽自動車が見える。その陰で、彼女はこっそりと顔を出し、日向たちのことを眺めていた。

——間違いない。日向は無意識のうちに彼女の名前を叫んだ。今もまだ腕を掴んだままの女性に会釈し、「すみません、行かないと」とだけ残し、駆けだそうとした。

「ありがとう」

離れていった手。初めて聞いたその女性の声は今もまだ、先ほど覚えた恐怖からか震えていた。それでも日向は駆けだした。自分の存在に日向が気づいていたことに驚愕し、彼女は身を翻して逃げようとする。

「待って、待ってください！」

彼女が身を潜めていた軽自動車のそばを通り抜ける。やはり——確信を持ってさらに両足へ力を込めると、路地の先で、いつも彼女の髪を留めているバレッタが勢いに負けて緩み、長い髪が翼のように彼女の背中一面に広がった。慌てて振り返った彼女は、地面に落ちたバレッタを拾うか、一瞬だけ逡巡した。

「——千歳さん！」

日向が叫ぶと、再び振り返った千歳の瞳に諦めの色が浮かぶ。息を切らして立ち止まった千歳に、日向は追いつくや否やその腕を掴んだ。

「送り主は千歳さんだったんですね。よかった……というか、どうして逃げるんですか？　逃げる必要なんてないのに」

いつの間にか路地を抜けていた。ガードレールに手をついて激しく息を吐き続ける千歳が落ち着くのを待とうと、日向は彼女の腕を離した。逃げたところで追いつかれることを千歳もわかっているのだろう。

「どう、して、日向くんがこんなところにいるの？　しかも、こんな時間に」

千歳がようやく振り返り、日向を見た。

日向はその瞬間、既視感に似たものを抱いた。何に対してのものなのか、どの光景に対するものなのかは判断できない。ただ漠然と、自分を見て振り返るこの人を、どこかで見たことがあるような気がしたのだ。自宅でしか会ったことがないはずなのに――。

「どうしてって、千歳さんがメールしてきたんじゃないですか。御坂公園で二十時にって」

車道を行き交う乗用車のフロントライトが、千歳の顔半分を照らしだす。

「……メール？　メールって、なんのこと？」

「もう惚けなくていいです。知ってるんです。千歳さんと父さんが繋がってることも。

この前光莉と二人で父さんの職場に行って、千歳さんが訪ねてきたことも聞きました。もういいんですよ。俺は……」

何も知らなかった頃に戻りたい。何も知らず、これまでと同じくあの家で光莉と暮らしたい。平穏な日々。どんどんと成長し、これまで経験できなかったことを経験していく光莉を見ていたい。家族として。光莉の、兄として。

「光莉ちゃん……外に出たのね」

「あいつは、本当はもっと早くから外の世界を知りたかったんだ。それを……父さんが邪魔をした。わかります、父さんも俺と同じで不安なんだって。だから、父さんに会わせてください。早く帰ってこいって言いたいんだ」

「ちょっと待って。わたしは日向くんにメールなんて送っていない。本当よ」

「だから、もういいんですよ。もういいんだ。千歳さんはきっと、俺や光莉が知らないことを何か知ってるんですよね？　それをはぐらかすための演技でしょう？　俺だって何も考えてないわけじゃない。子供を甘く見ないでください！」

千歳の表情が、次第に怪訝なものへと変わっていく。

「たしかにわたしは、日向くんが知らないことも……知っているわ。けれど、メールなんて送っていない」

「じゃあ、どうして千歳さんはここにいるんですか？」

千歳が意味深に下唇を噛んだまさにその時、彼女のスマートフォンが鳴った。

「父さんから、ですか」

千歳は何も答えない。答えないということは、そういうことなのだろう。

「父さんは……父さんは、人を殺してなんか、ないですよね？」

これまであまり考えないようにしていた。何を見ても、何を聞いても。光莉から電話がかかってきた時も、容疑が晴れたことを聞き、安堵したのも事実だった。ただ、自分が目にしたメモのことがどうしても頭の片隅から消えてくれない。

千歳は呆然とした表情で日向を見た。その間も、着信音だけが響いていた。

「電話、出てください。俺はこっちにいるので」

覚束ない足取りで千歳のそばを離れた。車道沿いのガードレールに腰を落ち着かせ、彼女の背中を見つめる。千歳はもっと大らかで、それこそ母親のいない日向にとって唯一頼れる女性だった。彼女の背中はこんなにも小さく臆病なものだっただろうか。

自分が今走り抜けてきた路地に目を向ける。真っ暗な世界。

仮に自分がこの世界を作り変えるとしたら、どうするだろう。暗い路地には何もない。どう加工して、どう色づければ、この景色は誰かの目に美しく映るのか。

「……光莉に、電話しておかなきゃな」

もうすぐ帰れそうだと伝えたら光莉はなんと言うだろう。想像するだけで、光莉の幼さを残した声音が鼓膜を擽《くすぐ》る。遅くなってごめん。日向が言うと、光莉はきっとほかのどんな言葉よりも先に言うだろう。おかえり、お兄ちゃん、お父さん、と。

光莉の番号を呼び出して、通話ボタンに指の腹を置いた。暗がりにいるせいか、液晶の光が眩しくて顔を上げた。

ふと、視線の先で何かが動いた。人影だった。自分よりも長身な誰かの影が一瞬だけ見えた気がして、日向は叫んだ。

「……父さん！」

日向が発した声に、背後で通話中だった千歳が驚いて振り返った。もうそんなことはどうでもよかった。

「ちょっと、日向くん！」

今度は先ほどとは逆に、日向が腕を掴まれた。揺れ動く視界の中で振り返ると、千歳が膝に片手をついて、日向の腕を掴んでいた。

「父さんが、父さんが今そこにいたんです。絶対そうだ、絶対に……」

「落ち着いて。明臣さんはここにはもういないはずだわ」

「だから、父さんと繋がってるなら早く呼んでくれって、さっきから何回も言ってるじゃないですか！」

荒々しく息を吐く日向とは対照的に、千歳はすぐに呼吸を整えた。

「もう、日向くんにも話しておいたほうがよさそうね」

言うと、千歳は日向の腕を掴んだまま路地を抜け、自身が停めていた軽自動車に乗り込んだ。

日向を助手席に座らせて、シートベルトを締める。

赤信号で停まってからしばらくして、ようやく千歳が口を開いた。

「あなたのお父さんは、狙われているの」

ハンドルを握った千歳がそう伝えた時、図ったかのようなタイミングで、信号が青に変わった。

（九）

「……いただきます！」

朝食に用意されたハムエッグの半熟卵は、フォークの先端を軽く押し当てただけで、どろりとした液体に変わっていく。なんとか掬って口に運ぶと、濃厚な黄身に混じってほんのりと塩胡椒の香りがした。これまで何回も朝食にハムエッグが出されたことはあるが、ここまで半熟の卵を食べた記憶が光莉にはなかった。先に朝食を平らげた日向は、部屋に籠って編集作業に没頭している。

兄が応募する予定の映像コンクールの締め切りが翌日に迫っていた。

この一週間、日向は普段どおりに光莉の世話を焼いてくれるものの、それ以外の時間は以前よりも集中して作業に没頭している。日向のことを心から応援している光莉はできるだけ自分のことは自分で熟《こな》すように努め、日向が作業に集中できる環境作りに励んでいた。

「本当なら、私が朝ごはん作ってあげられたらいいのにな」

光莉は一週間前のことを思い出していた。

午後九時過ぎに聞き慣れた軽自動車のエンジン音がしたかと思えば、千歳だけでなく日向まで一緒に家に戻ってきた。

光莉は慌てて日向の部屋を出て、二人を出迎えた。ただいま。先に言った日向に、おかえりと光莉は素直に返した。しかし、続く形で光莉の頭を細い指で撫でたのは、千歳のほう。あれからどうなったのかが気になって、ずっと両手で握っていた端末は、光莉の掌と同じくらい温かくなっていた。

「……父さんの居場所を教えてください」

居間に移動した二人についていき、光莉はソファに座って二人の様子を見守った。日向が普段よりも語気を強めて千歳に訊ねるのを聞いているだけで、日向が父を連れて帰ってこられなかったことを悔いているのが伝わってきた。

「残念ながら、お父さんの居場所はわたしも知らないの」

自分はここにいるべきではないのかもと感じ、光莉はソファから腰を上げた。二人にとっても、部屋にいるほうが賢明なのかもしれなかった。

「父さんは、誰に狙われてるんですか」

廊下に出て扉を閉めたあと、日向が千歳に訊ねた。光莉は廊下に腰を下ろし、いつかと同じように耳をそばだてる。

「わたしも、相手が誰なのかは知らないのよ」

「それが本当なら、どうして父さんの職場に行ったりなんか……」

「そんなの、心配だったからに決まってるでしょう？　……ううん、言葉を間違ったわね。わたしは、あなたたち兄妹のことが心配だったの。お父さんがいなくなったのは知ってたけど、居場所までは知らなかった。だから、お父さんを捜さなきゃと思って……光莉ちゃんの面倒を見にこられなかったのは申し訳なく思ってるわ」

「それで都合よくあそこにいたら、これまた都合よく俺が現れたから見ていたって、そう言いたいんですか？」

「……そうよ」

「そんな、そんな虫のいい話があるわけないじゃないですか！」

日向の怒声に、光莉は廊下でびくりと体を震わせた。兄がこんなにも声を荒らげたことがあっただろうか。少なくとも、自分の前では一度もなかった。いつも優しく、時に笑わせてくれる。想像どおりの、理想のお兄ちゃん。

日向がなぜこれほど怒っているのかを、光莉は一人、考える。

やはり、コンクールのことがあるからかもしれない。大事な時期にいなくなった父。光莉が日向でも、同じように憤りを覚えたかもしれない。

「……光莉に、父さんも連れて帰るって約束したのに」

洩れ聞こえた言葉を聞いて、ハッとした。

――また、私のために。

いつもそうだ。

いつも、いつもいつも日向は光莉のことを一番に考えてくれている。兄のことをわかった気になっていた自分を罵りたくなり、同時に、ありがとうと小さく声に出して呟く。涙が溢れそうになる。

嬉しくて、恥ずかしくて、膝に顔を埋めた。

「千歳さん。千歳さんは本当に、父さんと仕事以外の付き合いはないんですか？」

「……え？」

「前にも訊いたじゃないですか。父さんと千歳さんは、本当は俺や光莉に内緒で、こっそり付き合ってるんじゃないですか？　だから父さんは今も、千歳さんにだけ連絡して……そう考えないとおかしいですよ」

千歳が黙り込む。大好きな二人が言い合っているのに耐えられなくて、光莉は居間に続く扉の把手を掴んだ。

「……違うわ。わたしとあなたのお父さんは、今は……」

手が止まる。

自分と兄が想像したとおり、父と千歳は——。

「今は？　昔はそうだったってことですか？　もしかして、父さんが最近元気がなかったのも、俺はずっと祖父ちゃんのことが原因だと思ってたけど、千歳さんと別れたから、なんですか？」

「……違うのよ。そんな最近の話じゃないの。ごめんなさい、ちょっとお手洗いに」

千歳が近づいてくる気配がして、光莉は把手から手を離した。けれど、なかなか足が進んでいかない。そうこうしているうちに、背後で扉が開いた。

すぐ近くに千歳がいる。甘い香水の香りがふっと鼻腔に届き、光莉は振り返った。

逃げ遅れた自分が上手く笑えているのか、わからない。

「……大丈夫よ。大丈夫」

ふいに柔らかいものが顔に押し当てられた。千歳に抱きしめられた自分は、上手く笑えていなかったのだと光莉は悟った。

「大丈夫。日向くんが光莉ちゃんが話を聞いてたって気づくといけないから、ほら、部屋に戻って。大丈夫だから。ね？」

光莉は頷くと、千歳の膨よかな胸から顔を離した。千歳がトイレに消え、光莉も自室に戻ろうとしたが、二人が帰ってくるまで入り浸っていた兄の部屋の扉が開きっぱなしになっていることを思い出し、今はそっちの部屋を選ぶことにした。

気持ちを落ち着かせるために、二時間前に行った手順を繰り返した。

――下から数えて三列目の、左から七個目のキー。次に下から四列目の――

ほかのキーとは違う一際大きなそれを最後に押した瞬間、目の前のスピーカーから慣れ親しんだ自分の声がした。

『お兄ちゃん、蜂さんが庭に咲いた花の蜜を吸いに来てるよ！　ちょっと怖いけど、翅が輝いててすごく綺麗。ほら、隣の蜂さんと仲良く手を繋いでる。ねえ、すごいよ！』

今よりもまだずいぶんと幼かった自分が兄のカメラを手に取って、かつて届けた言葉と声。きっとあの頃から兄は、カメラを四方に向ける妹を見て、こっそりと声も録音していたのだろう。少しムッとして、けれど、すぐに笑ってしまう。

『光莉、蜂なんていないぞ。いたとしても蝶だろ』

『違うよ、いるの。翠色の翅の、綺麗な蜂さん！　向日葵の真ん中で一生懸命蜜を吸ってたよ。お兄ちゃんには見えなかったの？』

これはいつ頃撮影されたものだっただろう。数年前。おそらく初めて光莉が日向のカメラを借り、自宅内をゆっくりと歩き回った日のものではないだろうか。はっきりとは思い出せないけれど、そんな気がする。

兄が編集した映像。確かにそこにいる蜂は翠色をしていて、きらきらと輝いている。蜜を吸った蜂の足には花粉がついていて、まるでその花粉を二匹の蜂が一生懸命巣に持ち帰ろうとしているような、そんな映像。

――お兄ちゃん、いつもいつも、ありがとう。

自分は愛されている。そんなことを改めて思った時、廊下から二つの足音が聞こえてきた。玄関のほうへ足音は進んでいく。光莉は椅子から降りると、軋んだ音が鳴らないように部屋の扉を開けた。がちゃりと施錠した音がして、しかしその後は何も聞こえなくなった。

しばらくして、ぐすっと鼻を啜るような音がした。

兄は、泣いているようだった。

千歳との会話で、日向は何を知ったのだろう。光莉は無性に気になった。気になったが、自分から訊ねることだけはしないと決めていた。日向だって、これまで光莉には極力そうするよう努めていた。

光莉がもっとも訊ねられたくないことを、日向はこれまで一度も訊ねてはこなかった。出会ってから、一度だって。それは間違いなく日向なりの優しさで、愛だ。自分も日向を愛している。妹として、家族として。

光莉は兄の啜り泣く声をこれ以上耳にしないように、こっそりと自分の部屋へと戻り、扉を閉めた。

フォークで皿をつつくと、いつの間にか朝食を平らげてしまっていた。腹六分目といったところか。兄が用意してくれる朝食は多すぎず、少なすぎない。

夕食は朝食に比べると量が多いため、これでは物足りないと以前一度だけ駄々を捏ね、普段より多めの朝食を用意してもらったことがあった。起床してすぐに満腹になったその日は一日中何をするのも億劫で、すぐに後悔した。兄は自分のことをよくわかっているのだと、光莉はその日改めて感謝した。

食器はそのままにしておくようにと日頃から言われている。しかし光莉は自ら食器を重ね、台所へ運んだ。大丈夫、問題ない。

——私もお兄ちゃんのために、もっと頑張らないと。

いつまでも、兄の手を煩わせるわけにはいかない。

「お兄ちゃん。今、大丈夫？」

日向の部屋の前まで移動して声をかけたが、返事は聞こえなかった。恐る恐る扉を開くと、すぐに気配を感じた。微かな寝息が洩れている。日向は机に突っ伏したまま眠っているようだった。疲れている兄を起こさないようにゆっくりと近づいて、頭の位置に手を伸ばす。自分と似た、さらさらとした黒い髪。

これまで家の中だけで暮らしてきたことで、光莉には同世代の子供と会話した経験が一度もなかった。日向がいなければ生きていけない。そう思った時期もあったが、年々薄れている。薄れさせている。そろそろ自立しなければいけないと思うくらいには、光莉も成長しているのだ。

兄の髪を撫でながら、光莉はポケットの中にある物をぎゅっと握りしめた。

大好きだからこそ、哀しむ姿を知りたくない。日向は光莉にとって、世界を明るく照らしてくれる太陽だった。以前日向からも同じようなことを言われたが、日向こそが太陽だと光莉はずっと思ってきた。

光莉という名前を与えられても、自分の中にある光はどちらかといえば、月の光だ。

「……光莉？」

「あ、ごめんね。起こしちゃった？」

「いや、かまわないよ。ありがとな、うたた寝してた。締め切りも近いのに……」

日向が目覚めると立場が逆転した。自分の髪がいつもみたいに優しく撫でられる。

こうしてもらえている間は、安心していられる。

「ねえ、お兄ちゃん。前に、お父さんがお寿司を買ってきた日のこと、覚えてる？」

「覚えてるよ。俺がこれまでの人生で唯一、腹を下した日だからな」

日向が微かに笑った。途端に嬉しくなり、口が回りだす。

「うん！　お兄ちゃんがずっとトイレから出てこないから、お父さん、心配してたんだよ？　何回もトイレの前まで様子を見に行って、大丈夫かな、俺のせいかなって心配してた」

「……そうだっけ。それは、覚えてないな」

「そうだよ。それでね！　私が大丈夫だよって言っても、お父さんずっと不安そうだったの。日向は俺の子供だから俺と同じで生に弱いのか、とか言っててね。実はあの時、お父さんも少しお腹が痛かったんだって。私、お父さんも本当はトイレに行きたいのを我慢してるの見て、笑っちゃった」

日向が一瞬手の動きを止めた。しかしまた、動きだす。

乱暴に扱うとすぐに壊れてしまうガラス細工にでも触れるように、日向は優しく光莉の頭を撫でてくれる。

「……それとね。私、お父さんがお兄ちゃんにカメラをあげた日のこと、前に聞いちゃったの」

「……聞いた？　何を？」

「あのね。お父さん、本当はあのカメラ、お兄ちゃんにあげるつもりじゃなかったみたいなの。お父さんはお兄ちゃんの入学祝いに、本当は別のプレゼントを渡そうと思ってたんだって。私が前にそのプレゼントを偶然見つけちゃって、これは何？　ってお父さんに訊いたの。それは本来お兄ちゃんに渡す予定だったものだけど、お兄ちゃんはそれよりもカメラを欲しがってたから、仕方なくカメラのほうをあげることにしたんだって」

「仕方なく、か」

「で、でも、俺の息子だから全部受け継いでくれるだろうって、お父さん誇らしそうだったんだよ？　私に話してくれた時も、嬉しそうに笑ってた！　本当はお兄ちゃんがもらうはずだったプレゼントはね、もったいないから代わりに私がもらっちゃった。お兄ちゃんも見たことあるよ？　千歳さんと英語の勉強をする時に私がよく使ってる、CDプレイヤー」

日向は光莉の声が聞こえていないのか、何も返事をしてくれなかった。不安に駆られ、それでも、頭は撫でられたままだった。

「だからね、お兄ちゃん。頑張ってね。私もお父さんも、お兄ちゃんの作る作品は世界一だって思ってるんだよ。きっと大きな賞を取って、お父さんも言葉にはしなくてもそれを楽しみにしてるから、祝わなきゃってすぐに帰ってくるよ。だからね、だから、大丈夫」

日向の胸に顔を埋める。

大丈夫。それはいつも、日向が光莉にかけてくれる言葉。

兄の匂いがした。

自立しようと思えば思うほど、この匂いが恋しくなる。

「……よし。顔洗ってくるよ。もう一息で完成だから、そしたらあとは送るだけだ！」

「……うん！」

日向が廊下へと出て行ったあとで、光莉は昨日と同じようにキーボードに触れた。すぐにまた、スピーカーから光莉自身の声が聞こえてくる。

しばらく声に耳を傾けていると、父の声が聞こえてきた。ほんの少しだけ懐かしく感じ始めている自分に気づき、ぶんぶんと首を振った。まだそんなに時間は経っていない。懐かしいなんて、思うべきじゃない。

「あっ、お兄ちゃん！　私、お皿はもう……——」

自分も少しは強くなっていることを日向に伝えようとした瞬間、スピーカーから届いた父の言葉に、光莉は呆然とその場に凍りついて動けなくなった。

絶句して、顔を上げた。

洗面所から物音が聞こえた。洗顔中なのか、日向がここに戻ってくる気配はまだ感じられなかった。

それでも光莉には、どうやってこの音声を消去するのかがわからない。知らない。消さなければ、今すぐに消さなければ。

しかし、そんなことができるはずがない。

スピーカーから流れる父の言葉は、光莉があの日聞いた言葉とは、少しだけ異なって聞こえた。


止まれ止まれと、ただそれだけを祈りながら、光莉は必死にキーを押し込んだ。

幕間

日傘をさした私の元に、その日差しは届かない。

外の世界は、私にさまざまな感情を芽生えさせてくれる。狭い部屋の中に籠ってばかりいた私が、こうして外の世界に出ていくことを咎める人はもう、私のそばにはいない。

片手に持った日傘を畳み、頭上からの日差しを一身に浴びながら、私は鞄の中からカメラを取り出した。落とさないようにしっかりと構えたと同時に、確かな違和感を覚える。しっくりこない。それはつまり、慣れていないということだろうか。

私はベンチから立ち上がる。それでもやはり、構えたカメラのレンズには、私の撮りたいものが映ってはいないような気がして、再びベンチへ腰を下ろした。

ある日、私の見る世界を撮影してほしいと懇願され、カメラを渡された。

私は言われるがままカメラを受け取った。撮影するのはほとんどが家の中だった。

それでも、そこに映る景色を望んでいる人がいる。私を、必要としてくれている人がいる。それは私がかつて心の奥底に封じ込めていた一つの欲求を、いとも簡単に呼び起こした。

今ではもう、感謝すらしている。

だから私は言われたとおり、このカメラを構える。

けれど今日だけは、どうしても熱が入らない。決して思い出さないように努めていた記憶を、今日だけは、何度も何度も繰り返し脳裡に描こうとしてしまうのだ。

私のことを呼ぶ、声がする。

口内には、瞬時に苦味が広がった。

けれど、その苦味を思い出すことができるのは、幸せだった。

――きっと、あと少し。

カメラを鞄に収め、ベンチから立ち上がる。頭上にあるはずの太陽は雲に隠れたのか、肌を焼いていた熱が弱まった。口内の苦味がいっそう増した気がして、けれど私は不快には思わなかった。それはすべて、今はまだ想像にすぎないと理解していたから。

――あと少しで、私の。

微かに靴足で砂を擦る音がして顔を上げた。家にいなかった私を迎えにきたのか、それとも、カメラの中身が早く欲しかったのか。

かまわない。そんなものでいいなら、すぐに与えてあげる。

その代わり。

「じゃあ、送るよ」

一人で食べる昼ごはんは、もう嫌だ。

二章

（一）

夏休みも中盤に差しかかり、けたたましく響き渡る蝉の鳴き声にそろそろ辟易としながらも、日向は頭上の晴天と同じような晴々とした気持ちを自覚せずにはいられなかった。

一週間前に「応募完了」と表示された画面を見た時は、これでもかというほどの倦怠感が心身ともに押し寄せた。

完成までの数日間は椅子からほとんど動かず、仕上げ作業に没頭していた。期日ぎりぎりで申し込みフォームに入力をすませ、ようやく完成した作品を送ったあとの記憶は一切なく、日向はそこから十五時間以上も眠り続けた。空腹に耐えきれず起こしてくれた光莉が苦笑いを浮かべる傍らで、明くる日の西日が消えかかっていたのを見た瞬間は、達成感と申し訳なさから、日向も思わず苦笑いを作った。

なんにせよ、完成したのだ。

初めて心の底から素晴らしいと自負できる作品が。

結果が出るのは二ヶ月後。日向は久々にカメラを持たない両手を見た。掌にもじんわりと汗をかいている。こんな掌で触れなくてよかったと、隣をゆっくりと歩く光莉に目をやった。

「光莉。その麦藁帽子、似合ってるぞ」

「ほんと？　よかった、今日はこっちにして」

大好きな花柄のワンピースに身を包み、指先を鍔《つば》にあてた光莉が振り向いた。コンクールの締め切り間近、作業の手を止められない日向のためにと、光莉が初めておむすびを握ってくれた。光莉が家事を手伝ってくれなければ、きっと締切には間に合っていなかっただろう。

そのお礼に、日向は光莉にプレゼントを贈った。外に出るようになった光莉を想い、こちらも花柄の日傘と、絶対に似合うだろうと思った麦藁帽子。懐は寂しくなったが、気持ちはやはり晴れやかだ。ここ数日、出かける際に日傘と麦藁帽子どちらを手に取るか悩んでいた光莉を見て、年相応の反応だと感じた。光莉だって普通の女の子。どこにでもいる、普通の子。

「これがあれば暑くないし、もっと遠くまで行けるね。けど、私もお兄ちゃんに何かプレゼントしたいな……」

「もう光莉からは十分、もらってるよ」

「私、お兄ちゃんに何もあげたことないよ？」

「物だけじゃないだろ。これからも俺を応援してくれたら、それだけで十分さ」

戯けて言うと、麦藁帽子を押さえたまま、光莉が隣でふと立ち止まる。

「……うん。でもね、私もいつかちゃんと、お兄ちゃんの背中を押してあげたいの」

「何言ってるんだよ。押してもらってるよ、いつも」

一歩だけ前へ進んだ光莉が背を向けたまま、首を振った。

「ううん。もっとね、もっと……お兄ちゃんが本当に勇気を出したいって思った時に、私がね、そっと背中を押してあげたいの。ほ、ほら、お兄ちゃんが誰かに告白する時とかにね、頑張れって言えるくらい、私も強く、なれたら……」

光莉本人の口から強くなりたいという言葉を聞いたのは初めてだった。振り返り、照れ臭そうに頬を掻くその姿を見ていると、伝えられた想いのせいか、心がむず痒くなっていく。

「光莉、俺が大切な人に会いに行くって言ったら、これまで通り背中にしがみついてきそうだけどな」

「そんなこと一回もしてないもん！　もう、嫌いだからね！」

頬を膨らませた光莉のほうが日向よりも先に笑いだす。同じように頬を掻いていた日向も思わず笑ってしまった。今は背中に感じる太陽の熱が、いつか本当に光莉の掌から伝わるものになれば、どれだけ嬉しいか。

また前を向き、ゆっくりと畦道を進んでいく。そんな光莉の隣を日向も同じペースで進んでいきながら、こっそりと取り出したスマートフォンの発信履歴を呼び出した。

「……出ないか」

この一週間、毎日明臣に電話した。無機質な音声案内だけが繰り返し流れるたびに、このまま明臣は帰って来ないのではないかと日向は本気で考え始めている。

「お兄ちゃん、何か言った？」

「いや、言ってないよ。そんなことより、ゆっくりでいいからな。いきなり遠くまで行かなくても、光莉はちゃんと……進んでるよ」

光莉といれば問題なくても、一人きりになると心が沈みそうになる。自分が弱い人間だと痛感したのはやはり、あの夜の出来事があったからだ。

――心配しないで。お父さんは絶対に、この家に返すから――

あの夜、玄関先で振り返った千歳の瞳には確かな決意が浮かんでいた。日向の質問ははぐらかされるばかりで、納得なんて、つもできなかったが、締め切り前に夜通し徹夜した影響か、言い返す気力は残っていなかった。

千歳が家を去ったあと、どうして自分は涙を流してしまったのか。

考えたのは、未来のこと。真っ暗な未来。明臣は何者かに狙われ、そんな父を少し前まで殺人犯なのではないかと疑っていた。

容疑が晴れたと伝えられ、作品作りに没頭していたことで多少は気が紛れていたが、今は違う。頭の片隅には明臣に対する疑念が残ったまま、それでも自分たちは進まなければならない。

決して裕福な暮らしではなかったが、家族三人、一生懸命に生きてきた。互いが互いを想い、ぶつかることはあっても、そのつど最善の選択を選んできた。光莉のことだって、明臣が姿を消さなければ、今頃はもっと話し合って本来選ぶべき道へと進めていたはずなのに。

一人になると考えてしまう。本来なら外出などせず、ベッドの中で蛇のようにとぐろを巻き、夢の中へ一目散に逃げていただろう。しかし、そうはならなかった。

毎日のように、光莉がそばにいてくれたから。

「光莉、本当にお返しなんていらないからな。一人で買いに行ったりするなよ？」

千歳が最後に家に来て一週間が経った頃、うたた寝をしていた日向を起こしにきた光莉は教えてくれた。明臣が本心では日向を想っていること。自分のいないところで、光莉にたくさんの思い出を語っていたこと。

日向自身、光莉の口から語られた父の本音を聞いた時は思わず顔を背けてしまった。照れたのだ、それしきのことで。普段は滅多に自分を褒めない明臣が、裏ではそんなことを思っていたなんて、なぜか、日向のほうが恥ずかしくて。

「うん、わかってる。お兄ちゃんは、何も心配しないで」

今度は振り返ることなく、光莉がゆっくりと前へ進んでいく。皮肉にも明臣がいなくなったことで、光莉との間に元より存在していた絆はさらに強くなった気がした。

——捜そう、父さんを。大丈夫。俺は何を知っても、今なら前を向ける。

一緒に生きてきた。

ほかの何が変わっても、その事実だけはこれからも絶対に変わらない。

そのメールが届いたのは、日向がそろそろ夕飯の支度に取りかかろうとして台所に立った直後だった。

手に持っていた杓子を流しに放り投げ、水滴のついたままの指でスマートフォンを操作し、たった今届いたメールを開いた。開く前までは、もしかすると明臣から……と期待したが、本文を読んですぐに自分の予想が大きく外れていることがわかった。開いた口が塞がらないとはこのことだ。予想が外れて冷えかけていた心が一気に熱を取り戻す。無意識に足は光莉の部屋へと向かっていた。真っ先に光莉へ伝えたいと思った。廊下を走ったのなんて、いつぶりだろうか。

「ひ、光莉！　これ！　き、聞いてくれよ！」

　ノックもせずに扉を開いたせいか、ベッドの上で仰向けになっていた光莉が驚いて上半身を起こした。興奮さめやらぬ日向に気づいてか、いきなり部屋に入り込んだ日向を糾弾することもなく、光莉は小首を傾げていた。

「お、俺の応募した作品が、審査員の目に留まったって！　結果が出るのはまだ先だけど、こうして事前連絡がきて……やったんだ……やったんだよ！　受賞したんだ、俺たちの作った作品が！」

　光莉はまだ事態が飲み込めていないのか、ぽかんとした表情で固まっていた。そんな光莉を見て、日向は自分から両手を伸ばした。ありったけの力を込めて抱きしめる。

「ありがとう。ありがとう、光莉。お前が教えてくれた世界だ。俺たち二人が作った作品なんだ。光莉のおかげだよ。本当にありがとう。やった……やったぞ！」

　うおおおおおっと自分の声とは思えない雄叫びを上げる。鼻の奥がつんとして、日向は光莉を抱きしめたまま、こっそりと目尻を拭った。

「すごい……すごいよ、お兄ちゃん！」

「俺だけの力じゃないだろ。光莉のおかげなんだよ、本当に」

　メールには、近々制作者である日向と顔を合わせたいという担当者の希望が綴られていた。

光莉の体から両手を離し、返信を打ち込んでいく。光莉は隣から日向の様子を窺っているようだった。興奮が伝染したのか、枕を胸に抱きしめて「やった！　やった！」と口から洩らしている。日向自身、返信を終えて息を吐き出したあとも、興奮の熱はなかなか冷めてはくれなかった。

「夢みたいだ。こんなに早く結果が出るなんて」

「お兄ちゃん、頑張ってたから当然だよ。でも、こんなに嬉しいんだね。私、まだ心臓ばくばくしてる！」

嬉しさのあまりわしゃわしゃと頭を撫でてやると、光莉はわーっと声を出して笑った。つられて日向も大口を開けて笑う。こんなに笑ったのはいつぶりだろうと思っていると、仰向けになった光莉がふと、笑みを収めた。

「お兄ちゃん……この前も言ったけど、お兄ちゃんの大切なデータぐちゃぐちゃにしちゃって、ごめんなさい。私があんなことをしちゃったから、もしかしたら私のせいでお兄ちゃんの夢が壊れちゃうかもって、ずっと……怖かったの」

日向が結果を残した安堵からか、光莉は今にも泣きだしそうな表情を浮かべた。

光莉の謝罪はこの一週間で何度も受け取っていた。光莉の言葉に励まされ、最後の追い込みに精を出そうとしたあの日、日向が顔に冷水を浴びせて部屋に戻ると、光莉が一心不乱にキーボードを叩いていたのだ。

　何が起きているのかわからず、とりあえず光莉を机から離れさせた。光莉によれば、パスワードを入力しようとした最中、突然スピーカーから聞いたこともない警告音が鳴りだしたらしい。日向は捻った蛇口から流れる水音で聞こえなかったが、光莉はそれを止めようと必死にキーボードを叩いていたのだ。どのキーを押せばいいのかもわからず、このままでは日向が作り上げた大切なデータが消えてしまうと思ったのだという。

「それに関しては大丈夫だって言っただろ？　データはバックアップを取ってるから問題ないし、特に壊れてもないんだから。たぶん俺が直前まで作品に使用しなかったデータの整理をしようとしていてそのまま寝ちゃったから、光莉が開いた時に前とは違う画面が開いちゃったんだよ。最近はポップアップ型の広告とかから映像が流れてくることもあるから、きっとそれだったんだ。大丈夫、何も消えてないからさ」

　光莉のためにと、以前パスワードを口頭で伝えたのも安直だったかもしれない。それでも、ひとりぼっちで家にいる光莉が、撮影した映像が流れることで孤独感を紛らわせることができるなら、それくらいはかまわないだろうと思っていた。

　現に光莉はそこから流れる映像のおかげで、恥ずかしそうに、時には以前よりも幸せそうに笑うことが多くなった。

「……本当に、壊れてなかったの？」

「ああ、問題ないって。それに今も言ったけど、あの時開いたままになっていたフォルダ内のデータは、今回の作品には使用しなかったものばかりなんだよ。もし消えてたらたしかにショックだったけど、実際には消えてなかったんだからモーマンタイ。実はさ、俺もまだチェックしてない映像がその中にたくさんあるんだ。光莉がこれまでたくさん家の中でカメラを回してくれていたおかげで、今後はそっちの映像を使って別の作品が作れるよ。ありがとな」

光莉は胸に抱えていた枕で顔を覆った。

たしかに一歩間違えば、光莉はフォルダごとすべての撮影データを消去していたかもしれない。深く反省してくれるのは教育上ありがたいが、結果的になに一つ欠けてはいなかったのだから、今は一緒になって連絡がきたことを喜んでほしかった。

「よーし！　今日はお祝いだな。外で飯を食おう」

「え？　お外で？」

光莉が勢いよく体を起こす。こんなに素直な反応が見られるのなら、もっと早くこうしていればよかったのだ。明臣が家にいた頃だって、二人きりの時間はたくさんあったのに。

「おう、初めてだよな。俺も一緒だから大丈夫だろ。二人でさ、お祝いしよう」

形の好いピンク色の唇がだんだんと綻んでいく。ほぼ同時に、二人の腹の虫が鳴いた。音のしたほうを互いが見て、先ほどよりも大きな声で笑い合った。

父がこのことを知ったらどう思うだろう。才能などありはしないと一蹴した息子が受賞したこと。光莉が普通に外の世界に出られるようになったこと。

喜んでくれることだけを、切に願った。

（二）

池神村からバスで移動したあと、ＪＲを利用して五つ離れた駅へ向かうと、視界には県内随一の繁華街が広がった。普段は四方を山々に囲まれた村に住む日向にとって、近未来を感じさせる目の前の光景は心躍らせるものだった。

夏休み中ということもあってか、多くの若者で繁華街は賑わっている。軽装の彼らは皆一様に瞳を輝かせ、軒を連ねた飲食店の看板を見上げていた。

そんな彼らを見て、日向は途端に自身の懐事情が気になった。念のため、抽斗の奥に忍ばせていた貯金を崩して財布に投入してきたが、あまりにも心許ない財布の厚みには溜め息しか洩れてこない。

指定された場所は、入り組んだ路地の先にあるホテルのラウンジだった。自分はこの場所に分不相応だと感じつつも足を進め、いかにも高級そうなソファに腰を下ろした。ただそれだけのことでひどく疲れたが、不慣れながらに珈琲を注文する。口に含むとようやく落ち着いた。一杯千円。この一杯だけで、二人分の食費になると思うとゾッとする。

「月嶋日向くん、だね？」

ようやく声がかかったのは、珈琲を半分ほど飲み終えた時だった。

頭上から降ってきた声に、日向は驚いて顔を上げた。瞳で捉えた一人の男性の顔を見て、あっと大きく声を出してしまった。

「ええと、一応こういう場だから、大声は慎んでもらえるかな。驚くのも無理はないと思うけどね」

ポカンと口を開けている日向を見て、微かにその人は微笑んだ。

先日日向にメールを送ってきた人物は、確かに今日の午後一番にこのホテルを顔合わせの場として指定した。日向はこうしてこの場所に出向くまで、まさかこの人がメールの送り主であることに気づかなかった。

憧れだった人が、日向のすぐ目の前に立っている。

想像や幻想などではなく、日向を見て微笑んでいる。映像クリエイターを志すようになってから、いつか直接会ってみたいと思っていた會澤庸介本人が、手の届く場所に立っている。

襟元のボタンを窮屈そうに外しながら、會澤庸介は日向の向かいに腰を下ろした。

「あ、あ、會澤さん……ですよね？　ど、どうしてこんなところに？」

「どうしてなんて、面白いことを言うね。きみと直接話をするために決まってるじゃないか」

會澤は慣れた様子でウェイトレスを呼ぶと、空になりかけていた日向のカップを指差して訊ねてくる。

「おかわり、いるかい？」

「あ、ええと……もう一杯ってなると、その……」

財布の中身をもう一度確認しようとポケットに手を伸ばしただけで、會澤は事情を察してくれたのか、大きく口を開いて笑った。

つい先ほど大声を出すなと注意してきたのは會澤なのにもかかわらず。しかし、そんな會澤の姿を見ていると、この人もまた、自分と同じ世界に生きている人間なのだと改めて認識することができた。

「いやいや、すまない。僕のほうが大声を出してしまったね。実は、こういう場所で提供される珈琲のほとんどは飲み放題なんだよ。いくら飲んでも千円以上はかからないから心配しなくていい。それに、もともとここの勘定は僕が持つ予定だったから、ほかにも何か食べたいものがあれば遠慮せずに頼んでくれてかまわないよ」

無知は罪とはこのことだ。日向は慌てて首を振った。憧れの會澤庸介が目の前にいるだけでも信じ難いことなのに、食事までご馳走になるなど滅相もない。

「早速本題に入るけど、きみが制作した映像を見たよ。はっきり言って、驚いた」

「あ、會澤さんが直接見てくださったんですか？」

「当然だよ。審査員として招かれているから、一つ一つの作品に目を通したんだ」

相好を崩し、會澤がカップに口をつける。

信じられない気持ちだった。喜びが胸を占め、口元が次第に緩んでくるのを抑えきれない。

「ただ、一つ。単刀直入に訊くよ。きみの作品は、僕に影響を受けたのかな？」

「はい。いや……そういうことすら烏滸《おこ》がましいとは思うんですが、そうです。実際は、もともと昔、父と一緒に見た映像があって……それが一人称視点の映像だったんです。その映像がぼんやりとですけど、頭の片隅に残ってて……初めて會澤さんの作品を見た時にあの頃と同じ気持ちになって、俺が作りたい映像はこういうものなんだって気づいたというか……」

「なるほどね……昔お父さんと見た映像のほうが、どちらかというと参考になっているわけだ。僕は自意識過剰だったのかもしれないね」

長身痩躯のわりにやたらと太い腕を組み、會澤は忍び笑いを洩らした。

自分の作品が酷似しているとは思わないが、會澤の作品から少なからず着想を得たのは事実だ。内心怒っているのではないかと、日向は不安に駆られた。

「そんな顔をしないでくれ。大丈夫、怒ったりしているわけじゃないんだ。むしろ、誇らしくてね。僕の作品に影響を受けるということは、僕が評価されていることになるんだから」

白い歯を見せた會澤に、日向はホッと胸を撫で下ろす。

「それで、きみは今回、一人称視点の作品にあえてたくさんの加工を施しているね。それが異彩を放っていたから目に留まったわけだが、どういった意図があってのことか、訊いてもいいかい？」

「それは……ほかの誰かにとっては、俺が普段見ている景色はもっと美しいものなんじゃないかって、そんな風に思ったからです。だから、一見不自然に見えるフィルターやエフェクトも、そういう意図の元に成り立ってるというか……」

憧れの人を前にしての緊張はそう簡単に解けてはくれない。詰まりながら必死に説明する日向の話を、會澤は真摯に聞いてくれているようだ。

「俺なんて、その……まだまだ會澤さんには遠く及ばないと思います。けど、俺は今の作風を大切にしたいんです。というよりも、そうでなくちゃ意味がない。俺にとって映像制作は、自分のためじゃなくて、ほかの誰かのためなんです」

家に帰り、早く光莉に話したい。憧れの人と会ったことや、その人が自分の作品に少なからず興味を抱いてくれたことを。

「なるほどね。きみの心意気はしっかりと伝わったよ。熱心な若者は大歓迎だ」

途端、會澤が大きく両手を広げた。

「僕はね、ずっと探していたんだよ。きみのような逸材を」

受け取るのも憚られるような賛辞に、日向は心の中でガッツポーズする。崩れたと思っていた自分の未来が、燦々と輝く太陽の下に戻ってくる。

「もう少し話をしていたいんだが、生憎予定が詰まっていてね。とりあえず今後の手続きを円滑に進めるためにも、ひとまずこの書類を渡しておかないとね」

會澤は持参したビジネスバッグから一枚の書類を取り出すと、ペンとともにそれを日向に差し出した。

「受賞予定者が未成年者の場合には、顔合わせの際、あらかじめこの書類に必要事項を記入してもらうことになっているんだ。あっ、安心してくれ。詐欺とか、そんなのじゃないから。僕の顔が何よりの証拠になるだろう?」

自身の顔に指を差し、自信満々に訊ねる會澤を見ているだけで、自分がどんどんと彼の世界に引き込まれるのを感じた。話術に長けているのも會澤の特徴だ。

「さて、僕は少し仕事の電話をしてくるから席を外すよ。十分もしたら戻ってくるから、できればそれまでに記入をすませておいてくれると助かるかな。けど、焦らずゆっくりでいいから。焦った拍子に紙で指を切ったら大変だ。きみの体は、誰かにとっては宝物だからね。未来の才能を潰すことは、僕の死活問題になってしまう」

また一つ冗談を飛ばし、會澤は手を上げて去って行く。

「すごいな……まだ手が震えてる」

人生で初めての興奮に、珈琲の味すらわからなくなる。

受け取った書類には、いくつかの空欄部分に付箋が貼られていて、そこに説明書きが残してあった。會澤はビジネスマンとしても優秀なのか、付箋に書かれた説明文は一読しただけで理解できる丁寧なものだった。

空欄を埋めていく。名前と年齢を記入した際、手が止まった。貼られていた付箋を見ると、『未成年者には賞金受け渡しの際、ご家族の同意が必要です。ご家族の氏名、住所、電話番号を必ず下記に記入してください。要』と書かれていた。

夏休みの当初、日向が明臣に口にした発言は的を射ていたのだ。もちろんネット応募の際に住所も連絡先も記入済みだったが、こういう確認の場面でも住所は必ず必要となってくる。勝ち誇った気分でとりあえず現住所を綴りながら、続いて明臣の名前を記入した。明臣の電話番号も記入していく。

――やっぱり、すぐにでも父さんを見つけないと。けど……。

仮にこの電話番号を頼りにコンクールの主催者側が明臣と連絡を取ろうとし、もし繋がらなければ、今回の受賞が取り消されてしまうかもしれない。

――けど、もし父さんを見つければ……光莉のことを、訊いてしまう。

適当な理由をつけて明臣が携帯を持っていないことにするべきか。しかしもうボールペンで記入してしまった。塗りつぶして消すべきか。そんなことをしても、結局連絡が取れないことに変わりはない。なら、賞金は放棄して、せめて受賞歴だけを得ることはできないだろうか。それなら、親の同意がなくとも可能なのでは――。

日向は先に別の空欄を埋めようと視線を下へずらした。目に飛び込んできた項目は、また、日向の指を空間へ縛りつけた。

きょうだいの有無を記入する空欄が、確かにそこに存在している。

「なんで俺は……手を止めてるんだ」

このラウンジを訪れた際とは異なる震えが起こった。指先が小刻みに震え、額には汗が滲んだ。

光莉が自分の本当の妹でないことは、恐らく間違っていないだろう。それこそ明臣がいなくなった直後はそのことに悩まされ、光莉とどう向き合うべきかを真剣に悩んだ夜もあった。

しかし、今は違う。たとえ光莉が自分の本当の妹ではなく、どこからか攫われてきた赤の他人だとしても、光莉とともに過ごしたこの十年間は消えたりはしない。この夏、光莉と二人きりで過ごした思い出は、間違いなく兄と妹という関係でしか生まれないものだったはずだ。

――躊躇するのは、光莉に失礼だ。

日向はぐっとペン先を空欄に近づける。ただ、それ以上進まない。ここに光莉の名前を記入すれば何が起こるのか。どんな未来が待っているのかを想像してしまう。ありえないとは思いつつも、最悪のパターンだけが脳裡に描かれる。

光莉の存在を知った者たちが、光莉がどんな人物かを知りたがる。光莉の声は今回の作品にも入っているのだ。いや、むしろ日向が制作した作品は光莉が主人公になった映像だ。受賞すれば少なからず話題になり、この女の子は誰だと知りたがる人物が現れても不思議ではない。

誰かが。誰かが、光莉が日向の妹であることを突き止める。その流れで、明臣のことを調べる可能性もゼロじゃない。何かしらの手段を用い、明臣の戸籍情報を得た誰かが、そこに名前がない光莉を訝しむ。調べ上げ、どこかであの点と点が繋がってしまえば、それこそ、すべてが終わりだ。

日向の人生も。おそらく、光莉の人生も。

　もし、自分が受賞を辞退すればそんな不安は消えてくれる。このまま帰宅して光莉と顔を合わせ、それこそ詐欺だったなんて戯けてみれば、きっと光莉は慰めてくれるだろう。誰よりも、兄想いな光莉なら。

「俺は、どうすれば……」

「――書けたかい？」

　所用をすませた會澤がいつの間にか日向の後ろに立っていた。

　會澤は書類を摘み取ると、日向が埋めた項目を目で追っていく。結局、明臣の番号を塗りつぶすことはできていなかった。

「うん、全部書けているね。っと……一番最後の空欄が埋まっていないみたいだが、きょうだいはいないということでいいのかい？」

「あっ、ええと……」

　まさか指摘されるとは思わなかった。日向が言葉に詰まると、會澤はうーんっと首を傾げてみせた。

「いやね、きみの作品を拝見した時に、あの視点が誰のものなのか少々気になってね。映像の中で何回か『お兄ちゃん』という呼び名が聞こえたから、妹さんがいるのかなと思っていたんだ。一応、映像作品だからね。クレジット表記等で今後出演者の項目を追加することがないともいえない。きみは将来有名になるだろうから、月嶋日向の処女作はいったい誰の見ている世界を形にしたものなのか、クライアントにそう問われた際には、僕らも回答しやすくしておいたほうがいいからね」

憧れの會澤庸介が仔細にわたって自分の作品を見てくれている。言葉では言い表すことのできない感動が、瞬時に胸に蘇ってくる。

しかし同時に、自分が映像の中で光莉の声を多用してしまったことを後悔した。

お兄ちゃんと呼ぶ光莉は日向の中では当たり前の存在で、だからこそ光莉の発した声はそのつど映像に組み込んでいった。先ほど光莉の名前を記入することを悩んだ自分が馬鹿らしくなる。誰が見ても、あの作品は兄と妹で作られたとわかってしまうものなのだ。

「まあ、お兄ちゃんなら妹さんを守りたかったのかな？　きみはなかなか容姿が整っているから、妹さんだってのちのちこの作品から話題になるかもしれないしね」

まさに自分が危惧していたことを口にした會澤に、日向は曖昧な返事しかできなかった。この人にも妹がいるのだろうかと考えて、書類を鞄に収めた會澤のあとに続く。

守りたい。守りたかった。当然だ。家族、なのだから。

――家族。

日向は思い出す。明臣は頑なに日向がコンクールに応募することを認めなかった。どうしてそこまでと、日向は苛立ち、反発した。あの時はまだ何も知らなかったから。

明臣が誰を守ろうとしていたかを、知らなかったから。

　光莉は明臣とよく話す子だ。日頃から日向のカメラを使って自宅内を撮影していた光莉に、何をしているんだくらいは父も訊ねただろう。素直な光莉はきっと、兄の作品作りのためと答えたはずだ。

　明臣は今の日向と同じように考えたのかもしれない。日向の作品が世に公開され、そこに光莉が映っていた場合のことを。自分たちがかつて攫ってきた子供が今もこの家で暮らしていることが、どこかの誰かにバレてしまうことを。

　――けど、光莉は映ってない。だってあの作品は、光莉が見ている景色なんだから。

　せめて自分が作品の内容を説明していれば状況が変わったのかと、日向は下唇を噛んだ。日向の心情には気づく様子もなく、會澤は腕時計で時間を確認している。

「申し訳ないね、そろそろ行かなきゃいけないんだ。人気者になると打ち合わせが続いてね。きみも将来僕のようになることを覚悟しておいたほうがいいぞ」

　軽い拳が胸にあてられる。痛みは一切感じられなかった。會澤のことはこれまでたくさん調べてきたが、優しい人なのだということは初めて知った。

「じゃあ、また連絡するよ。あ、そうだ。名刺を渡しておこう」

　名刺入れから差し出された一枚を受け取る。映像クリエイター・會澤庸介。

「それと、受賞前にこういった連絡があったことは内密にしておいてくれ。ほかの応募者をがっかりさせたくないからね」

「はい、もちろん」

「きみには期待してるよ、月嶋日向くん」

去っていく會澤の横顔は、どことなく愉しそうに見えた。柑橘系の香水の匂いがふっと鼻先に漂う。

はっきりと日向の名前を呼び、期待していると言われた。嬉しくて、今度は自然に胸の前で握った拳をその場で高く掲げた。

ラウンジにいたほかの客が日向を見てくすりと笑う。恥ずかしさからその場をあとにしようとして、カップの底に残っていた珈琲を啜った。

冷えた珈琲は苦く、舌の上にしばらくの間余韻を残した。

（三）

「お兄ちゃん、よかったね。お兄ちゃんは月嶋家の誇りだね！」

「大袈裟だろ。小さな賞を一つ取ったくらいで」

「ううん、そんなことないよ。ねえ、今日も外でご飯食べよう？　私ね、自慢したいの。月嶋日向は私の自慢のお兄ちゃんですって、見せびらかしたいんだー」

しっかりと手を繋ぎ、上機嫌に畦道を進んでいた光莉が突然わーっと声を出した。油蝉の鳴き声に混ざり、その声は溶けていく。季節は未だ夏であり、時間の流れがそれほど早くないことを実感する。

「私、この道ずっとずーっと歩いていきたい。まっすぐで、楽しいから」

「地球は丸いっていうもんな」

「うん！　終わりなんてないんだって思えるでしょ？　だから、これからもずーっと歩き続けることだってできるの。そうやって歩いてたらね、もう一人の私が後ろからとんとんって肩を叩いてくるんだー。遅いよ、光莉ちゃんって。そう言われて、本当の私はいつの間にか、同じように地球を一周したもう一人の私に追いつかれてることを知るの」

光莉はここ数日ずっと機嫌がよかった。會澤と初めて顔を合わせた日も、普段は部屋にいるはずの光莉自ら玄関扉を開いて日向の帰りを待ってくれていた。おかえりなさいと言われ、自分が誰に会ったのか、どんなことを話したのかを聞かせてやると、光莉は数時間前の日向と同じように両手を上げて喜んでくれた。

確実に。毎日少しずつでも確実に光莉は一歩を刻んでいる。

対して、自分はどうだろうか。

妹よりは強いという自負はあれど、またうじうじといらぬ思考を巡らせてしまった。

光莉の名前を書けなかったこと。はっきりと會澤に妹だと言えなかったこと。

　右手にはあれから数日が経った今でもまだ、握ったボールペンの感触が残っている。

「けどさ、追いついたほうの光莉が本物の光莉かもしれないぞ？」

「え、違うよ？　だって、私のほうが先に家を出たんだもん。お兄ちゃんが先に私を外に連れ出してくれたから、ずっと私が前にいられたんだよ」

　夏休みはまだ半分近く残っている。コンクールの結果が秘密裏に伝えられたことで日向は一つ肩の荷を下ろしたこととなり、こうして光莉と過ごす時間を優先できるようになっていた。

　光莉の話は理解に苦しむものだったが、光莉がこうして愉しそうにしていられるだけで今は満足だった。本心では光莉も日向と同じように明臣の安否を気にしているはずだが、それを表に出さないのは光莉なりの優しさだ。

　実際に今日も、日向はなんとか明臣と連絡を取る方法はないかと考えて千歳に連絡を入れてみたが、繋がらなかった。千歳からは定期的に連絡が入るものの、相変わらず明臣に関する情報だけは洩れてこない。

　その後も思慮に耽っていた日向を部屋から連れ出してくれたのは光莉だった。部屋の扉が開いた瞬間、太陽のような眩しいその笑顔に、日向は導かれるように立ち上がった。そうして今日も、二人でこの道を歩いている。

「月嶋日向です。月嶋日向を、どうぞよろしくお願いします！」

「ははっ、それだと選挙みたいじゃないか」

「選挙ってなーに？」

光莉は世の中のことをあまり知らない。軽く説明してやると、わかっているのかいないのか、頭に被った麦藁帽子が前後に揺れる。

「でも、さっきのは聞いたことあるよ。お兄ちゃんが前に撮ってたから」

「ああ、それも再生したのか。一つ再生するとフォルダの中が自動再生になるから、どんどん次のデータが流れてくるんだよな。昔はどこにいてもカメラ回してたし、帰ったらこの機会に俺も全部見てみようかな。一緒にどうだ？」

「……うん！　でも、それはまた今度にしよ？　今日は、お兄ちゃんとたくさん楽しむの。月嶋日向です。月嶋家の長男、月嶋日向を何卒、よろしくお願いいたします！　えっと……こんな感じ？」

「完璧だ。俺、選挙出てみようかな。ウグイス嬢は光莉に任せよう」

ウグイス嬢ってなーにと、光莉がまた幼さを残す顔で笑う。今日の光莉はいつにも増して元気いっぱいで、つられるように日向も笑った。明臣が本当に光莉の存在を隠そうとしていたのなら、この行動自体慎むべきなのだろう。

しかし、日向はまだ信じていたかった。すべてが杞憂に終わることを。

「光莉、どこか行きたい場所はあるか？」

訊ね、光莉はまだ外の世界に詳しくないのだと思い直す。

「いや、やっぱり俺が知ってるところに連れていくよ。ほら、太陽はまだまだ頭の上にあるぞ。本当にこのまままっすぐ歩いていくのもいいかもな」

光莉の顔は麦藁帽子に隠れて見えなくなった。鍔広のものを選んだのは間違いだったかと思い始めた時、ぼそりと、光莉が呟いた。

「……私ね、学校に行ってみたい」

立ち止まったことで、光莉の口元が見えた。

本当は昔から何度もそう思っていたのかもしれない。優しい光莉は本心を隠し、日向や明臣が困らないようにと、日頃から考えて行動してくれる。

思わず言ってしまった。そんな印象を抱かせるように、光莉は下唇を噛んでいた。

「……やっぱり、ずっと行きたかったんだな」

光莉は慌て、ぶんぶんとそれこそ大仰に首を振った。けれど、そんなはずはないのだ。十年間一度も家から出たことがなかった光莉だからこそ、憧れるものはあるはずだった。

これまでも日向が学校から帰るたび、光莉はいろんなことを訊いてきた。「今日の学校はどうだった？」「部活って何？」「お兄ちゃんのお友達も、この村に住んでるの？」「楽しかった？」何度も何度も訊かれた。日向は光莉の想像を壊さないように、その時だけは嘘を並べたこともあった。

学校は全然楽しくないし、友達なんていない――嘘だ。それは光莉に寂しい思いをさせないための嘘だった。しかし、光莉が兄の嘘に気づかないはずはない。光莉には昔から、人の心情を読み解き、正しい反応をしようと心がける癖がある。「そっか、楽しくないいんだ」残念そうに言ってはにかんでみせる光莉を、当時の日向はまだきちんと見てあげられていなかった。きっと、何年も前から光莉の中には少しずつ、学校に対する憧れが育っていたというのに。

この半月の間に何度も外に出て、光莉には同じ質問をしていた。このタイミングで本心を口にしたのも、日向のコンクールの結果が先に出たからだろう。

本当に優しい子だ。本当に。

「……行くか？　学校」

握られていた手に、ぎゅっと力が加わった。

「やっぱり見ておかないとな。お前が通うことになるかもしれない場所なんだから」

光莉が勢いよく顔を上げる。

「私……学校、行けるの？」

「行けるよ。全部片付いたら……俺が絶対なんとかしてやる。光莉なら俺と違って友達だってたくさんできる。何せ、光莉は俺の――」

　ぎゅっと、今度は日向が手を握り返す。

「光莉は俺の、自慢の妹なんだから」

　もう躊躇はなかった。今はそれ以外のことは重要ではないと思えた。今も光莉は隣にいて、日向のことを自慢の兄だと言ってくれている。こんなにも弱虫で、情けない兄を。

「いいかー、光莉。学校は結構怖いぞー？　鬼教師っていわれる生徒指導の先生がいてな。あっ、生徒指導っていうのはな」

　停留所まで続く道中、そしてバスに二人で乗り込んでからも、日向はこれまで自分からはできなかった話を続けた。クラスメートの話。授業の話。少し気になる、異性の話。

　光莉は隣から、日向の顔を見つめているようだった。

　バスに乗り込むまでは俯いていたその顔の上に花が咲いていくのを見て、もう一度、壊さないように手を握った。

　どこかで夕食をという話になり、見学に訪れた中学校付近にあるファミリーレストランに立ち寄ろうとすると、そのタイミングで光莉の端末から音が鳴った。

直前まで光莉の頬にはほんのりと赤みがさしていた。初めて訪れた学校という場所の雰囲気にすっかり魅了されたようで、しばらくの間夢うつつだった。事前連絡もせず訪ねたにもかかわらず、学校側の対応も寛大なもので、夏休み中ということも幸いしたのかもしれないと日向は思っていた。

「あれ、切れちゃってる」

「電話か？　誰からだったんだ？」

「千歳さん。あ、でも、メッセージが残ってるみたい」

千歳から普段連絡が入るのは日向のスマートフォンだったこともあり、光莉も彼女と連絡を取っていたことに少し驚いた。『　件のボイスメッセージがあります』と、確かに光莉の言うとおり、端末からは機械的な声が洩れている。

『ごめんなさいね。今週も行けないかもしれないの。けど、次は行くからね』

再びピーッと電子音が鳴り、メッセージを消去するかどうかの音声案内が続いたあと、光莉は端末をポケットにしまった。

「なあ、光莉もあの日から千歳さんとやりとりしてたのか？」

「時々だよ。でも向こうからは、勉強を教えてくれる予定の日にだけボイスメッセージが入ってるの。今日も本当はその日だったから。あのね、千歳さんいい人だよ？」

「それは、俺も知ってるよ」

「一応メールアドレスも登録してもらってるけど、千歳さんはいつもボイスメッセージを残してくれるの。時々英語でね、それすらも勉強になっちゃう。優しいの」

「メールアドレスも？」

今の時代、身内と連絡を取り合う際に用いるほとんどはスマートフォンのアプリだ。わざわざメールアドレスを交換してメールを送り合う時代は終わりつつある。

今になって改めて思うのは、明臣のパソコンにメールを送ってきた人物のことだ。千歳は否定したが、仮に光莉の持つ端末に登録されている彼女のアドレスと明臣のパソコンに届いたアドレスが一致すれば、千歳は嘘をついていたことになる。

「やっぱり、千歳さんは嘘を……」

「あのね、千歳さんは嘘がつけない人だよ」

レストランの入り口の前に立ったたまま、光莉は日向のほうを見上げて言う。

「千歳さんは、いつも本当のことを言ってくれる人。もちろん濁したりすることもあるけど、嘘だけはつけない人なの。ついちゃダメだって、初めて会った時からずっと思ってる気がするから」

「千歳さんからそう聞いたのか……？」

「ううん。けどね、なんとなくわかるよ。この人は嘘をつくのが怖いんだって。だって、言い淀んだりする時はいつも、声が震えてるもん」

光莉だから相手の心情が読み取れる。これまでさんざん日向の気持ちを汲み取り行動してくれた光莉の言葉だからこそ、どこか説得力があった。

思えば、日向は明臣のことをそれほど知らなかった。職場の人間関係だって一人しか知らない。趣味はあるのか、若い頃は何を夢みていたのかも知らない。しかし、それが普通の父親と息子だとも思えてくる。明臣の交友関係を知らない息子の自分だからこそ、あれこれと余計なことを考えてしまうだけだ。

「そうかもな。けど、千歳さんのアドレスは俺も知っておきたいな。電話ができなくても、文面だけなら読んでくれそうだし」

「うん。それなら、たぶん今開いてるところに載ってると思うよ」

光莉が端末を差し出してくれる。『千歳』という名が表示された画面だった。

電話番号は日向も以前登録していたので知っている。その下、キャリアメールであることを確認し、@の前に続く数字とアルファベットを目で追っていると、ふと、何かが頭をちくりと刺した。実際に虫に刺されたわけではなく、何か、火花のようなものが頭の中に散ったのだ。

千歳のアドレスを自らのスマートフォンに入力し、光莉に端末を返す。端末をポケットに収めた光莉はどこか不安そうな表情で、祈るように胸の前で指を絡めている。これまでも何度か目にしてきたその仕草は癖のようなものなのだろうと、日向はレストランの扉に手をかけた。

「よし、夕飯は盛大に……──」

言いかけ、口が止まった。唐突に思い出した。

思い出すことなど不可能だと思っていた記憶が、うっすらと脳裡に蘇った。

あれは、明臣と二人で例の映像を見ていた時のこと。

映写機で映した映像は日向の関心を引いた。見終わってしまうのが哀しく、フィルムを取り出してケースに収めようとする明臣に抗議した。もう一度見せて。明臣は仕方ないなと笑い、もう一度だけ映像を流してくれた。

たしか、たしかその映写機の近くには、ラベルシールが貼られたもう一つ別のフィルムが置かれていた。当時の日向は流れている映像に夢中で、ラベルの貼られたほうのフィルムの中身は見たことがない。

映写機に再び例のフィルムをセットする明臣を早く早くと急かしながら待っている間、手持ち無沙汰の日向は仕方なく、ラベルの貼られたそのフィルムをじっと眺めていたのだ。真っ白なラベルに黒いペンで書かれていた、数字と平仮名が二つ。四つの数字と──平仮名が、二つ。

「──……１１２２、しの」

まだ幼かった当時の日向でも読むことができた、数字と平仮名。

——そうだ、しの。

それは、知っている人の名前だった。日向は一度だけ、その名前を見ていた。

あの瞬間。明臣の戸籍謄本に記載されていた、除籍という言葉の近くにあった名前。

志乃——しの。

「あれは……俺の母さんに関する、フィルム」

明臣は離婚後に日向の母を病で失ったと語っていた。

母に関するフィルムをあの時もまだ所持していたということは、明臣は離婚後も、まだ母に対する気持ちを残していたということなのだろうか？　離婚後にこの世を去った元妻のことを思い出し、夜な夜な一人で愛した人の映っているもう一つのフィルムを見ていたということか。

あの夜、光莉の名前がないことにばかり目を奪われていたことで、書類の細部に関する記憶は日に日に薄れている。しかし、おそらく日向の母である志乃という人物の旧姓は、その名前の下に続いていた彼女の両親の姓を見ていたことで、微かに記憶に残っていた。——たしか、七尾、とあった気がする。

「お兄ちゃん？　ご飯行かないの？」

「わかってる。けど、ちょっとだけ待ってくれ」

光莉に断ってから、日向は改めてスマートフォンに登録した千歳のアドレスを見た。

『1122_chitose_ashigaya』

しの、という名前は当然か、その中に組み込まれていない。だが、この１１２２という数字を日向が忘れるわけがなかった。そしてつい先ほど千歳のアドレスを初めて目にし、そこにこの数字を見つけたからこそ、海馬の奥底に眠っていた父との記憶を少しではあるが、思い出せたのだ。

十一月二十二日。

それは、日向の誕生日だった。

「なあ、光莉。どうして千歳さんのアドレスに、俺の……──」

訊ねようとして言葉を切った。光莉の端末にアドレスを直接入力したのは千歳本人のほうだろう。光莉が何かを知っているはずはない。

不自然に言葉を切った日向に、案の定光莉は何もわからない様子で「何？」と訊いてきた。光莉の心情を考えると、今ここでいろいろと考えを巡らせるのは失礼な気がして、日向は無理やりに笑顔を作った。とりあえずアドレスの中で唯一聞き覚えのない『ashigaya』という単語を検索してみる。

検索にヒットしたのは、足ヶ谷という地名だった。その場所はあろうことか、以前訪れたあの御坂公園から、小さな山を一つ越えた場所を指していた。

「お兄ちゃん、ご飯……」

「あ、ああ、ごめんな。行くか」

光莉がぐいっと腕を引いてくる。珍しく力の籠った引きだった。当然か、光莉は初めて訪れた学校の余韻に浸っていたいのだ。話だってもっとしたいだろう。

「そういえば、この間外で飯を食べた時もファミレスだったよな」

「え？　うん、そうだけど……」

腕を引き続ける光莉の麦藁帽子に、日向はそっと手をのせる。

「夜も出歩いてみたいって、前に言ってただろ？　今から少し行ってみたいところがあるんだけど、飯はそっちで食わないか？　着くまでの間にたくさん学校の話もしたいしさ。それに、どうやら川鰻が名産みたいだ。……どうだ？　鰻、好きだろ？」

日向が言うと、光莉の顔がパッと輝いた。「うなぎ！」と嬉々として頷く光莉の手をしっかりと握りながら、日向は心の中で謝った。

明臣が遅くに帰宅する際、時折土産に鰻重を買ってきてくれることがあった。光莉がいつもそれを楽しみにして遅くまで起きていたことを、日向は知っていたのだ。

足ヶ谷に着いてすぐの食事を終えたのは、午後七時を回った頃だった。

慌ててスマートフォンを取り出してバスの時刻表を確認するが、帰りの便がすでに残っていないことを知る。宿泊施設を探すか、タクシーを利用するべきかと日向が悩んでいると、光莉が一つ大きな欠伸《あくび》をした。名産だという川鰻を用いた料理に舌鼓を打ったばかりで、日向自身も誘われるように口を大きく開いていく。

「大丈夫か？　なんなら背負ってやるけど」

「大丈夫。お兄ちゃんだって疲れてるでしょ？」

言い終わるや否や、光莉がまた欠伸をした。たくさん話をして、腹が膨れたばかり。

当然だと、日向も歩くペースを落とす。

そういえば、光莉は夏休み当初とは違い、自分から明臣の話をすることが減っていると感じた。日向が作品を作り終えた頃から、明臣の話題は光莉の口から上がらなくなったように思う。

光莉は明臣のことを信じると決めたのかもしれない。にもかかわらず、自分は光莉を連れてこんなところまで来てしまった。あろうことか、口車に乗せてまで。

自分が何を知りたかったのか、日向はだんだんとわからなくなっていく。しかし、光莉を見ていると思うのだ。光莉だって頑張っている。少しずつでも前に進もうと努力している。その姿を見ているだけで、停滞することだけは避けたいと感じた。だからこそ、この場所までやってきた。

光莉を連れてきたのではなく、光莉に連れてきてもらったようなものだ。

「来てみたはいいものの、こんな夜じゃ……何も」

明臣が残してくれた生活費はすでに底を尽きかけている。初めて訪れたこの場所からタクシーで自宅に戻るにはいくら必要になるだろうと考えていた日向の視界に、小さな民宿が映り込んだ。暗がりでよく見えはしないものの、一見古風な日本家屋にしか見えない。

しかし日向には、なぜかその建物が民宿であることがわかった。直感だろうか。導かれるようにして、足はその民宿へ向かっていく。

「光莉、今日はここに泊まっていこう。もう眠いだろ？」

光莉には月嶋家の懐事情を明かしていない。状況が飲み込めないのか、それとも眠気に打ち勝てなくなったのか、曖昧に頷く光莉の手を引いて敷居を跨いだ。

「あの、今日ここに泊まりたいんですけど」

日向が早口で言うと、受付に鎮座する白髪交じりの女性が日向を正面から一瞥した。次いで、彼女の視線は光莉にも向けられ、小さく溜め息をつきながら首を振った。

「あんたたち、未成年だろう？」

「はい。でも、そこをなんとかお願いします。家は池神村にあって、この時間だともう帰りのバスは出ていないし……」

「池神村って、こりゃあんた、珍しいところに住んでるね。高速道路ができるとかなんとか……はー、懐かしい。昔この民宿にいた人が池神村に住んでいたことがあってねえ……おっと、話が逸れちまった。親御さんは迎えに来られないのかい？」

「それは、難しいです。父は家を空けていて、まだ数日は戻らないので……」

　事情を説明しようかと悩んだが、そんなことはできるはずもない。日向が口を噤むと、受付の女性はうーんと唸り、長く細い廊下の先に声を飛ばした。

「ちょっと誰か、まだ部屋は空いてたかい？」

　廊下の先から「はい、女将さん」と若い女性が姿を見せ、日向たちを見てにこりと笑った。

　了承の合図だとわかり、日向は目を見開いて女将と呼ばれた女性を見た。

「あの……いいんですか？　未成年、ですけど」

「どうしようもないからねえ。きちんと親御さんには連絡を入れておくんだよ。最近は、足ヶ谷でも時々若者向けのイベントが開かれることが多くてねえ。そういう時は未成年だけで宿泊を希望するお客様も多いんだ。今日も地元民向けの夏祭りが開催されている日だしねえ。もしかして、もう見てきたかい？」

　日向が首を振ると、女将は「せっかくだから行ってみるといい」と言ってくれた。頭を下げ、差し出された用紙に必要事項を記入してから、日向たちは部屋へ向かった。

　八畳ほどの和室からは、生前よく訪ねていた英寿の家の匂いがした。傷んだ障子も傷のついた畳も、そのどれもが哀愁を感じさせる。

「光莉、もう寝るか？　こっちに布団敷いておくから」

部屋へ移動する間も舟を漕いでいた光莉は、日向が敷いた布団にうつ伏せで寝転がるとすぐにすーすーと寝息を立て始めた。風邪を引かないように布団を上まで引き上げてやってから、日向は洗面所へ向かおうと立ち上がる。

「あらま、妹さんのほうはもうお休みかい。せっかく蜜柑を持ってきたんだけどねえ」

開かれたままだった襖の向こうから、両手に蜜柑を持った女将が姿を見せた。

「すみません、わざわざ。俺だけでもいただきます」

「いいんだよ、無理に食べなくても。眠い時は寝る、食べたい時は食べる。人間、自分のやりたいことをやって生きるべきだからねえ」

「いえ……食べたいんです。すごく美味しそうだから」

受け取った蜜柑の皮を剥いていると、瞬時に記憶が蘇る。

英寿はいつも、日向が剥くよりも先に、しわしわの指で綺麗に取り出した果肉を差し出してくれた。残った白い筋が嫌いだった日向は、果肉からせっせと筋を剥がし、口に入れる。それを見ていた英寿は、次からは筋も取ってから果肉を日向に差し出すようになった。

心の優しい祖父だった。そんな祖父が自殺した。今もまだ信じられない、信じたくない気持ちだった。

眠ってしまった光莉を見る。どうしてだろう、ふいに涙が込み上げてきた。日向は慌てて目元を隠し、女将に気づかれないよう涙を拭った。

「お兄ちゃんをやるのは、大変かい？」

自らも日向の向かいに腰を下ろした女将は、在りし日の英寿と同じように蜜柑の皮を剥き、日向に差し出した。英寿のことを思い出して受け取ることを躊躇しそうになると、女将は「そうだわね」と言って果肉を自らの口に運んだ。日向は慌てて弁解しようとし、しかし、気にしないでと女将のほうが話を続けた。

「その子を見ているとね、わたしもいろいろと思い出しちまうんだ。だから、その子のお兄さんのあんたにも、世話を焼きたくなっちまうんだよ」

宿泊時に差し出された用紙に、日向はしっかりと住所や氏名を記入した。

今回は躊躇なく、月嶋光莉という名前を書けた自分がいた。

「……どうして、ですか？」

「昔ね、その子と同じような人を雇っていたことがあるんだ。愉しかったことも、つらかったこともあった。怖くなると部屋へと閉じこもるあの子の世話をしているうちに、いつの間にかこんな老婆でも、あの子の姉のような気分になっていったんだ。仕事が熟せるようになるたびに、こっちまで嬉しくなってねえ……あんたはどうだい？

やっぱり本当のお兄さんともなると、いちいち喜んだりはしないものなのかね？」

日向はもう一度光莉の寝顔を見た。何か愉しい夢でも見ているのか、もぞもぞと寝返りを打ちながらも、幸せそうに頬を緩めている。

過去を巡る。まだ何もできなかった光莉が成長とともにいろんなことを覚えていく。勉強だって、千歳が来る前は日向が教えていた。

大好きだった。今でも、大好きだ。あの声で、お兄ちゃんと呼ばれるその瞬間が。

「……その人は、ずっとここから外へは出なかったんですか？」

「そんなことはなかったよ。ただ、外に出る時はいつも怯えていたね。わたしや仲居さんが一緒だと、心強いと言ってくれたもんだよ。この民宿を辞める少し前からは一人でも外出できるようになっていってね。この人は普通の人だって、わたしはあの子と接して初めて理解できたんだ。周りはとやかく言うだろうけど、誰がなんと言おうと、わたしだけはこの子と普通に接しようってね、その時思ったんだよ」

同じだと、日向は感じた。

光莉は、普通の子。どこにでもいるような普通の女の子。学校に憧れ、洋服にだって趣味嗜好を持つ女の子。特別扱いをするのは周りだけで、光莉自身はそんなことは望んでいない。普通がいいとそう思い、けれど、言えないだけ。

日向は光莉のことを、昔から普通の子だと思ってきたのだ。こうして家から外へ出るようになり、今になって光莉の世界を広げようとしたが、遅かっただろうか。もっと早く行動すべきだっただろうか。そうしていれば今頃、光莉は一人で人目に触れる場所を歩き、笑い、使い古されたランドセルが部屋には置かれていたのだろうか。

「あんたは偉いね。しっかりと手を繋いで、優しいお兄ちゃんだ」

「俺は……偉くなんかないんです。これまではずっと、光莉を家に閉じ込めたままだった。口では否定していても、やっていることは父さんと同じだった」

どうしてか、幼い光莉の姿が脳裡に浮かんで、声が震えていく。

「父さんの考えとは違ったかもしれないけど、俺だって俺なりの理由で、光莉は家にいたほうがいいんじゃないかって、ずっと思ってきたんです。そのほうが、安全だから。そのほうが……っ、面倒じゃ、なかったから」

俯くと、掌にはぽつりと涙が落ちてきた。ごめんと、また光莉に謝った。

そんな時期だって、本当はあったのだ。

光莉が来て一年が経った頃、日向は毎日のように友達と遊びに出かけた。

遊びに出ようとする日向を、まだ幼い光莉は呼び止めた。「お兄ちゃん、行かないで」「お兄ちゃん、遊んで」と、腕を掴んで離さなかった。しかしいつも、日向が言葉に詰まると、光莉はゆっくりと手を離すのだ。「ごめんね」、そう言って哀しそうに笑う。明臣が家にいる時は、日向はそのまま家を飛び出した。年相応に、自分だってたくさんたくさん遊びたかった。

――俺は、自慢の兄ちゃんなんかじゃなかったんだ、ずっと。

声を押し殺す。光莉が起きて、また、兄のことを心配しないですむように。

「それでもね、あんたは今日、ここに来ただろう?」

丸まった背中に、温かい掌が触れた。

「それはね、あんたが行動したからじゃないか。妹さんを連れて出かけようって、あんた自身が思ったからだよ。そうしたいって思ったタイミングこそが、一番正しい瞬間なんだ。それまでのことなんてどうでもいい。理由だってどうでもいい。もっとも大切なのは、今のあんたがどれくらい、その子のことを大事に想えているかなんだよ」

そのまま背中が優しく撫でられる。不快だなんて思わなかった。

「大丈夫。一緒にいてあげようと思えるのなら、それはもう、相手のことを大切に想っているという何よりの証なんだからね」

女将はその後も日向が落ち着くまでの間、昔話をしてくれた。

苦労したことや、嬉しかったこと。そばにいることを選び、そのおかげで自分自身も強くなっていったこと。

初対面にもかかわらず、昔話をする女将の顔は愉しそうだった。今後、もし自分が誰かに光莉との思い出を語ることがあれば、こんなにも自然に笑えるだろうか。

笑いたい——そう、心から思った。

「お節介を焼いてしまったね。何もないところだけど、ゆっくりしていってね」

「いえ……ありがとう、ございます」

襖が閉まる音がして顔を上げた時には、女将はもう部屋からいなくなっていた。

日向は立ち上がり、部屋の照明を落としてから広縁に移動した。鈴虫の鳴き声がしっとりと耳に届く。月の光が山の稜線をはっきりとさせ、あの山の麓には池神村があるのだと思うと、それほど遠くまで来たわけではないのだと感じた。それでも光莉にとっては大冒険だ。一日中、光莉と一緒だった。今はほかの誰と遊ぶよりも、こうして光莉と外に出ることのほうが何倍も魅力的に感じた。

次第に重くなる瞼を閉じかける。耳だけが、気配を感じ取る。

どこからか、太鼓を叩く音が聞こえた。目を閉じたまま耳を澄ませると、微かに盆踊りのような音楽も聞こえてくる。そういえば今日は夏祭りが開催されていると、受付の際に女将が口にしていたことを思い出す。

「なあ、光莉。近くで夏祭りやってるみたいだけど、行ってみるか？」

布団の側まで移動して、日向は小声で囁いた。起こしてしまうのはわかっていたが、光莉にもちゃんと確認したかった。

「……ううん、眠たい」

「そうか。俺、ちょっとだけ見てくるから、寝ててな。もし起きて俺の返事が聞こえなくても、すぐに帰ってくるから――」

「――……どこにも、行かないで」

すでに立ち上がろうとしていた日向はその声を聞き逃さなかった。昔の自分の姿が蘇る。行かないでと言われても、遊びに出かけてしまった自分。

「わかった、行かないよ。約束したもんな」

布団の上からぽんぽんと軽く体を叩いてやると、もぞもぞと体を動かした光莉が急に起き上がった。

「お兄ちゃん、私……今、何か言った？　ちょっと寝惚けてて……」

「大丈夫か？　外で夏祭りやってるみたいだからさ、ちょっと見に行こうかと思ったんだけど、やめておくよ」

「え？　どうして？　行こうよ」

光莉は上半身を起こすと、日向の腕に掴まって立ち上がった。まだ寝惚けているのかもしれない。わわっと転びそうになり、そこでようやく意識が覚醒したようだ。

「なら、ちょっとだけ一緒に行くか？」

「うん。盆踊りって、どんな感じなの？」

部屋の明かりを点けて、そのまま受付へと向かう。受付では女将と若い仲居が談笑していた。日向が盆踊りを見に行きたいと告げると、すぐに詳しい場所を教えてくれた。ここからそう遠くはないみたいだ。

「あら、それ、8ミリカメラじゃないの。懐かしいわねえ」

日向が女将さんの視線を追うと、光莉が首からカメラを下げていた。念のために今日はカメラを持ち歩いていたのだが、今では光莉のほうが率先してカメラを持つようになっている気がして、これでいいのかと苦笑い。

「はい、趣味みたいなもので」

「たしか、一本のフィルムで三分くらいしか撮れないのよねえ」

女将の言葉に、「そうなんですか？」と仲居が驚いている。日向もそれには驚いた。

「いろいろ種類がありますよ。女将さん、詳しいんですね」

「前にね、うちにもあったのよ。ほら、さっき話してた人が持っててね。扱えないのに、すごく大切にしていたみたいでねえ……」

女将たちに礼を言い、光莉を連れて盆踊りが行われているという会場へ向かった。屋台も出ているのか、食欲を誘う香ばしい香りが立ち込めている。

「お兄ちゃんのほかにも、このカメラが大好きな人がいるんだね」

「ああ、俺もびっくりしたな……」

たしかに今の時代でも8ミリカメラを愛用している人は少なからずいるだろう。日向自身がその一人なのだから、別段おかしくはない。

ただ、違和感はあった。女将が妹のように接していたという、その人。光莉と同じような人だと女将は、確かに口にした。

「お兄ちゃん、進まないの？」

「え？　いや、行くよ。なんだよ、もう腹が減ってきたのか？　食いしん坊だな」

「だって、すっごいいいい匂いがするんだもん。ねえねえ、これはなんの匂い？」

祭りの雰囲気にあてられたのか、つい先ほどまで眠そうにしていた光莉がぐいぐいと腕を引く。さすがにこの時間ともなると人は疎らだったが、盆踊り会場である平地中央には、立てられた櫓《やぐら》を取り囲むように多くの地元民が集っていた。

盆踊りがどんな踊りなのかを説明してやると、光莉はすぐに踊ろうと試みてはバランスを崩し、その場で何度か踏鞴《たたら》を踏んだ。しっかりと支えてやると、「私には難しい」と俯いてしまう。

だから、日向は光莉の手を取った。耳朶を打つリズムに合わせて、光莉と一緒に踊ってやる。恥ずかしさなんてなかった。櫓周りの提灯から燃えるような光は届いているものの、夜であることに変わりはなかったからだ。時には暗闇だって怖くないと、縁もゆかりもないこの地で改めて感じ取った。

しばらくすると、光莉は一人でも満足な踊りができるようになった。笑顔で腕を上げ、周囲の人たちと同じように踊る光莉を見て、日向は思わずカメラを構えた。

久しぶりに構えたカメラはやはり手に馴染んでいる。すぐにピントを合わせ、光莉を捉えた。後方に立つ櫓も枠にしっかりと収まり、感動すら覚えた。どんどんと強く逞しく成長する光莉は、こうして見守り続ける自分にも勇気を与えてくれている。

「お兄ちゃん、見てる？　私、もう盆踊り覚えたよ！」

「見てるよ。すごく上手に……──」

カメラを下げ、目の前の光景を直視した。瞬間、何かがまた、脳内で火花を散らした。

──俺は、ここに来たことがある。

人間の脳は、三歳よりも以前の記憶を保持することが難しい。そんなことは知っていた。しかし、記憶ではなく、心の隅に何かが引っかかったままだった。

感情。記憶として覚えてはいなくとも、心に刻まれた熱が過去を想起させた。

誰かに、抱えられていた。腕の中から、目の前に立つ大きな櫓に手を伸ばした。真っ赤な櫓だった。提灯の灯りが、燃えていると錯覚させた。

いつか見た。いつか自分は、ここに来た。誰かと。自分を抱えていた誰かと、もう一人。

三人で――三人で、ここに来た。

「俺は……」

日向はもう一度カメラを構え、櫓を映した。

向こう側には出店が並んでおらず、家路を辿る何組かの親子連れが背を向けている。日向は光莉の手を取り、そのあとに続いた。「もう帰るの？」という光莉の声は、目の前の親子の会話に掻き消される。

「この先は、時期外れの平家蛍が見られるんだぞ」

日向は彼らのあとに続く。光莉も黙ってついてきた。

数組の親子が足を止め、麓に流れる小川を見やった。その川面に、不思議な光が漂っている。

「わあ、綺麗！」

一瞬、光莉が蛍を見て呟いたのかと思った。しかし、声の主は目の前で父親に肩車された幼い男の子だった。

記憶はない。覚えていない。日向は目を瞑り、この場所に立っている幼い自分の姿を想像した。夜、蛍を見て綺麗と思わず零してしまう自分。思い出せない。ただ、微かに何かが蘇りそうだった。景色が違う。闇なんかじゃない。幼い自分は一度だって闇を覗いたことはない。

「あの、映像」

明臣と見た、あの映像。日向が映像制作に興味を持つきっかけとなった、一本のフィルム。

あのフィルムに残されていた場所は、ここではなかったか。まだ太陽が頭上にある日中の景色。――そうだ。誰かが、誰かがあのカメラを構えて、ここから見える景色を撮っていた。

「ひかりって、綺麗ね」

声が聞こえた。肩車された男の子が、声の主である母親に頷きを返す。

似た言葉を、かつて日向も聞いた気がした。音のないフィルム。あのフィルムからは音が流れない。録音機能のないカメラだけで、誰かが撮影していたからだ。なら、あの映像の中に本当は存在した音は、交わされていた言葉は、どんなもの。

――ひかりって、素敵ね。ねえ、いつかもし――

「ひか、り……」

「いるよ。お兄ちゃん、ちょっと寒いかも」

「ああ…そうだな。さっきのところに戻ろう」

光莉の手を引き、日向は踵を返した。たった今蘇った声は想像か、捏造か。覚えているはずのない幼い頃の記憶。都合よく想像したにすぎないとも思う。

櫓の立つ場所まで戻るとかなりの疲労を感じた。女将の話を聞いて涙を流してしまったことも原因の一つだろう。早く宿に戻って一眠りしようと告げると、光莉も頷いてくれた。今日一日、光莉のほうが自分に合わせてくれたのだ。

未だ盆踊りに興じる人たちの側を通り過ぎる。

と、その集団の中に、明らかにこの場にそぐわない服装をした男たちがいた。来場客のほとんどが浴衣や軽装ばかりなのに対し、一角に陣取ったその男たちは堅苦しい無地のシャツに身を包んでいる。先頭に立つ一人の男が手にする資料のようなものを見ながら、何やら神妙な面持ちで会話しているようだった。盆踊りの関係者か何かだろうか。

「お兄ちゃん、ごめん。ちょっと、足痛い」

慣れない遠出をし、しかも盆踊りまで経験させたのだ。そこまで頭が回っていなかったことを反省し、しかし、普段は本心をひた隠しにする光莉がだんだんと本音を口にするようになった現実に思わず頬が緩んでくる。

「ほら、背中貸すから」

「でも、私もうそこまで子供じゃないよ。大丈夫だよ、ゆっくりなら」

「いいから、遠慮するな。お前が子供でも大人でも、俺の妹だってことに変わりはないんだから」

　ハッとして顔を上げた光莉の横顔が提灯の灯りに照らされる。家の中ではこんなに顔を真っ赤にした光莉は見られないだろう。

　何も言わずに背中に身を預けた光莉を背負い、民宿へ戻ろうとした。日向自身眠気に襲われ始めたが、背中に感じる重みでなんとか堪える。

「光莉、ちょっと重くなったな」

「お兄ちゃんの作るご飯が美味しいからだよ」

　二人で笑い、眠気を跳ね飛ばす。瞼を閉じないように目を見開いた。提灯の明かりで目を覚ましておこうと、一度だけ櫓を振り返った。

　その時、視界の端に、確かにその姿を捉えた。

　先ほどの男たちの遥か後方で、来場客の陰に隠れるように立つ、一人の男。腕を組んで談笑する男たちを睨んでいる、背の高い男。

　その男が羽織る古びた半袖の作業着を見て、日向は叫んだ。

「と、父さん！」

　日向の叫びはけたたましく響いた太鼓の音色に掻き消された。

　見間違うはずがない。息子である自分が、父親を見間違うはずがない。自分たち親子はこの十数年もの間、一つ屋根の下で暮らしてきたのだ。

「父さん！　待って、父さん！」

日向は駆け出そうとした。視線の先で、明臣が日向には気づかず背を向けた。櫓の上では撥《ばち》を持った奏者がフィナーレを告げるべく太鼓を激しく叩き、来場者の熱を煽っていく。それまで傍観していたほかの客たちも最後だけはと輪に加わり、日向の視界を埋めていく。

「光莉、少しだけここで待っててくれ。父さんが、父さんがいたんだ」

光莉にも日向の叫びは聞こえていただろう。光莉を背中から下ろし、日向は正面に屈んでそう伝えた。光莉だって明臣に会いたいに決まっている。当然、頷いてくれるものだとばかり思っていた。

「……光莉？」

光莉の手が、日向の腕を掴む。

「頼む、せっかく会えるんだ。訊きたいことも山ほどあるだろ？　なあ、怖いのか？誰か、代わりに……」

光莉は何も言わない。疲労が溜まっていて、もう限界なのだろうか。夢うつつの状態で、日向の言葉を何も理解していないのだろうか。相手の気持ちを一番に考えてくれるはずの光莉が、そんな。

「光莉、ごめん」

日向は光莉をその場に残し、駆けだした。明臣の背中はどんどんと小さくなっていく。目を離せば容易く見失ってしまうであろう絶望的な距離が広がる。

「お兄ちゃん！」

背中に光莉の声が届いた。振り返ってしまった。一人その場に残され、暗闇の中で不安そうに日向を捜す光莉が、そこには立っている。

再び明臣の姿を捉えようとして振り返った。そんな日向の元に、酒に酔った一人の男が絡んでくる。陽気に音頭を取りながら、中年の男は日向の肩を掴んできた。

「離せよ！」

日向が叫ぶと、男は舌打ちをして、今度は光莉のほうへと歩いていく。

「お兄ちゃん、お兄ちゃん！」

「光莉！」

日向は光莉の元へ駆けた。不安がっている光莉を抱きしめる。一瞬でも光莉を置いて行こうとした自分を最悪だと罵った。でも、それでも――。

光莉を抱きしめたまま、日向は明臣がいた場所に向けて視線を彷徨わせた。

明臣の姿はもう、どこにもなかった。

（四）

日向の元に一通のメールが届いたのは、足ヶ谷を訪れて数日後のことだった。

差出人は、あの會澤庸介だった。名刺を受け取ってからすぐにアドレスを連絡帳に登録していたおかげで、通知が届いた瞬間、液晶画面には彼の名前が表示された。寝惚け眼を擦っていた日向の意識は瞬く間に覚醒した。

『すでにご存じかとは思いますが、近日、新進気鋭の映像クリエイターが一堂に会する展覧イベントが開催されます。その場に、月嶋日向様をご招待したいと私どもは考えているのですが、いかがでしょうか？　つきましては、下記ＵＲＬから――』

数日前、明臣を見失ってからというもの、長らく落ち込んでいたはずの心が今だけは弾んだ。

ＵＲＬをタップし、イベントのホームページを開く。これまでは會澤庸介の実績ばかりを追っていた日向には、ホームページ上に並んだほかのクリエイターの名前すら記憶にないものばかりだったが、自分もこの場所に招待されたのだと思うと、ほったらかしにしていた寝癖をすぐにでも直したい衝動に駆られる。評価されたのは作品だが、作品を制作した側の人間がこんな姿では申し訳が立たない。

「ひ、光莉！　起きてるか！」

日向は受賞連絡を受けた際と同じように勢いよく光莉の部屋の扉を開けた。

光莉はすでに起きていて、ベッドの上で膝を抱えていた。その背中がびくりと震える。日向の元を振り返る直前、手に持っていた物をさっと布団の中に押し込んだように見えたが、詮索はしなかった。親しき仲にも礼儀ありだ。

「あのな、とあるイベントに招待されたんだ。新しい時代のクリエイターが集まるイベントが近々開かれるらしくて、お、俺もさ、そこに」

自分で言っていて気恥ずかしさを覚える。光莉の隣に腰を下ろし、ちらりと横顔を覗き込むと、日向と同じような位置にちょこんと寝癖をつけた光莉が口を大きく開いたまま固まっていた。その頬が、みるみるうちに赤くなる。

「すごい……すごいよ、お兄ちゃん！　どんどんすごい人になっていくね！」

「何言ってんだよ。前も言ったけどさ、光莉と一緒に取った賞なんだ。だから……光莉も一緒に行かないか？　誘ってくれた人には俺から話してみるからさ」

「私も、行っていいの……？」

「あ、当たり前だろ。むしろ、光莉と一緒じゃなきゃ……」

寝癖の髪を押さえるように光莉の頭を撫でた。しかし、ちょこんと跳ねた髪の束はすぐに浮き上がり、簡単には収まってくれない。光莉は寝癖に気づいていないのか、普段の倍以上執拗に頭を撫でる兄を不審がっていた。けれどなんだか、嬉しそうに見えた。

「誘ってくれてありがとう。でも、私は……家にいようかな」

表情とは裏腹な言葉に、日向は困惑した。どうみても誘われたことが嬉しそうだったからだ。

「この前のことがあったから、大勢の人が集う場所に行くのはまだ怖いか？　それとも、俺と一緒が嫌、とかか？　ほら、言ってただろ。もう子供じゃないから、いつまでもお兄ちゃんと一緒なんてー、とかなんとか」

「そんなこと言ってないよ。あと、怖くなんかない。違うの」

「だったら……」

固執している自分に気づき、日向は視線を下げた。

どうしてこんなにも固執しているのかが、自分でもわからない。光莉が嫌だと言うのなら、無理強いはしない。これまではずっと、そうしていたはずなのに。

そこでようやく気づいた。明臣がいなくなり、自分と光莉の絆は確かに深まった。以前よりも遥かに光莉のことを想っているという自負があった。しかし、それが心の弱さを招いたのだと今この瞬間、日向は理解してしまった。明臣の姿を見たことで、また、思ってしまったのだ。

血の繋がっていない兄と妹。胸に押し寄せる不安。この不安を消し去るには、どうすればいいのか。自分たちではないほかの誰かに見てほしい。誰が見ても、白分と光莉は仲のいい兄妹だと思われたい。

きっとそんなことをしなくても、心さえ強ければ、何も問題はないはずなのに。

「あのね、お兄ちゃん。私……ずっとずっと前に、お父さんに聞いたの」

光莉の細い指が微かに震えている。

「父さんに？　何を、聞いたんだ？」

逡巡する素振りを見せたあと、光莉が首を振る。続きの言葉は一向に光莉の口から洩れてこない。言いかけては止め、また口を開いては首を振る。葛藤が見て取れた。

奇妙な時間だった。これまでも時折光莉がこうして沈黙する場面はあったが、普段の光莉はどちらかといえば饒舌だった。それ故、何度か訪れた沈黙も苦ではなく、その沈黙の裏に隠された何かを探ろうとはこれまで思わなかった。

しかし、今は違った。どうしてか、光莉が何を口にしようとしているのか、なぜ葛藤しているのか、それが気になって仕方がなかった。

「もしかして……光莉は何か知ってるのか？　父さんのことを」

また、光莉の体がびくりと震えた。その反応で日向は確信した。

光莉は何かを知っている。かつて光莉は何か大切なことを明臣から聞き、それを今でも覚えている。ずっと胸に秘めたまま、今日までずっと生きてきたのだ。

「光莉」

できるだけ優しく名前を呼んだ。

きっと、無理やりに訊ねなくとも、光莉は口を開いてくれただろう。

「……お父さんはね、月嶋日向が、大好きなんだって」

そう告げて、光莉は途端に笑みを取り戻した。瞬く間の様変わりに日向は驚いて目を剥いた。たった今口から洩れた言葉が、光莉が本当に伝えようとしていた言葉ではないことは明らかだった。

光莉はこの夏休み中にも何度か、明臣が日向を愛しているという事実を伝えてくれている。日向だって、光莉のおかげで明臣を見る目が少しは変わったのだ。

だからこそ、余計なことはあまり考えない自分でいられた。光莉と二人でどうこのピンチを乗り越えるか、それだけに躍起になれた。

今さら光莉が同じ言葉を伝える必要はない。故に、光莉は胸に秘めている何かを隠すために今の発言をしたのだと確信した。

ただ、日向は追求しなかった。顔を洗ってくるねと、満面の笑みを浮かべた光莉がベッドから足を下ろし、ゆっくりと廊下へ進んでいく。

——どんな兄妹にだって、互いに秘密があるのが、普通なんだ。

スマートフォンの画面に目を向けると、ＵＲＬの下にある文章が嫌でも目に入った。

『ご出席いただける場合は、保護者同伴でお願いいたします』

日向は溜め息を一つ吐き出すと、自身も寝癖を直すために、光莉に続いた。


夕食の買い出しに行くことを告げると、直前まで昼寝をしていたのか、こくりこくりと舟を漕ぎながらもついていくと光莉は答えた。

家を出てから光莉にカメラを持たせると、瞬時に背筋がぴんと伸びる。兄の宝物を絶対に落とさないようにという妹の意思の強さを感じ取り、日向は思わず笑ってしまう。午前中に生じた不穏な空気は嘘のように消え去り、その証拠に、光莉も日向の隣で自然に笑いだした。

この夏休みの間で、光莉もすっかり道を記憶したようだ。歩く歩幅も、初めて外出した時に比べてずいぶんと広くなった。危ないぞと日向が声をかける機会も減っている。時折見える村の住人たちも、子供が夏休み中であることをわかっているのか、光莉の姿を見ても特に反応を示さなかった。親戚の子供が遊びに来ているとでも思ってくれているのかもしれない。

もともと日向自身それほど村の人たちとは関わってこなかったが、一部の村民同士の結束はかつて強固なものだったと以前明臣から聞いたことがあった。しかしそれも昔のことで、明臣同様にこの村に越してくる人数が増えるうち、いつしか村は変わっていったそうだ。

付き合いはほとんどなくとも、この長閑な村を日向は嫌いではなかった。

こんなにも四季を感じさせる場所はほかにない。撮影場所にも適している。春夏秋冬それぞれの季節を撮影して、真逆の加工を施すのも面白いかもしれない。春には秋を。夏には冬を。暑いから夏、寒いから冬なんて、昔の人が決めただけの、ただの言葉にすぎないのだから。

結局は高速道路の建設に伴い、村の住人のほとんどは出ていくことになったが、自分たちは今後どうするべきなのだろうか。

それに、例の白骨死体に関することも気になっているままだ。考えないようにしていたが、一度思い出すとどうしても思考を巡らそうとしてしまう。本当に、自分たちとは何も関係がないのか、と。

購入した食材を手に、日向たちは家路を辿った。何気ない話をしている間も、光莉はそのつど思い出したようにレンズを向けてくる。実のところ、そのカメラには今フィルムが入っていない。新しいフィルムを購入するにも当然資金は必要になってくる。これまでは明臣からカメラをプレゼントされた際に受け取った多くの未使用フィルムがあったが、それももう数えるほどしか残っていない。次に購入できるのは賞金が渡された時だろうと肩を落とすが、パソコン内には光莉が撮り溜めてくれた映像がまだまだ残っていることが幸いだ。

そんな兄の心情には気づかず、愉しそうにカメラを向けてくる光莉に日向は苦笑い。空であることを教えるべきかと考えて、今はいいだろうとかぶりを振った。


自宅の門前で足を止めた時、微かに空気が停滞しているのを感じた。

二時間前に家を出た時にはまだ太陽が西に傾き始めたばかりだったが、今はもう空の色が朱色に変わっている。いや、そんなことはいつもどおりだった。ただそこに、自分の知らない空気が停滞している気がした。

日向は視界の中にそれを見つけ、目を剥いた。

施錠したはずの玄関扉。その扉が、家の内側に脱ぎ捨てられた靴に挟まり、わずかに開いたままなのだ。自宅内の空気が外に洩れている。そんなはずはない、確かに施錠した。玄関の施錠だけは、昔から何があっても怠らなかった。

家にはいつも、光莉がいたから。

「父、さん？」

「え？　お父さん、帰ってきてるの……？」

光莉が我先にと家の中へ入ろうとして、立ち止まった。不穏な空気を感じ取ったのかもしれない。日向はすぐに光莉を呼び止めた。少しの間ここで待っているように伝えると、光莉は俯いたまま頷いてくれた。

音を立てて唾を飲み込み、玄関扉を引いた。扉に挟まっていた靴は、予想に反して日向のものだった。明臣の靴だとばかり思っていた日向は視線の先に続いた惨状を見て、自分の考えがいかに安直なものだったかを悟った。

「なんだよ、これ」

毎朝きちんと揃えていた。通学用の靴だって、夏休みの間は三和土の端に寄せていたはずだ。しかし今は、見慣れた靴たちが自らの意思を持って一人歩きを始めたと思いたくなるほど、彼方此方に散らばっている。

先に続く廊下。すべての扉を閉めて出かけたはずが、日向の部屋、光莉の部屋、そして居間の扉すらも今は開かれたままになっている。

日向は光莉を玄関に座らせてここから動かないように伝えると、素早く部屋を見て回った。

布団は剥がされ、机の抽斗もすべて開けられている。キッチンではいくつかの食器が破片となって床に散らばっていた。絵に描いたような荒れ具合に息を呑む。まさか自分の家が狙われるなんて考えもしなかった。こんな田舎で。いや、こんな田舎だからこそありえる話だったのか。

「誰が、こんなことを……」

ハッとして、日向は明臣の書斎に向かった。案の定室内は荒らされていたが、以前光莉が誤って落としてしまった父の通帳は今も収納棚に置かれたままになっていた。

わからない。仮にこれが空き巣の仕業だとすれば、犯人はなぜこの家で唯一の収穫となるはずだったこの通帳を置きっぱなしにしているのか。

見れば、居間の窓ガラスも割られている。おそらく犯人はそこから侵入し、堂々と玄関を通って家をあとにしたのだろう。日向の靴をわざわざ蹴散らしながら。どうして蹴散らす必要があったのだろうか、それがわからない。

日向は念のため、自室のクローゼットに収めていた映写機なども確認したが、手はつけられていなかった。こうして荒らされはしたものの、それだけならなんとかなる。金目の物がないとわかった犯人が苛立ちから靴を蹴散らしたというのなら先ほどの疑問も解消されるし、二度とこの家が狙われることもないだろう。

ひとまず安心して机に手をついた際、卓上のキーボードに指が触れてしまった。スリープ状態になっていたためディスプレイが点灯する。一応確認しておこうと、日向はパスワードを打ち込んだ。あれ？　と思う。

「ロックが、かかってる……？」

表示された画面は、一度に五回以上パスワードの入力をミスした際にのみ現れるものだった。

――光莉が打ち込もうとしてミスしたのか？　それとも……。

そこでようやく、光莉が未だ玄関で待機していることを思い出した。今も犯人がこの家の近くに潜んでいる可能性は十分にありえるのだ。金目の物を奪えなかった腹いせに、子供の一人に手を出してもおかしくはない。

もしくは、連れ去る――誘拐。思わず歯を食いしばる。

明臣は誰かに狙われていると、千歳は言っていた。鵜呑みにしたわけじゃない。しかし、この状況に説明がつくとすれば、その誰かである可能性も否定はできない。いや、それ以外に考えられない気がする。十数年この家で暮らしていた中で、過去に空き巣に入られたことなんて一度だってありはしないのだから。

「光莉、待たせてごめんな」

光莉は今も玄関にいてくれた。その姿を認めた時には安堵が胸に押し寄せた。先ほど光莉をここに待機させた時も、光莉の身の安全を考えて玄関を施錠しておかなかった自分が激しく動揺していたのだと感じ取る。

手を引いて家の中に入ると、光莉はきょろきょろと周囲に顔を向け始めた。

「お兄ちゃん、家の中、何か変な感じしない？」

「……ああ。なんか、空き巣に入られたみたいでさ。硝子とか落ちてるかもしれないから、不用意に動くなよ」

玄関口に立ったまま、日向はスマートフォンを取り出した。ほぼ同時に、食材の詰まったビニール袋が床に落とされる音がした。

見れば、光莉がビニール袋の上にカメラを落としていた。兄の宝物のカメラ。普段の光莉なら、落としたと気づいた瞬間に何度も何度も謝ってくるはずだった。

しかし、今の光莉は日向の隣で大きく口を開いたまま、呆然と佇んだままだ。

どうした？　と訊ねると、光莉の両手が衣服のポケットに伸ばされ、何かを求めるように忙しなく動き始める。

「光莉？」

顔を覗き込んだ瞬間、光莉はその場から慌ただしく駆け出した。壁に手をついて、自分の部屋に消えていく。光莉が何をこんなにも焦っているのかわからないまま、日向は光莉を追いかけた。

部屋の中で、光莉は何かを探していた。四つん這いになりながら、床に散らばった物を避け、必死に何かを探している。

何を訊ねても一向に答える気配のない光莉を見て、日向は仕方なくベッドに腰かけた。光莉の部屋は日向の部屋や居間に比べると荒らされてはいなかった。この家に忍び込んだ犯人は興味を示さなかったということか。当然だろう、と日向は思う。何せ光莉の部屋には、学習机もなければ、家具や物自体が極端に少ないのだから。

床一面に散らばっていたのは、光莉が千歳と授業を行う際に用いる教材のCDだった。そのほかはクローゼットから出された冬物の衣服のみ。光莉は手を止めず、わかっているのかいないのか、一度掴んだ衣服を再び掴み、また近くに放っている。

日向は仰向けにベッドへ倒れようとした。光莉にだって誰にも見つかりたくない物の一つや二つあるだろう。

仰向けに倒れ込むと、伸ばした掌に何かが触れた。

そういえば、と思い出す。今朝この部屋の扉を開けた際、背を向けていた光莉が手に持っていた何かを布団の中に押し込まなかっただろうか。それこそが、光莉が大切にしている物なのではないか。

――俺が、見つけてやらないとな。見つけてから、わかるところに置いてやれば。

タオルケットを捲ると、そこに、その何かはあった。

紺色の巾着袋。それは、真っ白なタオルケットを捲れば誰にでも容易に見つかる物に思えた。それでも光莉は未だ気づかず、日向の周りを忙しなく動いている。

――これ、父さんの。

巾着袋を掌にのせた瞬間、中に収まっている物の感触が伝わってきた。そういえば、夜な夜な晩酌をする明臣が、ロックグラスを傾けながらこの袋を眺めていたのをこれまで何度か目撃したことがある。訊ねるのも億劫で、単なるお守りか何かだろうと日向は思っていた。

　どうして明臣のお守りを光莉が持っているのだろうか。

　光莉の背中を一瞥し、日向は巾着の口を緩めた。袋を逆さにすると、固形物が落ちてきた。それを、日向はもう片方の掌で受け止める。

　小さな白い、何かだった。これはなんだろう。指で掴み、目の前に持ち上げた。

　骨、だった。

　骨だとしか、思えない。

　日向はすぐにそれを手放した。真っ白な敷布団の上に、欠片が散らばった。

　――ありえない。

　何も知らなければ別の解釈をしていたはずだ。この村で見つかったという、例の白骨死体。その情報さえ知らなければ、骨であるなんて思わなかった。単なる白い石ころだと思うことだってできたはずだった。

　しかし、日向は知っている。知っているからこそ、疑っていたからこそ、この物体はどこからどう見ても骨にしか見えなくなっていく。

「……お兄、ちゃん？」

　足元から光莉の声がした。日向は初めて、光莉の声を意図的に無視した。もう一度巾着袋を手に取り、その中に骨を戻そうとした。見なかったことにしようとした。袋の口から、中が見えた。骨のほかにも、中にはまだ何か残っているようだ。指を入れ、引き抜く。四つ折りの写真らしきものが、ゆっくりと姿を現した。

「……お兄ちゃん？　ねえ、お兄ちゃん、何を見てるの」

光莉が足元から必死に手を伸ばしてくる。日向は腕を避け、折り畳まれていた写真を開いた。色褪せた写真。何度も同じように折り畳まれたせいか、強く引っ張ると簡単に破れてしまいそうなほど強く残った、白い――十字の線。

「お兄ちゃん、それ、返して。お願い、返して！」

写真には、一人の赤ん坊が写っていた。

生後まだ数ヶ月くらいの赤子。眠っているのか瞼は開かれていない。それでも、十分に愛らしい姿だった。先天性のものなのか、目尻の隣には小さな黒子があった。誰かが愛を持って、その赤ん坊を撮影したのだとわかる写真だった。

――この子は、誰なんだろう。

「お兄ちゃんっ！」

光莉が喚きながら覆い被さってきた。必死だった。その勢いに押され、指から写真が離れていく。目で追いかけた。自分や光莉ではない誰かの写真。明臣はそれを、大切に保管していた。酒の肴にしていたのだろうか。違う、きっと違う。

ひらひらとベッドに舞い落ちた写真は裏面を向いていた。

それでよかった。見てはいけなかった写真のような気がしたから。これまでと同じように忘れてしまえばいい。目を背けずとも写真は裏面を向いているのだ。好都合だ。

写真に手を伸ばした時、見えてしまった。裏面を向いていても、その右下にある黒いマジックペンで書かれた文字が。撮影されてから時間が経っているからか、文字も掠れていたが、理解できないほどではなかった。

『十一月二十二日生まれ、日向○《ゼロ》歳。[redacted]月[redacted]日没』

光莉が覆い被さって、日向の胸を叩いた。普段はあまり見ることのない涙が、微かにその目頭から流れている。シャツ越しに伝わるその涙は、熱かった。

何かの間違いだと思いたかった。

けれど、今考えると、思い当たる節はたくさんあった。

明臣は日向の誕生日、いつも帰宅が遅かった。もちろん祝いのためにケーキを買って帰ってくれていた。しかし、息子の誕生日だというのに、その日の父はいつもどこか憔悴した様子で、ケーキを前にして微笑むことすらつらそうだった。

それに、明臣は日向のことを一度でも名前で呼んだことがあっただろうか。覚えていない。いつもお前と言われていた。光莉のことは名前で呼ぶくせにと不貞腐れたのも十歳頃までだった。父と息子はこんなものかと思い、その違和感はいつの間にか、光莉の世話をするうちに消え去っていた。

今思えば、英寿だって日向に対して優しすぎた。一度だって叱られたことはない。大好きだったから無茶を言った。欲しいものを口にした。断ることなく、嫌な顔一つせず、英寿は日向にすべてを与えてくれた。我が儘だって、言い続けたのに。

「……俺は」

光莉の慟哭を初めて聞いた。光莉は日向の上に覆い被さり、胸に顔を押し当てて泣いていた。感情を剥き出しにするように。壊れてしまったかのように。

そんな光莉の頭を日向はいつもどおり、優しく撫でてやった。こんな時でも一番に考えるのは、光莉のことだった。

——だとしたら、この子は本当に、誰なんだろう。

認めれば、受け止めれば、今度は自分のほうが壊れてしまいそうで。光莉が泣きやむまでの間、日向はただひたすらにその髪を撫で続けた。

（五）

ひたすらに食材を切り刻み、沸騰した鍋に入れた。夏場に鍋はまずかっただろうか。そう考えて、おそらく光莉は部屋から出てこないのだから、そのうち適温になるだろうと調理を続ける。カレーばかり作っていた頃が、遠い昔のことのようだ。

食卓に並んだのは、子供二人では到底食べきれない量の夕食。味の保証はしないぞっと、日向は笑ってひとりごちる。壁掛け時計の秒針だけが返事をくれる。

廊下を進み、光莉の部屋の前で立ち止まった。ノックをしようとして手を止めた。ドア越しに、啜り泣く声だけが洩れ聞こえた。たまらなくなって、日向は隣にある自室へ駆け込んだ。机に突っ伏し、明かりもつけずにいるだけで、怖くなった。

――光莉は、ずっと前から知ってたんだな。

以前言いかけた話は、きっとこのことだろう。

「……笑っちゃうよな、ほんと」

ふいに、閉じた瞼の裏からでもわかるくらい目の前が明るくなった。

指がマウスに触れてしまったのか、スリープ状態が解除され、ディスプレイが点灯していた。不可解なロックも時間経過に伴って解除されており、日向は微かに震えた指先で自身が設定したパスワードを打ち込んでいく。

ＨＩＫＡＲＩ。

一人この家で不安がっていた彼女に、あの日伝えたパスワード。どうして妹の名前をパスワードに設定したのかは、もう覚えていない。しかし、明臣がパスワードに設定していたのが日向の誕生日であった理由はつまり、そういうことなのだろう。

開いた画面にはいくつかのフォルダが表示されていた。

深く考えずに、そのうち一つのフォルダを開く。そこには、日向自身も未視聴の映像がいくつも収まっている。

日付順に並んだファイルのうち一つを選択すると、すぐに映像が始まった。同時期に取り込むだけ取り込んでおいた音声は、映像とは微妙にタイミングがずれていた。

『ねえ、お父さん。お兄ちゃん、大丈夫かな……?』

画面には項垂れる明臣と、食卓に並んだ握り寿司が映っている。この映像が撮られた日が、日向が初めて腹を下した日だとわかった。

たしかあの日も、光莉は日向のためにカメラを回してくれていたのだ。手伝ってくれることが嬉しくて、日向もこっそりと、スマートフォンで会話を録音していた。

『お父さん、様子を見に行ってよ。お兄ちゃん、全然戻ってこないよ……』

映像の中で、明臣は猪口に入った日本酒を呑んでいた。

たった今映像を見るまで忘れていたが、かつて日向自身もデータをパソコンに取り込む際、流し見程度にこの映像を見ていたはずなのだ。それこそ光莉は毎日たくさんの映像を撮影してくれていたから、一つ一つの映像を鮮明に記憶しておくことはできなかった。それに、一度見たとはいえ、それはあくまで別撮りした音声を取り込む前の無音映像だった。

しかし、なぜか違和感が募っている。覚えていないないはずなのに、無音の状態で一度だけしか見ていないないはずのこの映像を、最近どこかで見て、聞いた覚えがあるのだ。

「……そうか」

日向はすぐに思い出した。光莉から直接、この日の話を聞いたのだ。

千歳と最後に顔を合わせ、明臣がなんらかの事件に巻き込まれている可能性が浮上したあと、落ち込んでいた日向を光莉は励ましてくれた。かつての明臣との会話を持ち出し、明臣が裏では日向のことを大切に思っているのだと伝えてくれた。あの日、光莉が言葉で背中を押してくれたからこそ、その後の日向も前を向けた。

『ねえ、お父さん、聞いてる？　お兄ちゃん、トイレにずっと』

『心配ない。あいつは強いさ。……父さんみたいに、あいつは弱くない。先に休むぞ。残りは、お前たちで食べていいからな』

画面から明臣の姿が消えた。カメラを持っている光莉はすぐに立ち上がる。明臣が消えた書斎と、日向がいるトイレの前まで、何度もカメラが往復する。映像はそこで終わった。三分間はあっという間だった。

日向は呆然と映像を見た。すぐに自動再生機能で次の映像が始まった。

また、明臣が映っていた。今度は居間のソファだった。向かい合う形で座っているらしい光莉の前には、あのＣＤプレイヤーが置かれていた。

『お父さん、これ、ありがとう！』

『ああ、光莉に必要になると思ってな、買ってきたんだよ』

『うん。でも……お兄ちゃんには、何も買ってきてないの？』

『あいつには、ほかのものを渡す予定だ。それに、前に入学祝いでそのカメラをやったからな。そのカメラは父さんの……大切なものだった。本当は、譲ったことを今でも少し後悔している。あいつにもし才能があれば、それを機にあいつが……気づいて――』

思わず映像を止めた。数分前よりも強い違和感を覚え、その正体がなんなのか、すぐにわかってしまったから。だから、これ以上残された映像を見たくなかった。

日向は部屋を出て、もう一度、光莉の部屋の前に立った。

きっと、後悔する。光莉を哀しませることになる。この十年間、ともに暮らしてきた光莉を、今から自分は否定することになる。

それでも、日向は扉をノックした。そのまま返事を待たずに扉を押した。

真っ暗な部屋の中。光莉は今朝と同じく、膝に顔を押しつけて、泣いていた。

「……ずっと、嘘をついていてくれたんだな」

光莉の隣に腰を下ろす。光莉は、顔を上げなかった。

「光莉はずっと俺のために、嘘を……つき続けてくれてたんだな。俺が……俺が、この家の子供じゃないから。それを、隠そうとしてさ」

光莉はこれまで何度だって口にした。明臣が日向のことを実の息子だと語り、愛してくれていると。光莉だけがそれを聞き、自分の言葉で日向に伝えてくれていた。

しかし日向はあの映像を見て、そこに本来生み出されていた会話を初めて自分の耳で聞き、すべてを悟った。光莉がこれまで語ってくれた内容と、実際に映像の中で明臣の口から洩れた言葉はまったく一致していなかった。俺の息子。そんな言葉は、一度だって明臣の口からは語られなかった。

点と点の間に、ぴんと張った糸が伸びる。英寿の残した遺書。攫われた、子供。明臣が肌身離さず持っていた巾着袋。

その中に入っていた、日向という誰かの遺骨と――あの写真。

「父さんが攫った子供っていうのは、俺のこと、だったんだな」

認められない。そんな簡単には受け入れられない。

月嶋日向は自分ではない。その名前を授けられた赤子はかつて、なんらかの形で命を落としてしまったのだろう。おそらく、明臣と英寿はそのことに絡んでいる。

そして、二人は見ず知らずの子供を一人、攫った。

その子供に、日向という名前を引き継がせた。

「……馬鹿だなあ、俺は。なんで親子なのに許してくれないんだって、父さんに対してそればっかりで。許すも何も……本当の親子じゃないんだから、当然だよな」

忘れてしまおうと思った。自分一人ならきっと、何もかもから目を背けて、知らないふりをして生きていっただろう。

しかし、自分は一人じゃない。巻き込んでしまった最愛の妹が、すぐ隣にいた。

「ごめんなさい、ごめんなさい、ごめんなさいっ」

掠れた声で、光莉は謝り続けた。誰に対して、謝っているのだろう。

「光莉が前に父さんに聞いたのも、このこと、だったんだろ？ 俺が本当は父さんの子供じゃないってこと。攫ってきた子供だってこと。お前は俺のために、真実を知ってからもずっと、嘘をついてくれてたんだよな。俺を、安心させるために」

「ごめんなさい、ごめんなさい」

腑に落ちない点は今でも残されているままだった。明臣の戸籍に光莉の名前がないこともそうだ。

その理由を日向は知らない。おそらく、光莉だって知らない。光莉はただ、兄を不安にさせないためだけに、理想の妹であり続けてくれた。二つの秘密を抱え、今日まであの笑顔を届けてくれていたなんて、そこまで器用な子だとは思えない。それくらい、わかってしまう。わかる、光莉のことなら、なんだって。

それでも、明臣の書斎に長く放置されていたあの封筒を手に取り、その中にある戸籍謄本を光莉自身が目撃していれば、光莉は自分の名前が載っていないことも把握していたということになるのだろう。しかし、光莉はこの一ヶ月弱の間、態度を変えなかった。ただ、自分が抱える一つの秘密を、日向に関するその一つの秘密を知られないようにと、直前まで明臣のことをたてたてまでいた。

光莉が自分の力であの封筒を手に取ることはない。そんなことはできない。

なぜなら、光莉は。

「光莉、俺の部屋に行こう」

膝に顔を埋めて泣き続ける光莉の手を取った。光莉はゆっくりと顔を上げ、立ち上がる。頬には涙が今もつたっていて、拭っても拭っても、そこにはまた新しい線が描かれていく。

色のない双眸。

日向を見ない、光莉の目。

自室に戻り、光莉を椅子へ座らせる。日向はその隣に立ち、キーボードを指で叩いた。すぐにディスプレイが点灯し、暗闇の中、眩い光に目を背けた。

日向だけが、目を背けた。

「お前はいつも、こんな景色を見てるのか？」

映像が流れ出す。憧れの人に認められた作品。なんの変哲もない、どちらかといえば質素な印象を抱かせる居間が、加工の力によって王室のように変化していく。ところどころが解《ほつ》れ、内側に詰まった綿がはみ出している古いソファの無地のカバーが、花柄へと変わっていく。カーテンも、他の何もかもが無地で統一されていたはずなのに、この映像の中でだけは、光莉の大好きな花柄へと変わっていく。

明臣の働く工場が映った。その周辺には、草木など一切生えていない。砂利が敷き詰められているだけの場所。そんな場所が数秒後には、効果音とともに一面の向日葵畑へと変化する。その向日葵に群がる蜜蜂が、花粉を足につけたまま飛び去っていく。

光莉がまた、泣いた。

光莉は普通の子。ただ、家から一度も出たことがないだけの、普通の子。

ただ、一つだけ。光莉が抱える、闇を除けば。

「見えてるんだろう？　お前にはちゃんと、こんな世界が」

苦しかった、口にすることが憚られた。この十年間、日向は一度も光莉にその話はしなかった。明臣とは何度も話しただろう。しかし、日向だけは光莉に直接そのことを伝えることも、訊ねることもしなかった。

それでも日向は光莉の隣に立ち、口を開こうとした。

それを遮ったのは、ほかならぬ、光莉の声だった。

「嘘だよ、全部。全部全部、嘘」

光莉が、俯いた。

「だって私は、目が、見えないもんっ」

光莉の口から、初めてその事実を聞いた。

「私は、生まれた時から目が見えないっ。お兄ちゃんの顔も、この家の中も、私は一回も見たことない。見えないから、見えないから想像するしかない。私が撮った映像も、ソファの柄も、大好きな人の顔も……全部全部想像だよ！　全部嘘だよっ！　私、自分の顔だって……っ、見たこと、ないのに」

わかっていた。日向にだって、最初からわかっていた。

しかし光莉はこれまで一度だって、自分の目が見えないことを言わなかった。この家に来た時から、ただの一度も言わなかった。

その双眸を見ていればわかる。

出会った時から知っていた。歩き方で、顔の向きで。知っていた。知っていて、訊かなかった。本気で思っていたわけじゃない。それでも日向は、ひょっとしたら光莉は、うっすらとでも何かを見ているのではないかと信じたかった。光莉の伝えてくれる景色は日向にとって、とてもとても、魅力的だったから。

「……嘘、なのか？　俺は……」

「だって、だって全部、想像……だもん。私が触れて、想像した。けど、それは本物じゃ、ないんだよ。知ってるよ。だから、嘘。全部全部、嘘なの」

光莉の嗚咽が洩れる。いつの間にか三分間の映像は終わっていて、画面が暗くなった。真っ暗な世界は日向を不安にさせた。光莉はいつも、こんな世界にいる。

「お兄ちゃんに話したことも、全部、嘘。お父さんのことも、全部……っ」

「光莉……」

「わた、私は……私は、ただ。哀しませたく、なかったからっ――」

光莉が腕を掴んでくる。体勢を崩し、椅子から崩れ落ちそうになる。

日向は屈んで光莉を支えた。掴まれた腕から、懇願するような強い力が伝わってきた。

ふと、窓から差す月の光に照らされて、光莉の細い腕が見えた。

そこには今でも火傷の痕が残っている。幼かった光莉が、目の見えない光莉が、自分の力だけでカップ麺を食べようとして腕に熱湯を浴び、できた痕。日向はその痕を撫でた。

光莉の体がまた、震えだした。

「ごめんなさい、ごめんなさい……っ」

＊＊＊

もう、隠し通すことは不可能なのだと光莉は悟った。

そして、それはつまり、兄とともにこれまでどおりの生活を送ることができなくなるということだと、気づいた。

「ねえ、お父さん。どうして私は学校に行かなくていいの？」

これまでも、光莉は何度か父に問いかけたことがある。先天性の視覚障がいがある光莉にも、兄が毎日学校という場所に行っているのはわかっていた。当時はまだ何も知らず、だからこそ、少し拗ねたりもしてみたのだ。

「光莉は、このままでいいんだ。それが、父さんと母さんの望みだから」

そのたびに不貞腐れる光莉の頭を、父は優しく撫でてくれた。微笑んでいる気配が漂い、きっと父は目が見えない私のことを想っているんだと、光莉は嬉しくもなった。

けれど、父は兄と二人きりで話をする際、いつも気を張っているようだった。目が見えない光莉は、相手の反応や空気を注意深く感じ取ろうと昔から努めてきた。そのおかげで、父が兄に接する際の違和感にも気づくことができたのだ。

父が兄を避けている時がある。

初めてそう感じたのは、いつ頃のことだろう。

光莉は身内以外の人と話した経験がほとんどなかった。故に、もっとも近くにいた父と兄の心情の些細な変化には、意図せずともすぐに気づけるようになっていた。避けているように思える父も、本当はどう接したらよいかわからないだけなのだと感じ取った。

そんな時、偶然耳にしてしまった。

光莉が十歳の、ある日のこと。父の書斎から、話し声が聞こえた。

興味本位だった。代わり映えのない日々を退屈に感じることもあったから。聞き耳を立てるつもりはなく、ただ書斎に近づいただけだった。声を潜めて話す父。聞いたこともない小さな声音に、わくわくした。

「――……あの時は親父も、まだ何も……え？　あいつがそんなことをお前に訊いたのか？　俺のほうからも、何度か説明したんだ。光莉が学校に行けないのは、目が見えなくて危ないからだと。……ああ、普段は机の抽斗にな。けど……そうか……お前にも訊いてきたのか」

父は誰かと通話していた。書斎に父以外の人がいないことくらい光莉にもわかる。電話から洩れた声が聞こえてきた。通話相手は女性だった。

そのあとに続いた父の告白に、光莉はその声すらも失いそうになるくらい絶句した。

「……だから、いつかは言うつもりだ。今後は何も危険が及ばないことがわかれば、その時は、俺の口から二人に伝える。俺たちの間に生まれた子供が、今はもうこの世にいないことも。……あいつが、俺の本当の子供じゃないことも」

気づいた時には、父の書斎に一歩、足を踏み入れていた。

父は驚いて振り返ったようだった。その時父が浮かべていた表情を光莉は知らない。生まれてから一度も、父の顔を見たこともない。それでも、何度か手で触れた。想像した。高い鼻。そこには穴が二つあって、角ばった顎と呼ばれる部分には、触れるとこそばゆい髭と呼ばれるものがあって。

想像の中ではいつも微笑んでいた父の顔が、ぐにゃりと歪んだ。

「お父さん……お兄ちゃんは、私のお兄ちゃんじゃないの……？」

「光莉……聞いてたのか」

「ねえ、教えて、お父さん。大丈夫。私は目が見えないから、お父さんから何を聞かされても、私の見ている世界は変わらない。お父さんは私のお父さんで、お兄ちゃんは私のお兄ちゃん。何も、変わらないよ。でも……教えて、お父さん。教えて」

父は沈黙した。通話中の相手の声も、その時だけは聞こえなかった。

自分が必死なのだと光莉は悟った。誰も傷つかないように、誰も傷つけないように。けれど、本当のことを知らなければ、これからうまく接することができない気がした。

父は光莉の体を抱きしめた。じょりじょりとした髭が頬に擦れて、以前はこそばゆかったのに、今は、痛かった。

「……日向は、父さんの子供じゃない。でもな、父さんは日向のことを、本当の息子だと思っている。それだけは、信じてくれないか」

光莉は頷き、父の話に黙って耳を傾けた。

父は語ってくれた。

まだ十歳だった光莉にも理解できるように、伝えてくれた。

「父さんと今電話していた人の間には、昔、子供が生まれた。けどな、その子は……不慮の事故にあって、今はもう、この世にいないんだ」

「電話の相手の人は、誰なの……？」

「その人は……光莉のことを、本当の娘のように愛してくれている人だよ。父さんとその人は昔、間違ったことをしたんだ。今でも父さんは、自分を情けなくて最低な男だと思っている。光莉ももう少し大きくなったら……父さんのことを、嫌いになるくらいにね」

「……そんなことないもん。でも、じゃあ、お兄ちゃんは」

「ああ。日向は、父さんの子供じゃない。けれど、家族なんだ。事情があって、父さんが昔、あいつを引き取った」

父に頭を撫でられると落ち着いた。兄もよく父を真似て、光莉の頭を撫でてくれる。それがいつも、嬉しかった。

「でも、お兄ちゃんの本当のお父さんは、お兄ちゃんと引き離されて……哀しんでないの？　私がもしお兄ちゃんとさよならすることになったら、寂しいし、哀しいよ」

涙の気配を感じて、光莉は俯いた。

目が見えないのに、自分の目から涙が零れ落ちることが不思議で仕方なかった。父は、それを普通だと教えてくれた。

「あいつの本当の父親は……ろくでもない男だった。だから、日向がこれ以上苦しまなくてもすむように、俺が一緒に暮らすことにした。それと、日向の本当の父親はな……今はもう、この世にはいないんだ。だから、哀しむことも、恨まれることも、きっとない。もう、ないんだ。……ないはずなんだ。ないんだ、絶対。だから、大丈夫。大丈夫な……はずなんだ」

父が泣いていた。

光莉の体を抱きしめて、苦しそうに。

「あいつには、普通の人生を歩んでほしいんだ。あいつは最近カメラに夢中だろう？　だからそのまま、あいつのやりたいことを続けてほしい。もしこのままでいられるのなら……それでいい。これ以上何も起こらなければ、それだけでいいんだ」

父はまだ、兄に本当のことを知ってほしくないのだ。いつか伝えるつもりだと、電話でも言っていた。嘘の気配は感じられなかった。光莉にはそれがわかる。わかってしまう。

光莉は自室に戻り、考えた。兄のことを想い、伝えるべきかと懊悩した。けれど、父のことを想うとそんなことは口が裂けても言えなかった。

父の言葉は、父本人の口から伝えられたからこそ光莉に伝わった。抱える不安、後悔。そのすべてが伝わってきた。父が兄に直接伝えなければ意味がない。あの涙の熱と体温を伝えなければ、兄は勘違いをして、今以上に父を避けてしまうかもしれない。

そうなれば、大好きな家族はいつか、ばらばらになってしまう。

自分に何ができるだろう。知ってしまった自分が、二人のことを想って、できることはなんだろう。

「……私が、嘘をつけばいい」

兄が何かに気づきかけるたびに、それとは真逆の嘘を伝える。

「私が、見ればいいんだ。いろんな世界を、幸せな景色を」

真っ暗な世界に描いた、まったく別の世界。これまでは、手に伝わる感触や、鼻で感じる匂いだけが光莉のすべてだった。けれど今この瞬間、光莉は初めて自分の世界を描いた。目が見えない自分だけが描ける、理想と、現実の世界。

光莉は部屋を飛び出した。途端、これまで真っ暗だった廊下が輝いた。

花柄のカーペットが廊下を覆った。壁紙も花柄で、見ているだけで愉しくなる、そんな世界。

「お兄ちゃん、いる？」

ノックをすると、大好きな声で、返事が聞こえた。

「あのね、お兄ちゃんのカメラ、私も使ってみたい！」

今まで見えなかった兄の笑顔が、初めて見えた。

――この人を、守るために。ずっとずっと、兄妹でいるために。

拭った涙の痕を隠すように、受け取ったカメラを構えた。

＊＊＊

光莉が泣いている。兄である自分のことだけを想い、泣いている。

まだ十歳だった光莉が今日まで背負ってきた十字架は、どれほど重いものだったのだろう。今もまだ、深く沈んだ体は小刻みに震え続けていた。

十歳。自分はその頃何をして、何を考えて生きていただろう。

光莉が日向のために嘘をつき続けてきた日々の中で、自分はいったいこの子のために何をしてあげただろう。光莉の背負うものの存在など知らずに、ただのうのうと暮らしていた。あろうことか、光莉の目が見えないという理由だけで、自分だってこの家に光莉を縛りつけていた。

情けない。明臣がいなくなってからそれに気づくような自分が。光莉のことを第一に考えていたと思い込んでいた自分が。

――こんな情けない男が兄だなんて、そんなの。

自分はこの家の子供ではない。光莉が告げてくれた真実を、どう受け入れればいいのだろう。

明臣が光莉にこの真実を語ったそもそものきっかけは、一本の電話にあったと光莉は語った。その電話の内容が聞こえたことで、光莉は十字架を背負うことになった。

日向は記憶を遡り、思い出す。たしかに日向は数年前、一人の女性にこう尋ねた。

「どうして光莉は今も学校に通わないのか、千歳さんは知ってますか？」

信頼、していたから。千歳は唯一明臣以外に光莉のことを話せる大人だったから。

あの時千歳は困ったように眉尻を下げ、「お父さんに訊いてみなさい」と言った。

もう何度も訊いたのだと日向が言うと、笑って誤魔化された。「やっぱり、目が……」と洩らすと、それには「そうかもね」と、返事をくれた。

思えばあの時から、日向は千歳と明臣の関係を疑い始めていたのかもしれない。

電話の相手は千歳以外にはありえない。つまり、明臣と千歳の間にはかつて一人の子供がいたことになる。その子は不慮の事故で命を落とし、その子の代わりに、日向がどこからか攫われてきた。日向という名前や誕生日を引き継ぎ、あたかも初めからこの家に存在していたかのように、育てられた。

日向は部屋を見渡した。当たり前だと思っていた自分の部屋が、違う誰かの部屋に見えた。

「……光莉、夕飯冷めちまったよ。レンジでチンしてくるから、待っててな」

言い残し、逃げるように部屋を出た。

一人になると、告げられた当初の驚きは消え去り、沈痛だけが胸を占めた。膳にのせた料理を運び、レンジに入れた。ぐるぐると回転する様子を眺めているうちに、堪えきれなくなった。

我慢、できた。一人になるまで泣かないでいられた。光莉の隣で泣きたくはなかった。それは、互いが何かを肯定して泣いているように見えてしまうから。そんな景色はきっと、美しくなんてないから。

しかし、一人になった途端、堪えられなくなった。溢れた涙で前が見えない。信じていたものが一瞬で砕け散った。家族だと思っていた人たちは、家族ではなかった。明臣も英寿も、そして、光莉も。今日まで過ごしてきた日々は、それこそ光莉が想像していた世界のように、自分の目にしか映らない嘘の世界だった。

「光莉……っ、ごめんな」

せめて。せめて光莉だけは、本当の妹でいてほしかった。

嬉しかった。本当に嬉しかった。出歩けるようになった光莉を見て。二人だけでもしっかりと前へ進んでいける自分たちを知って。これからもずっと、互いが互いの背中を押し合って、一緒に前へと進んでいきたかった。

もう、無理なのだろうか。

そんな景色をこの先も、見続けることは。

レンジが鳴り、料理を取り出そうとする。指先に熱が伝わり、思わず熱いと声が出た。どうしてかはわからない。ただ、伝わった熱とともに生じた違和感が、溢れそうになっていた涙を止めた。

——けど、光莉の母親は、誰なんだ？

一瞬、千歳だろうと思う。千歳は明臣の内縁の妻か何かで、目の見えない光莉が安心して明臣と暮らせるようになるまで一緒にいたのではないか、と。

そう考えた時、日向は思い出した。見てしまった明臣の戸籍。そこに存在しなかった光莉の名前と、存在した、日向という名前。

日向は明臣の書斎に足を踏み入れた。確認不足だった。例の封筒がなくなっていた。

「あんなもの、誰が、なんのために……」

考えても答えは出ない。日向は一度思考を収め、その人の名前を思い出す。

志乃。旧姓はたしか、七尾志乃。

「おかしい」

明臣の戸籍には、間違いなく志乃という女性の名前があったのだ。日向という名前の下に、確かに志乃という名前があったのを日向自身が目にしている。

矛盾が生じる。明臣と千歳の間には子供がいた。二人は子供を失い、だからこそ明臣は自分を攫ったはずだ。それなのに、戸籍上日向という子供は、明臣と志乃という女性の元に生まれたことになっている。何かが、おかしい。

「どういう、ことなんだ……？」

考えれば考えるほどわからなくなった。ハッとして、手が止まった。

脳内に電流が走る。もし光莉が明臣の子供であるならば、出生届が出され、光莉は明臣の戸籍に入っているはずだった。しかし、そんな記載はどこにもなかった。そもそも光莉の名前がないことが原因で、日向は光莉が自分の妹ではないのかもと考え始めたのだから。

「まさか、光莉も……？」

浮かんだ仮説は馬鹿らしい仮説だ。自分に都合がいいように立てられた仮説。ただ聞いた話だけを鵜呑みにし、そうであってほしいと願ったもの。

「光莉は、俺と一緒に誘拐されて……だから俺たちは、一度別々に……いや、そんなこと……けど、それなら。それなら、掘り起こされたもう一つの死体は……」

何かが、わかりそうだった。

もっともっと考えれば、気づけそうだった。

けれど、それ以上はもう、進みたくはなくて――。

「……お兄ちゃん」

背中に熱を感じて、日向は顔を上げた。指に残ったままの熱とは異なる、人の温もり。顔を上げても、振り返りはしなかった。

どうして光莉が抱きついてきたのか、わからないなんてことはない。

「お兄ちゃんは、私のお兄ちゃん」

「ああ」

「お兄ちゃん、だから」

――一番大切なのは、今の俺がどれくらい、光莉のことを想えているか。

光莉は今、何を見ているのだろう。その世界には今も光莉の大好きな花が咲き、きらきらと輝いているだろうか。

それとも、二人だけで過ごしたこの夏のことを、描き直してくれているだろうか。

——俺は。

日向は光莉の手を引いて席に座った。

明臣と三人で夕食をともにしていた日々を思い返す。ここ最近は光莉と向き合って座っていたが、明臣がいた時はこうして隣同士に座っていた。目の見えない光莉が腕を掴みやすいように、いつも、日向は隣から手を貸していた。

「……光莉、俺な」

「うん」

「今度こそ、父さんのこと見つけてくるよ。だから……だからさ」

光莉が隣で、日向の顔をじっと見ていた。

想像でもいい。

見ていてほしかった。

「だから、一緒に帰ってきた時は……っ、おかえりって、言ってくれな」

光莉の頬には涙がつたい、髪が貼り付いていた。「私も……」そう口を開きかけた光莉は、しかしすぐに首を振って、頷いてくれた。

大きく大きく、頷いてくれた。

「……よし！　たくさん作ったけど、今日は特別に、カップ麺も一緒に食うか？」

笑って問いかけると、光莉が嬉しそうに頷く。

日向がポットの側に寄ると、光莉が日向の手を掴む。呆然として見ていると、光莉は自らカップ麺の蓋を開けて、慎重にポットから湯を注いでみせた。日向はそれを、はらはらとしつつ、見続けた。

蓋を閉じ、再び隣に座った光莉が、今度こそにっこりと笑う。

――光莉は今も、強くなろうと頑張ってる。

――だから、俺も。

たくさんたくさん、話をした。他愛のない話に、いつも二人で花を咲かせてきた。

光莉と過ごしてきた、十年間。

消えるはずのない思い出を、光莉と二人で、噛み締めた。

（六）

「そういえば、坊ちゃんの誕生日だからって、毎年その日だけはいつも定時で帰ってたなあ。花屋に寄ってから帰るとか言ってたんだが、坊ちゃんは男の子だから花なんて興味ないだろうと言ったら、月嶋さん、顔引き攣らせてなあ」

「……そうですか。ありがとうございました」

「もういいのかい？　いやあ、心配だよねえ。こっちとしても、これ以上の無断欠勤は困るって言ってる上の人も少しだけいるんだ。けど、お祖父さんのこともあったし、いろいろと無理をしているのもわかってたんだよ。無事なんだよな？　月嶋さんは」

「はい。大丈夫です」

「そうかそうか。いやあ、あの人憎めないからねえ。なんとか上にはかけ合ってみて、いつでも戻ってこられるように手筈するから、坊ちゃんは心配しなさんな」

深々と頭を下げ、日向は踵を返した。かれこれ一ヶ月近く、明臣は職場を休んでいる。

とりあえず、明臣は英寿の件もあり、自宅療養中だと加藤たちには伝えておいた。忌引き休暇を終えたあとも明臣の様子が普段と少し異なっていたことに、加藤たちも実は気づいていたらしい。高齢の家族を持つ者も多いのだろう、皆優しかった。こんな形で嘘をつくのは心苦しく、光莉は毎日こんな想いをしていたのかと胸が痛くなる。しかし、今は立ち止まるわけにはいかなかった。光莉のためにも、自分のためにも。

光莉はずっと、孤独に戦ってきた。

だから今度は、自分の番だ。

「とりあえず、行かなきゃな」

この場所を訪れる直前まで、ネットを駆使して過去の記事を読み漁った。池神村だけでなく、八子路町周辺で起こった事件事故も調べてみたが、いくつか発見したネット記事は直接明臣と結びつくものではなかった。

明臣は日向の父親ではなかった。そして、本当に人殺しかもしれない。たとえそうであったとしても、この歳までともに生活してきたことで、他人だなんて思えなかった。

殴り合いの喧嘩をしたこともある。言い争いなんて数え切れない。そして、時々笑い合ったことだってあった。明臣と過ごしてきた日々は、日向がこの目で見て、しっかりと記憶したものだ。光莉のことを思うと、それを簡単に封じ込めることだけはしたくなかった。

すべての記事に目を通したところで、これ以上明臣や自分の出生を探るのはやめにした。今は一刻も早く明臣を見つけだすほうが先決だと、日向は何度目かの決意を固める。加藤たちは明臣の帰りを受け入れてくれるだろう。それを知ることができただけでも、いくらか心の霧は晴れていった。

スマートフォンを取り出し、昨日の午前中に届いたメールを読み返す。

送り主は會澤庸介。急な連絡となったことを詫びる文章から始まり、展覧イベントの開催に先駆け、関係者と一部の人間だけで立食形式のパーティーが開かれるという連絡だった。『是非、お越しください』という言葉とともに添付されていた案内地図を見て、日向は当初目を剥いた。

その開催場所は、なんとあの足ヶ谷だったのだ。夏場であるからか、野外パーティーを予定しているらしい。

明臣を見つけるまではコンクールのことを考えないようにするつもりだった。しかし開催場所を知り、日向はすぐに参加する旨を伝えた。開催日時は本日、十二時。

「もしかしたら、まだ」

日向は到着したバスに乗車し、現地へと向かった。

最後に明臣の姿を目撃したのも足ヶ谷だ。あと一歩のところで接触することは叶わなかったが、今でも明臣が足ヶ谷にいる可能性は大いに存在している。

——今度は絶対、約束を守るんだ。

パーティーは数時間程度で終わるらしく、日向はその後、足ヶ谷周辺で明臣の姿を見た人がいないか、聞き込みを行う予定でいた。

「やあ、日向くん。よく来てくれたね。急遽決まったパーティーだから、それほど豪勢な食事は振る舞えないんだが、たくさん食べてくれると嬉しいよ。育ち盛りのきみはたくさんたくさん食べるべきだ。それに、もし残ったら廃棄するしかないからね。ほら、それはちょっと悪い気がするだろう?」

会場に到着するや否や、日向の姿に逸早く気づいた會澤が手を上げて近寄ってきた。

日向は会釈し、自分の身嗜みを確認する。場に相応しい服装を意識して襟つきのシャツを着てきたが、そもそも周りにいるのは大人ばかりで、どんな格好をしていても外見で多少浮いてしまうことは防げなかったようだ。

「近くだったので助かりました。遠かったら、ちょっと余裕なくて」

懐事情を知られていたせいか、會澤が大口を開けて笑う。

「そうか、きみの家は池神村にあるんだったね。なら、知っているだろう？　この足ヶ谷という地では、近年たくさんのイベントが開かれているんだ。この広大な地で、時には音楽関係のイベントが、またある時には老若男女交えた球技イベントなんかも開かれている。それで、仮設スペースさえ作ってしまえば、芸術作品の展示会も開けるのでは、という話になったらしくてね」

「なら、もしかしてコンクールの授賞式もここで？」

「いや、さすがに授賞式は別の場所だ。ただ、今も言ったけど、展覧イベントのほうはここで行う予定だよ。もともとは県を跨ぎ、いくつかの地域で月毎に開催しようとしていたそうなんだけど、そのうち一つをここにしようって視察した人たちが決めたらしくてね。出身がこの近くの僕への配慮もあったのかもしれないけどさ」

白い歯を見せると、會澤は手に持ったグラスを傾けながら日向の後方を覗いた。

「ところで、保護者の方はいないのかい？」

「え？　あ、それは、展覧イベントのほうだけかと思ってて……もしかして、今日のパーティーも保護者同伴じゃなきゃだめでしたか？」

「いや、すまない。僕の伝達ミスだ。けど、日向くんの場合は特別で、受賞が確定しているから、先にこのパーティーにも招待することにしたんだよ。一応、先日きみのお父さんに電話をかけてみたんだけど、繋がらなくてね。きみをここへ招待すれば、きみのほうからお父さんに伝えてくれて、同席するんじゃないかなって考えていた僕が悪かった。大丈夫、気にしなくていい。……そうだ！　きみの保護者は一時的にだけど僕ということにしておこうか。もし誰かに何か言われてもいいようにね」

酒が入っているせいか、會澤は初対面の際よりもずいぶんと大らかな人物に見えた。

日向は胸を撫で下ろす。明臣と連絡が取れなかったことを、會澤はそれほど気にしていないようだった。

「おっと、そろそろほかの来賓者にも挨拶をしなくちゃいけないんだ。またあとで声をかけさせてもらうよ。ああ、それと、念のために身分証をコピーさせてもらっても、かまわないかな？　一応、お酒を出す場だからね。法律に従ってきみの身の安全を守ることも、保護者である僕の仕事でもあるんだ」

慣れない場で緊張している日向を笑わせるための冗談だとわかっていても、保護者という言葉に一瞬だけ胸が痛む。

胸を押さえるように財布を取り出し、日向は学生証を會澤に差し出した。ありがとうと一言残し、會澤がその場から去っていく。

とりあえずは食事をいただき、そのあとに明臣に関する聞き込みを行う場所を考えようと決め、地図を確認するためにスマートフォンを取り出した。失礼になってはいけないと来場前から適切なモードに切り替えていたため、画面上に十件以上の着信履歴が残されているのを目にした時には、思わず息を呑んだ。

「光莉……？　どうしてこんなに、珍しいな」

光莉が連絡をしてくること自体が珍しい。

あったとしても、日に一、二件。今日のように間隔を空けず連絡をしてきたことなんて、これまで一度もなかったはずだ。

「何か、あったのか？　やっぱり、一人にするべきじゃ――」

すぐに電話をかけ直そうとした。前へと進み始めたとはいえ、光莉はまだ子供だ。馬鹿だった。家が荒らされた直後にもかかわらず、どうして光莉を一人にしてしまったのか。

美しくはない想像が、目の前の景色を掻き消していく。どうか、孤独に耐えきれず電話をかけたんだと、そう言ってほしい。それくらいのことであってほしい。

會澤の姿を探しながら日向が発信ボタンを押そうとした、まさにその時、一件のメールを受信した。光莉からメールが届いたことは皆無だった。目の見えない光莉にとってメールを送信すること自体が困難を極める行為なのだ。光莉以外の誰かからのメールだろうか。

たった今受信したメールを開くと、送り主は予想に反してその光莉だった。

光莉は明臣が契約した視覚障がい者用の携帯端末を所持している。何度着信を入れても日向が応答しなかったからだろう、とりあえずは今も無事でいることがわかり、ほっと胸を撫で下ろした。

光莉からの初めてのメールを喜ぶ暇もなく、日向は受信したメールを開く。

『そこ　あぶない　きをつけて』

文面を見て、すぐに既視感を覚えた。

明臣のパソコンに以前届いた、あのメール。あれは結局誰からのものだったのか。文面が平仮名のみで作成されたメール。そして今、光莉から初めて受け取ったメールも同じように、平仮名のみが使用されたものだった。

「あれも、光莉が送ってきてたのか？」

あのメールの送り主はてっきり千歳だと思っていた。本人は否定していたが、そうとしか考えられなかった。

「けど、危ないって……危ないのは俺なんかより、家にいる光莉のほうじゃ」

どうして光莉がこんなメールを送ってきたのかを確かめるため、日向は一度会場の隅に移動し、今度こそ光莉に電話をかけた。

呼び出し音が流れて数秒後、電話が繋がった。

耳には微かに、車の走行音が聞こえてくる。

「光莉、今どこにいるんだ？　さっきのメールはどういう……」

『日向くん、わたしよ。千歳』

懐かしさすら覚える声に、日向は「えっ」と声を上げた。

『安心して、光莉ちゃんはわたしと一緒よ。今は悠長に話をしている時間はないの。日向くん、今すぐそこから離れて。お願いだから』

「どうして千歳さんが光莉と一緒なんですか？　それに、俺はここに招待されただけで、呼ばれた手前すぐに帰るわけにも……」

『光莉ちゃんから聞いたわ。あなたの応募した作品が受賞したことも、コンクールの主催者が開催している今日のパーティーにお呼ばれしたことも。家が荒らされたことも聞いたの。それで……もしかしてと思って調べていて、ある映像を見て確信したわ。いい、日向くん。早くそこから離れて。わたしもすぐに向かうから』

「映像？　何言ってるんですか？　それに、千歳さんはやっぱり父さんと昔、いろいろあったんじゃないですか。それなのに、俺には何も、言ってくれなくて……」

納得がいかなかった。言葉を濁してばかりで、大切なことを隠してばかりで。

電話越しに、千歳の声が微かに震えた。

『ごめんなさい。でも今は一刻も早くそこを離れて。お願いよ』

自分が本当に明臣に攫われた子供なのだとしたら、千歳にも関係がある。事故で亡くなったという二人の子供の代わりとして日向を攫ったのだとしたら、少なくとも、千歳にだって責任はある。

『無事に戻ってきたら、ちゃんと説明するから。あなたのお父さんと一緒に』

「父さんと？　やっぱり、千歳さんは今でも父さんと連絡を取ってるんじゃないですか！　どうして最初からそう言ってくれなかったんだ。言ってくれていれば……」

今回のコンクールのことだって日向は千歳に相談した。千歳は微笑んで、応援してる、そう言ってくれた。

嬉しかった。母親のいない日向にとって、千歳も大切な存在だと思えていたから。面と向かって話す機会は少なくとも、日向にとって千歳は唯一心許せる女性だった。

信頼していたのだ。真実を知るまでは、ずっと。

「……帰ったら、全部話してください。俺は、受け入れる覚悟ができてるから」

『よかった、離れてくれるのね？　なら、このまま近くまで行くから、そこで』

「いえ、すぐには……帰れません。俺にとってこの場所は……ずっと前から、夢見てきた場所だから」

『ちょっと、日向くん――』

日向は電話を切り、そのままスマートフォンの電源を落とした。

反発してみたかったのだ。光莉が無事だとわかったからこそ、唐突に逆らってみたくなった。自分はもう高校生。母親に反発する反抗期の子供の心情とはこういうものなのかと、日向は苦笑いとともに理解し、しかしそれが間違いであると悟った。

自分の母親は、別にいる。

ひょっとすると、もうこの世にはいないのかもしれない。

発見された二体の白骨死体。それがもし自分の両親だったらと考えると、急に吐き気を催した。この不快感を味わうのは人生で二度目だ。明臣と光莉と寿司を食べた時。腹を押さえてトイレに向かう日向を見て明臣は確かに笑っていたのに、きっとその裏では、笑ってなどいなかったのかもしれない。

会えるなら、一度でいいから会いたい。本当の父と、母に。

どんな人だったのだろう。光莉の話によれば、日向の父親はひどい男だったらしい。そして、もうこの世にはいない。それが酬《むく》いだとすれば、仕方のないことなのかもしれない。一度も会ったことがなく、過去に父親が何をしたのかを知らないのだから、情なんてものは湧いてこない。

しかし、一度くらいは会ってみたかった。それが叶わないのなら、せめて、母親に会いたい。もし日向の想像とは違い、母がまだ存命なら、一度だけでもいい。会って、話してみたい。

そこで唐突に、日向は以前千歳が口にした言葉を思い出した。

――あなたのお父さんは、狙われているの――

明臣を狙う誰かの存在。

これまではそれが何者なのか見当もつかなかった。

――けれどもし、今もまだ、生きているとしたら。

刑事が初めて日向たちの家を訪ねてきた際、発見された二体の白骨死体の死後経過年数はそれぞれ異なると語っていた。もし日向の両親が二人とも殺害されているとすれば、同時期に埋められているべきではないのか。

父親は間違いなく死んでいる。

しかし母親のほうに関しては、すべてが憶測でしかない。

戸籍上の母であるとされる七尾志乃という女性ではなく、自分を産み、明臣に攫われるまで育ててくれた、本当の母親。千歳が口にしていた明臣を狙っているという人物の正体は、自分の母親なのではないか。

明臣はここ数年、特に今年に入ってからは帰宅が深夜になることが増えていた。

それは、日向の存在を知った母親が明臣の居所を突き止め、話し合いの場が設けられていたからではないか。明臣は頑なに誘拐の事実を認めず、ついには母親側が強硬手段に出た。

息子を攫い返す。それを知った明臣は母親を止めるため、あの日家を出て行った。自宅が荒らされていたのは、住所を突き止めた母親が協力者とともにあの家に上がり込んだから。その時、明臣の書斎にあった戸籍を目にし、我が子が他人の子供として育てられていると確信した母親はますます明臣を憎んだ。タイミングよく外出していた日向はたまたま、事なきを得た――。

安直な考えだとは思えない。ただ二つ、腑に落ちない点があった。

一つ目は、それらの計画には光莉という存在が一切顔を出さないことだ。光莉はどこから来たのか、どうして三歳になってから、光莉は明臣に連れられてきたのか。

二つ目は、なぜ千歳は日向にこの場所から離れろと言ったのか、ということ。仮に日向の仮説が正しければ、家の住所を知った時点で、いつでも日向を攫い返すことは可能だったはずなのだ。明臣はしばらくの間家には在宅しておらず、日向自身が一人で外出する機会も少なくはなかった。攫うチャンスはいくらでもあったはずなのに、わざわざこのパーティーで、というのは腑に落ちない。

それに、そもそもそんなことをしなくても、警察を頼ればよかっただけだ。そうすればすぐにでも、すべてが明らかになっていたはずなのに――。

どちらにせよ、もし日向の仮説が正しければ、確かなことが一つだけある。

あと、少し。あともう少しで、日向は初めて母親に会えるということ。

生まれて初めて、その言葉が口から洩れた。咽喉の奥がむず痒くなっていく。頬が熱を帯び、どうしてか気恥ずかしくなる。母親という存在を、認めたくなる。

「……母、さん」

日向はもうしばらくの間、この会場に留まろうと決めた。

命を取られるわけじゃない。千歳が危惧していたのは、日向が母親に連れ去られてしまうことだろう。今一度そう考えて、なぜ千歳がこの会場を危険だと口にしたか、その理由がようやくわかった気がした。

日向は以前、明臣を足ヶ谷で目撃している。それはつまり、明臣が家を出て行ったあと、日向の母親の動向を探っていたからではないだろうか。

家を空けてから今日までの間で、明臣は母親の居場所を突き止めた。ひょっとするとその確信を得るために、あの夏祭りの晩、明臣は盆踊りに興じる群衆を睨んでいたのかもしれない。だとすればあの時、日向のすぐ近くに母親はいたのかもしれない。

足ヶ谷という場所を知ったのも、そもそもは千歳のアドレスを見たことがきっかけだ。あれも、かつて攫った子供の出生地を忘れないために記録していただけなのかもしれない。いつかこうした事態が生じた際に、素早く対処できるようにこっそりと記録しておく。目の見えない光莉のためにわかりやすく勉強を教えてくれる、普段どおりの賢い千歳らしい。

「俺は、かまわないよ。……母さんにならいい、また、連れ去られても」

この数日の間、張り詰めていた糸が緩んでいくのを日向は実感した。自分なりに考えたことで整然とし始めた頭の中。思い浮かぶのはやはり、光莉のこと。

今後、光莉とは本当に離れ離れになるかもしれない。

それでも、光莉は強く生きるだろう。以前見学に訪れた中学校は、光莉が視覚障がい者であることを知っても快く受け入れてくれた。友達だってすぐにできる。光莉は明るい子だ。誰とでもうまくやっていける。

たとえ、そこに日向がいなくても。

簡易テーブルに置かれていたグラスを手に取ると、ボトルを持っていた一人のスタッフがどうですか、と勧めてきた。

日向が自分は未成年だと告げると、スタッフは目を丸くして視線を四方に向けていたが、すぐにソフトドリンクの入ったボトルに持ち替え、ではこちらをと注いでくれた。自分が子供であると自覚し、頬が熱くなる。

「ややあ、楽しんでいるかい？」

背後から声がして振り返ると、いつの間にか會澤が戻ってきていた。仕立ての好い紺色のスーツは上背のある彼を一際男らしく見せている。

「はい、とても楽しいです。俺なんかを呼んでいただいて、光栄です」

「俺なんか、という言葉は聞き捨てならないな。きみはね、ダイヤの原石なんだよ。前にも言っただろう？　僕はずっと探していたんだ、きみのことをね」

會澤が手に持ったグラスを掲げる。夏の暑さのせいか、先ほどスタッフに注がれたグラスの中身はかなり減っていた。

気を利かせた會澤がスタッフを呼び、何やら耳打ちをする。頷いたスタッフが去っていくのを見ていると、會澤が笑った。

「ここは暑いから、日陰に移動しないかい？　前にラウンジで会った時は時間の都合上あまり話せなかったからね。スタッフには、しばらくほかの来賓者とは話せないと伝えておいたよ。この機会に、きみとは一度ゆっくり話をしてみたいんだ」

会場の側の仮設テントを抜け、駐車場に面した建物裏手にある木陰まで移動した。日向以外のクリエイターたちもところどころに散っている。顔馴染みも多いのか、談笑に花を咲かせる様子を見て、憧れていた世界の眩しさを知る。

少し待っていてくれと會澤に言われ、日向はその場に腰を下ろした。裏手の駐車場に人影はない。

明臣は今も近くにいるのだろうか。それとも、すでに繋がりのあった千歳や、もしかすると光莉とも、もう合流しているのだろうか。

「父さん、もし見てたら驚くだろうな……光莉は、なんて言ったかな」

ふいに、孤独を感じた。苦しくなった。そんな簡単に事実を認められるわけがない。普通ならきっと部屋から一歩も出られなくなり、毎日毎日泣いていただろう。それでもこうして外へ出ることができたのは、約束があったからだ。光莉とした約束。ただそれだけが、崩れ落ちそうになる今の日向を支えてくれていた。

ぶんぶんとかぶりを振って気を紛らわせていると、新しいグラスを手にした會澤が戻ってくるのが見えた。

なみなみと注がれたグラスを受け取り、息に咽喉の奥に流し込む。炭酸が沁みて、悄然としかけていた心もいくらか晴れていく。

「僕はね、僕の後継者になりそうな人をずっと探していたんだよ。実は、ある人から聞いたんだ。その人は、僕の作品に多大な影響を与えてくれた人でね。僕のファンだというきみなら、わかるだろう？　會澤庸介の名前が世界に知れ渡った、あの作品のことも」

會澤庸介の出世作。ファンではなくても、會澤という名前を聞き、まず連想するのはあの作品だろう。それまでの作風を捨て、一人称視点で初めて描かれた映像作品。

「あの作品はね、その人に撮ってもらったんだ。きみの作品とほとんど同じだね。誰かの視点、誰かの見る景色。僕は、それを手に入れたい。富と名声なんてものは二の次だ。ただ、その人の見る世界は独特なもので、決して僕らのような一般人には得られないものだった」

會澤が誇らしげに語るその人物とは、いったい何者なのだろう。

日向は話を聞きながら、しかしどうしてか思考が定まらなくなっていく。陽に当たりすぎたのかもしれないと、もう一度ドリンクを口に含んだ。

會澤は日向がグラスを空にするまでの間、正面からじっとその姿を眺めていた。

「いやあ、いい飲みっぷりだね」

視界の端に映る仮設テント。そこには、来賓用に受付が用意されている。スタッフが二人、この時間はもう誰もこないと見越してか、談笑している。

日向は今になって初めて、自分が受付を済ませていないことを思い出した。この会場に足を踏み入れ、どうすればいいのかと周囲を見渡している時に會澤に声をかけられたのだ。身分証を預けたことで、受付を済ませたと勘違いしていた。

「あの、俺、まだちゃんと受付を済ませてないんですけど……」

「そうなのか。けど、大丈夫だよ。きみは、僕が個人的に呼んだからね」

「そう、なんですか？」

會澤の、白い歯が見えた。

やや地黒の肌に、その真っ白な歯は目立って見えた。

「そうだよ。あっ、そうだ。実はきみに一つ、伝えておかないといけないことがあったんだ」

なんですか、と訊ねようとして、視界が歪んだ。

カメラのピント調節を誤った時のように、目の前の景色がぼんやりと霞んでいく。

ふっと眠気が押し寄せ、ぼやけた視界。

會澤の白い歯だけがただ、浮かんで見えた。

「日向くん。きみの作品は、受賞なんてしていないんだ。悪いね」

その言葉を聞いた直後、日向の視界は暗転した。

（七）

微睡《まどろ》んでいた。声が、聞こえた。

――お兄ちゃん、私、飲むの怖い――

光莉が家にやってきて、少しした頃。日向が注いだ麦茶を飲むことを光莉は躊躇した。直前まで庭で泥遊びをしていたからか、その時誤って口にした泥水のことが頭から離れないようだった。

——ただのお茶だよ。俺が嘘ついてると思ってるの？——

まだ、兄のことを完全には信じきれていなかった頃。光莉は暗闇で、ただ孤独と闘っていた。一人で、闘っていた。

——大丈夫。だって俺たち、兄妹だろ——

——兄妹？——

——そうだ、俺たち、家族なんだから——

光莉がコップに手を伸ばす。何も映らないはずの目で、日向を見た。

光莉の目はこちらを向いていなかった。しかし、はっきりとその時、日向を捉えた。

この家に来て初めて、光莉が笑った瞬間。

——美味しいね、お兄ちゃん——


「——……光莉」

微睡みから目覚めても、視界は闇に覆われたままだった。ふいにこめかみが痛み、その痛みの正体を探ろうと腕を持ち上げようとした。しかし、どれだけ力を加えても、腕はまったく持ち上がらない。手首には擦り切れるような痛みが生じ、そこでようやく自分がどのような状況にいるのかを、日向は理解した。

「……拘束されてる。どうして、俺が」

視界は依然として闇に覆われていた。瞼を持ち上げているはずが、そこに光は存在しない。何度か目を瞑り、開くを繰り返しても、いつまでも闇は消えてくれない。

「だ、誰か！　誰かいないのか！」

声を出せることを幸いと日向は叫んだ。建物内だろうか、声が反響していた。手首に感じる痛みの正体は、拘束具であるロープか何かによるものだろう。そして、この闇を作りだしているのは、きつく巻かれた目隠しだ。

椅子に座らされ、両足も縛られている。自分が今どのような姿なのか、周囲には何があるのか、それを視認できないことは想像の何倍もの恐怖を運んできた。動くべきなのか、動かないべきなのか。もしすぐ隣に何か危険なものがあれば、どうなるだろう。例えば椅子ごと床に倒れ込むことに成功したとして、そこにもし大きな穴が空いていれば、命を落とす可能性があるのではないか。考えれば考えるほど、身動きが取れなくなっていく。

パーティー会場の木陰で會澤庸介と話をしたところまでは、おぼろげに記憶していた。會澤が手渡してくれたドリンクを一気に飲み干して、それから――。

――きみの作品は、受賞なんてしていないんだ――

「そ、そんなはずない……俺は受賞したから、ここに呼ばれて……」

暑さのせいで、脳が現実とは異なる幻聴を届けてしまったのだろう。そうに違いない。そうでなければ、絶対におかしい。

途端、ガサッと靴底が擦れる音が耳朶を打った。顔を上げるがそこは闇だ。

ただ、鼻先に漂った柑橘系の匂い。隠された布の下で、両目が大きく見開く。

「……會澤さん、これは、どういうことですか」

「おや、まだ一言も発していないのによく僕だとわかったね。ひょっとするときみは、本当に受賞に値する能力の持ち主だったのかもしれないね」

會澤がこれまでも何度か見たあの微笑みを向けているのが伝わってくる。

「香水の匂いがしただけです」

「そうか。それならまあ、仕方ないね。僕はてっきり、きみも視覚障がい者特有の目を持っているのかと思ったよ。まあ、今は違っても、今後そうなるという可能性もあるだろうけどね」

「なんの話をしているんですか……？」

「知らないのかい？　それは、きみがもっともよく理解しているのかと思っていたよ」

會澤の声色は、これまで耳にしてきた彼のものとは思えないほど冷酷なものに聞こえた。隣に立っている人物が會澤庸介だと確信を持ちながらも、想像するのは声色に反する従容《しょうよう》たる態度の彼そのもので、背筋がひやりとする。

「會澤さん、とりあえず拘束を解いてくれませんか？　このままだと」

「ああ、悪いけどそれは無理だね。おっとそうだ、ちょっと待ってくれ」

言うと、會澤が目の前に移動したのがわかった。すぐに一つの電子音が響く。ピピッと鳴った微弱な音がなんなのかを、日向は知らなかった。しかし、今目の前にいる男が本当に會澤庸介であるのなら、その音の正体も自ずと判明する。

「もしかして、撮ってるんですか……？」

「察しがいいね。それと、これはただのビデオカメラだ。きみが愛用しているカメラとは、まったくの別物だよ」

どうして自分が撮られているのか。しかも、拘束された姿を。

なんとかしなければと体を捻り、拘束から抜け出そうとした瞬間、動きは止まった。止めざるを得なかった。もしかすると、断崖絶壁にでも立たされているのかもしれない。風はあたらないが、この世界のどこかには、無風の断崖だって存在するかもしれない。実際にそんな場所は存在しないだろうと心を落ち着かせようとするが、それを知るための唯一の手段である視覚からの情報が、今は何一つとして伝わってこない。

——怖い。何も見えないことは、こんなにも怖い。

これまでも想像したことはあった。暗闇とはどんなものなのかと、瞼を閉じ、その上から布団を被り、想像した日だってあった。なんだ、こんなものか。そう思えたのは、自分の意思一つで暗闇から逃れる手段を持っていたからだ。

数分間。微睡みから目覚めて、たった数分の出来事。布団を被ったあの時と何も変わらない闇なのに、自分の意思ではどうにもならないと悟ったただそれだけで、すべてが恐怖に変わった。

それを、生まれてから十年以上も経験している光莉は、これまでどれほどの恐怖を胸に抱いてきたのだろう。

「撮って、どうするんですか？　まさか、こんな姿を作品に使用するわけじゃないですよね？　會澤さんの作品には、残酷な景色なんて似合わないのに……」

「……驚いた。きみはまだ知らないのか？　本当に何も知らないで、僕の誘いにのって、こんなところまでのこのこ一人で来たのかい？」

「何も知らないって……俺はただ、呼ばれたから……」

「違うだろう？　きみは足ヶ谷に、お父さんを捜しに来たんだ。まあ、本当の父親ではないんだから、お父さんとは言わないほうがいいのかな？」

「どうして……會澤さんがそれを」

続きが出てこない。空気が薄くなってしまったように、呼吸が苦しくなっていく。

そんな日向を見てか、會澤が鼻で笑った。

「僕が数年前まで海外を拠点に活動していたことは知っているね？　それは、まだ僕がほとんど無名だった頃の話だ。このままではだめだと痛感し、思い立ったが吉日、僕はそれまでの過去を捨て、日本へと戻ってきた」

日向の周りをゆっくりと歩いているのか、會澤の声が四方から届いてくる。

「……もちろん、当初は生活難だったよ。優れた映像を撮影するために、いろいろなところへ出向いた。実録物がそれまでの僕の作風だったから、日本に戻っても僕は至るところでカメラを回していたんだ。怪しい路地裏とかでもね。その時、偶然撮れてしまった映像がいくつかあってね。試しにそれを欲しがっている人に連絡してみたら、ある程度の値段で買い取ってくれたんだ。生活していくためにも、背に腹は代えられなかった。不倫の映像なんかは高く売れたよ。映像クリエイターとしてではなく、アルバイトに近い感覚だったかな。せっかくカメラがあるんだし、ついでに小銭を稼いで、その金を元手に映像制作を頑張ろう、というような。きみには、アルバイトの経験はあるのかな？」

「俺は、まだ……けど、しないといけないかなって」

「やめたほうがいいよ。確実に、映像制作の時間は減るからね」

會澤の声に高揚感が入り混じる。自分は何を聞かされているのかと日向は思った。

憧れであった會澤庸介の下積み時代の話には興味があったはずが、今はあまり聞いていたくはない。しかし、耳をふさぐことは叶わない。

「それでまあ、苦肉の策ではあったけど、僕はその小銭稼ぎを続けたんだ。そんな中で一人の男と出会ってね。僕と同じようなことをして稼いでいた、自称ジャーナリストの男だった。時々狙った現場で顔を合わせるようになって、親しくなってからは二人で飲んだりもしたんだよ。それである時――彼が言ったんだ。『足ヶ谷と池神村のほうで、金に困らなくなりそうな話がある』って。酔っていた勢いもあったんだろう、酒の肴にするように、彼は愉しそうに話したよ。僕も正直、興味はあった。纏まった金が手に入れば、映像制作だけに集中できるからね。けど、いったんは受け流したんだ。その頃はちょうど、日本に戻って初めての作品作りに取りかかっていて、なかなかうまくいかない苛立ちから時間もなくてね。

……だけど、それから数ヶ月が経って、彼からの連絡がぷつりと止まった。変だなとは思ったけど、深追いはしなかった。親しくなったとはいえ、僕と彼はそれくらいの関係だったんだ。まあ、僕のほうはやっていることに後ろめたさもあったからね」

なんの話をしているのかと、日向は今度こそ訊ねようとして口を開いた。

だが、言葉は出てこなかった。繋がるのだと、直感が働いたからだ。

「彼からの連絡がなくなったことで、僕もそろそろ小銭稼ぎはやめようと思った。そうするには、別の仕事を見つけて生活資金を稼がなきゃならない。けどね、作品作りは本当にうまくいかなくて、時間なんていくらあっても足りないくらいだったんだ。そろそろ本格的に懐が苦しくなってきた頃、ふと、飲みの場で聞いた彼の話が蘇った。あの話はなんだったんだろう。足ヶ谷という場所に何があるのか、彼はそれをやり遂げたのかが気になって、僕は興味本位でその場所を訪れてみることにしたんだ」

微かな音とともに煙草の匂いが漂った。カメラの操作音は聞こえてこない。この話を始める前に、會澤は撮影をストップさせていたようだ。

「僕は、足ヶ谷を訪れた。出身地が近いから、この場所に関するある程度の知識もあってね。ただ、彼の話はうろ覚えだったから、その儲け話にどうすれば辿り着くのかはわからなかった。彼が会話の節々に洩らしていた地名や建物名をなんとか記憶から引き摺り出してはみたものの、その日一日歩いて何もわからなければ、その時はおとなしく家に帰って、真っ当な生き方をしようと思っていたんだ。心を入れ替えて、少しずつでも金を稼いで、好きなことを形にしていこう。それも上手くいかなければ、映像クリエイターすらやめてしまおうってね。だけど、そこで僕は……僕は、偶然、運命的な出会いを果たした。奇跡、だったんだよ」

會澤が軽く紫煙を吐き出す。笑っているのか、口笛を吹くような音がした。

「僕の作りだす映像が生まれ変わったきっかけは、その人に出会ったからなんだ。僕はその人とともにいることで、新境地を開けると確信した。

　僕は次第にその人の虜になり、どうにか彼女を、今後もそばに置いておくことはできないかと考えた。親しくなるのはとても苦労したよ。恋心なんて、そんな陳腐な感情は互いに抱いていなかった。彼女も昔カメラに興味を持っていたことがあると話してくれてね、僕の作品のためになるのならと……彼女にとっては何よりも大切なものを、その時僕に預けてくれたんだ。そのおかげで、僕は……」

　會澤の口が止まる。どうしたのかと、日向は声のするほうへ顔を向けた。

「……話が逸れてしまったね。続きだ。そんな関係が続いた中迎えた今年の初春、僕は彼女の部屋でとんでもないものを見つけてしまったんだよ。なんだかわかるかい？」

　日向は想像すらできず、首を振った。

「名刺だよ。僕が以前親しくしていた、ジャーナリストの彼の名刺が、彼女の部屋の片隅に落ちていたんだ」

「名刺……？」

「見つけた時は、どうしてこんなところに彼の名刺があるのか不思議で仕方なくてね。僕はすぐに彼女に訊ねたよ。彼女は驚いていたが何も言わなかった。けれど、その反応ですぐにわかった。彼女はかつて彼が語っていた例の儲け話に関することを知っている。そして、彼が消えたことに関しても、何かしら知っているとね。何せ、僕が彼の名刺を見つけた時、その名刺はぐしゃぐしゃに丸められていたんだ。僕は興味がないようなふりをして、名刺を受け取った経緯をなんとか聞き出そうとした。けれど、彼女はそのことに関してだけは頑なに口を割らなくてね。そして……とうとう僕の前から姿を消した。絶句したよ。このままでは僕の今後に関わると思った。僕の作風にはその時すでに、彼女が必要不可欠な存在になっていたからね」

「……その話は父さんと関係があるんですか？　それに、どうしてそんなことまで俺に話すんですか……？　普通は、誰にも聞かれたくないんじゃ……」

ようやく絞り出した声。想像で描き出す會澤は、相変わらず微笑を浮かべたまま日向の前に立っている。

「まあ、聞きなよ。すべて話してしまったほうが、僕にとってはあとあと都合がいいんだ。きみが月嶋のことを憎み、離れたいと望めば望むほどね」

聞こえた咳払い。意味がわからず、日向は返す言葉を失う。

「自分の人生に関わることだったから、その後も必死に彼女を捜してようやく見つけたよ。彼女は麗しい女性だったが、それ以外の理由でも目立っていたからね。こっそりとあとをつけ、喫茶店に入る彼女に続いた。彼女はご丁寧に『待ち合わせで』と店員に告げていてね。すぐに話しかけるべきではないと判断して、僕は彼女が選んだ奥の席から少し離れた席に座って様子を窺っていた。

そうしてしばらくすると、一人の男がやってきた。きみの想像どおり、月嶋明臣だよ。彼女と月嶋は向かい合って話をし始めた。しばらくは周囲に視線を配っていた月嶋だけど、話が進むにつれ俯きがちになっていった。僕はそのタイミングでこっそりと、席を移動したんだ。本来であれば彼女には気づかれてしまう席、つまり、月嶋の後ろの席にね。ボックス席だったのも幸いだった。僕がすぐ後ろの席に移動したことに月嶋は気づいていなかった。そして……そこで知ったんだ、何もかもを。

月嶋とその父は、自分たちがかつて一人の子供を攫うために起こした事件をネタに、ジャーナリストの彼から強請《ゆす》られていた。彼の言っていたネタとはこのことだったのかと知って、正直、その内容に驚いたね」

英寿が残した遺産額があまりにも少なかったこと、そして、明臣の通帳に残されていた預金額も同様だったことを思い出す。二人はその男に、日向のことで強請られていたという。

だとしたら――。

「もしかして、祖父ちゃんが……」

「ほう、そんなことも知っているんだね。どうやら、そのようだよ。きみのお祖父さんは彼からの強請りに耐えられなくなって、彼を殺害し、埋めた。そのおかげで、きみを含めた月嶋家には平穏が戻ってきたはずだった。僕が現れるまでは」

開いた口が塞がらない。あの温厚で優しい英寿が人を殺した？　あるはずがないと思いつつも、あんなにも優しい祖父だからこそ、自らが犯した罪に耐えきれずに自殺を選んだということに、納得がいってしまう。

「僕が彼の知り合いだということは、名刺を見つけた時に彼女にも話していたからね。彼女はすぐ近くに僕がいるなんて考えもせず、會澤庸介という男が名刺の男の知り合いだと言って自分に近づいてきたと、月嶋に相談してしまったんだよ。また強請りに耐える日々が繰り返されるかもしれないとね」

會澤の声は時には左から、時には後ろから聞こえてきた。

「初めて月嶋から連絡がきて会いに行った時、彼は『どこまで知っている？』と単刀直入に訊いてきた。喫茶店での会話を耳にしていたことは伏せ、『すべて知っています』とだけ答えてやった。その後も何度か会いはしたよ。月嶋はそのたびに僕に金を掴ませ、誰にも言わないでほしいと頭を下げてきた。まあ、優しい人だなとは思ったよ。けれど、僕にはもう、金なんてなんの価値もなかったんだ。出世作となったあの作品のおかげで、ある程度の収入はあったからね。だから、僕が本当に欲しているものを月嶋に伝えたんだ。彼女を僕にくれ、とね」

「その、彼女っていうのは……誰、なんですか？」

一瞬、光莉や千歳の姿が頭に浮かんだ。

「きみのお母さんさ。名前は――七尾志乃」

「え……？」

生きて、いるのか。その人はまだ、この世界に存在しているのか。

日向は暗闇の中、その人の顔を想像しようとした。自分と似ているのだろうか。それとも、自分は本当の父親似の顔なのだろうか――そう考えて、一つの疑問が生まれた。どうして會澤は今、七尾志乃という女性が日向の母親であると躊躇なく口にしたのか、という疑問。

この場で会話を始めた際、會澤は明臣のことを「お父さんとは言わないほうがいい」と言った。だとすれば今も、その七尾志乃という女性のことを「お母さんとは言わないほうがいい」と訂正すべきだ。

なぜならば日向は、明臣の子供ではないから。

明臣がどこからか攫ってきた子供こそが日向であり、七尾志乃という女性は明臣の元妻だ。自分の本当の母親が七尾志乃であるならば、自分は攫われた子供などではない。明臣との間柄も親子ということになってしまう。

しかしもしそうだとしたら、明臣が所持していたあの遺骨と写真は、どういう――。

日向が會澤に詳細を訊ねようとした瞬間、場の空気が微かに弛緩したのを感じた。

會澤はどこか安堵したような息を吐くと、ふっと笑い声を洩らした。

「僕の作品にはね……志乃さんの視点が不可欠なんだ。僕はあくまでも、僕の作品のために彼女を求めているんだ。彼女が永遠に手に入らなくなると僕は困る。困るどころじゃないな、僕というクリエイターの存在にも関わってくる。居場所がわかったことでそれ以降も何度か彼女と接触したが、恐れられて断られるばかりだった。どうすれば正式に彼女を僕のそばに置いておくことができるのか……それぱかりを考えていた。名刺を見つけなければよかったとも思った。けれど、こうなってしまったものはどうしようもない。それで、どうするべきかと悩んでいた時にね……なんと、届いたんだよ。僕の未来を明るく照らし出すとある物が、あろうことか向こうからね。それが何か、わかるかい？」

日向は首を振った。會澤の声音は穏やかなものに変わっている。

「きみの、作品だよ」

目隠しの下で、日向は目を見開いて動揺した。

「俺の、作品……？　けど、俺の作品は、受賞なんてしていないって……」

「もちろん。応募してたった数週間で受賞が確定することなんてありはしないよ。僕はね、審査員としてあのコンクールに携わってはいるが、あくまでもゲストなんだよ。このパーティーを主催する側だなんて、これまで僕からは一言も口にしていないよ」

この時ようやく、日向は自分が勘違いをしていたのだと自覚した。

たしかに會澤の名前はコンクールのホームページに記載されていたが、あくまでも審査員一覧に彼の名前が載っていただけだ。

「きみの作品を見て、まずは驚いた。前にも言ったとおり、きみの作品は明らかに僕の作品から着想を得て作られたものだったからね。本当によくできていたよ。だけど、僕にはわかる。僕の作品は、普通の人間が真似しようとしても、そう簡単に真似できるものではないんだ。なんたって僕の作品には、志乃さんが持っているような、特殊な事情を抱える人間だけが神様から与えられる視点が必要不可欠だからね。

……だからこそきみの作品を初めて目にした時、心躍ったんだ。きみには志乃さんと似たような力があるんじゃないか、ってね。僕はすぐに関係者に頼んできみの応募フォームを閲覧した。月嶋という苗字、そして住所を見て確信したよ。月嶋日向、きみこそが月嶋明臣がかつて誘拐した子供本人であり、志乃さんの実の息子だということをね」

「それだ……それはいったい、どういうことなんですか？　俺は、攫われた子供。なら、俺の母さんはその人じゃなくて、別にいるはずじゃ……」

訊かなければならない。日向は体を捻り、なんとか拘束を解こうとした。手首が擦れ、鋭い痛みが生じる。思わず顔を歪めると、どこからか温かい手が触れた。

會澤の手だった。

「こらこら、そんなに無理やり動かしたら怪我をするだろう？　それと、そこまで深いことまで僕が話す義理はないはずだ。僕はあくまでも、あの二人の会話を小耳に挟んだだけなんだよ。まあ、月嶋と何度か会っていくうちに、いろいろと……察することはできたけどね。そばにもう一人女性もいたようだし。月嶋は隠しているつもりのようだったけど、舐めないでほしいよね」

「もう一人……？」

千歳に違いない。明臣と千歳は繋がっている。これまでは日向が気づかなかっただけで、その頃から二人が行動をともにしていてもおかしくはない。

會澤はやけに優しく日向の手を撫でた。拘束した犯人は會澤で間違いないはずだが、そんなことをしておきながら、日向に危害を加えようとはしていない気がした。

「……っと、話が長くなったね。中途半端に聞かされたきみはもやもやするだろうけど、とりあえず、僕自身が現時点で知りたいことは一つだけなんだ。志乃さんがもし今後僕から逃げる可能性があるのなら、僕は志乃さんの代わりを見つけなきゃならない。そして、僕はその解決策をすでに知っている。繰り返しきみの作品を見ているうちに、普通の人なら誰だって気づくその『誰か』の存在に、本当の意味で気づいたから」

気配が顔のすぐ近くに感じられた。耳元まで顔を寄せ、吐息とともに會澤が囁く。

「きみには、妹がいるんだろう？　しかも、盲目の」

　全身の肌が粟立った。

「顔合わせ、まああれも偽の顔合わせだったわけだけど、あの時に僕は兄妹の有無をきみに訊ねたね。きみは返事を濁したし、確信は持てていなかったけど、作品を見る限りではきみに妹がいるのはほぼ間違いない。もしかしたらと感じた僕はあの顔合わせの直後、先回りして池神村に向かった。きみの家を遠くから見張ったよ。それこそ、双眼鏡なんか使ってね。そこで僕は初めて、月嶋が家にいないことと、きみの妹らしき少女の佇まいから、彼女が盲目であることを知ったんだ。鳥肌が立ったね、今のきみのように。けれど僕の場合は絶望ではなく、興奮からだ」

「あの日、光莉は外になんか……」

「玄関で嬉しそうにきみを迎えただろう？　わかるさ、目が見えているかどうかくらい、僕にはね」

　會澤との顔合わせを終えて帰宅した際、光莉は玄関の扉を開けて待っていてくれた。嬉しそうに、ご機嫌な様子で。その時は、自らの意思で扉を開くまでに強くなった光莉のことしか見えていなかった。

　すぐ後ろで會澤の革靴の底が床を叩く。そんな音にすら暗闇では瞬時に怯えてしまう。煙草の匂いはいつの間にか消えていた。吸い殻を踏んだのか。

「僕はね、あの子が欲しい」

声が、出ない。

「志乃さんと同じ力を持つ光莉という少女は、間違いなく僕が求めていた存在だ。クリエイターの寿命は短い。それこそ、今日この場に集められた新進気鋭の映像クリエイターがすぐに僕を追い越していくかもしれない。ものすごいプレッシャーの中にいる僕は、志乃さんを失った場合のことも常に考えて、作品作りに挑まなきゃいけないんだ。だから、僕はあの子が欲しいよ。きみの妹の、光莉ちゃんがね」

脳が警告を発している。その指令に割って入るように、明臣の顔が浮かんだ。

明臣の様子がおかしくなったのを、日向はずっと英寿の自殺が原因だと思っていた。しかし、別のきっかけがあったのだ。明臣の前に會澤庸介が現れたこと。おそらく、英寿が自殺を決意したこと自体も、すべて、日向の目の前にいるはずの男がきっかけだった。

思い返せば、明臣は光莉に対して過保護だった。日向もこの夏休みが始まる前までは、光莉の目が見えないからこそ、危険の多い家の外へは出さないのだと思っていた。しかし、もし今の日向と同じように、明臣が會澤から口止め料として本当は何を求めているのかを聞いていたとしたら？

本当は光莉が欲しいと伝えられていたとしたら？

それが原因なら、日向が提案した光莉の入学の件を保留したのにも頷ける。住所の話もそうだ。日向がコンクールの話をする以前から、明臣はコンクールに関するホームページを見ていたと光莉は教えてくれた。それが本当なら、會澤庸介という名前を検索した明臣が事前にあのホームページに辿り着いていたとしても不思議ではない。

そしてあろうことか、日向がそのコンクールに応募すると言いだした。審査員一覧に會澤の名前があることを知っていたからこそ、明臣はあんなにも日向がコンクールへ応募することを拒絶し続けたのではないか。

會澤庸介という男から、愛する娘である光莉を守るために。

――父さん。

だとしたら必然的に、明臣が家を空けている理由も見えてくる。

明臣は、この會澤庸介という男をどうにかするために、自らの足で彼を探しにいったのだ。過去を明かされる不安や苦しみから解放されるために、これ以上野放しにはできないと決めたから。光莉のことを頼む――そう、日向に告げて。

どうして実の息子でもない日向に、そんな大役を任せてしまったのか。

「心配しなくても、すぐに来るさ。学生証の写真。それと、さっき撮影した映像も数分前に送信したからね」

「送った……？　誰に……」

「もちろん、きみのお父さんを演じている人にさ。長話は、彼が到着するまでの時間稼ぎだよ」

「父さんに？　どうして……父さんは、會澤さんのことを探してるんじゃ」

「そうさ。だから今、僕のほうからこの場に招待してあげたんだよ。実のところ、僕は手荒な真似が嫌いでね。あ、勘違いしないでくれ。きみを拘束しているのも、あくまできみが逃げださないようにするためだ。危害を加えるつもりはないよ。あくまでも話し合い。暴力は厳禁だ」

口ではそう言っているが、會澤のスーツの下にはあの太い腕があることを日向は知っている。

暗闇の中に、會澤が明臣を殴りつける光景が浮かび、消えていく。闇の中では、希望も絶望も描けてしまうのだと、改めて知る。

途端に足が震えだす。會澤が拳銃を持って後ろに立っている気がした。想像したら止まらなくなった。想像することはずっと、美しいことだと思っていたのに。

想像したらいつもこの恐怖を胸に秘めたまま、光莉は自分にしか見ることのできない世界を想像していたのか。「庭のお花、綺麗だね」なんて、そう言いながら、何もない自宅の庭に顔を向けて笑っていたのだろうか。

自分が攫われた子供であるということに、日向が自力で気づくチャンスはこれまでも存在していたのかもしれない。英寿が亡くなったと聞いた時。千歳と明臣の関係を初めて疑った時。本気で何かを知ろうと躍起になれば、もっと早くすべてを明らかにできていたかもしれない。

日向がそうしなかったのはきっと、光莉がいつも家にいて、日向に別の世界を見せてくれていたおかげだ。

光莉はそうやって、日向の意識を自分へと向けさせた。兄妹なのだと、暗闇の中に二人だけの景色を描くことで思わせてくれた。目が見えないことがほかの何よりもつらかったはずなのに。それをまるで、自分の武器のように扱ってくれた。

日向のために。たった一人の、兄のために。

――俺だって。

闇の中で、日向もなんとか明るい世界を描こうとした。

しかし、現実の世界を知っている日向には、それは決して描くことのできない世界なのだ。一度でも光を得て、外の世界を知る人間は、この暗闇の中で希望を抱くことは叶わない。

光莉は先天性の視覚障がいを持つ子だ。すべてが闇に覆われた世界こそが当然だと自覚し生きてきた。

それでも光莉だって日向の話を毎日聞いているうちに、自分が描いている景色は普通ではないのだと自覚し直したはずだ。普通ではないことで生まれた恐怖を隠し、それでもなお、望んだ景色を想像し続けた。光莉のような人にしか描くことが叶わない希望の世界。日向はそれを形にし、そして、光莉の見ている景色が受賞という形で世界に肯定された、はずだった。

それを否定された気分だった。自分を、光莉を。光莉が見ていた、あの景色を。

光莉の見ている景色を奪おうとしたわけじゃない。ただ、こんなにも美しい光景を見ている人がいるのだと、誰かに知ってほしかった。理解してほしかった。目が見えなくても、たとえ想像した理由が日向のためであっても、その結果生まれた景色はこんなにも美しいのだと、あの作品で誰かに伝えたかった。

だからこそ、あの作品のタイトルは、『ひかり輝く世界』と名付けた。

その世界にいる時の光莉は、日向の目には輝いて見えた。そんな光莉の元に帰りたいと、強く願った。光莉が描く世界と同じものは描けなくとも、あの映像を通して、日向は光莉を知った。だから、自分にだって想像することだけはできるはずだ。希望を抱けなくても、怖くても、見ることだけはできるはずなのだ。どんな暗闇の中にでも、見える光はあるはずだ。

背中を押してくれた言葉が、熱が、今もこの胸には残っているから。

——俺が光莉を、守らないと。

椅子の隣に、底の見えない穴なんて存在しない。そこにあるのは、花柄のカバーに覆われた自宅のソファだ。倒れ込んでも痛くはない。むしろ、受け止めてくれる。

そんな日向を見て、脚に花粉をつけた蜜蜂が二匹、どこからか飛んでくる。蜜蜂は花粉を手放して、日向の両手を取って走りだす。空だって飛べる。何せ、彼らは大きな蜂なのだから。そのまま、日向が暮らす家まで連れ帰ってくれる。家には光莉がいて、「おかえり」と、言ってくれる。

そんな世界が、いつだって存在する。誰かの瞳にはいつも、描かれている。日向は体を思いきり傾けた。その反動で椅子が壊れてくれることを願った。怖くなんかない。いや、本当は少し怖い。けれど、そこにはあのソファが置かれていると信じている。そのおかげで、行動できたのだ。

――勇気さえあれば、なんだって。

椅子が傾いていく。しかし、いつまで経っても衝撃が伝わらなかった。

いつの間に移動したのか。すぐ隣で、會澤が唐突に笑った。それと同時に、遠くのほうでシャッターのようなものが持ち上がる音が響いた。

耳を澄まさずとも聞こえてくる。視覚を封じられた人間は、その他の感覚器が優れていく。そんな話を、なぜか今になって思い出した。

「――……日向！」

反響して届いた声に思わず顔を上げた。

何も見えない。誰の姿もない。しかしその闇の中、ぼんやりとその人の姿が浮かび上がる。

無精髭を生やし、汗を滴らせながら息子の名前を叫ぶ、父の姿。

そんな姿だけは簡単に想像できてしまうのは、どうしてだろう。

「これはこれは、遅かったですね。最初に連絡したのはかなり前だったはずだ」

「……日向、無事か？　こいつに何も、されてないか？」

「無視ですか？　でもね、それ以上は近寄らないでいただきたい。僕にとっては大事な話し合いの場なんでね。近すぎず、遠すぎず。そう、今くらいの距離が理想だ」

目の前の光景を暗闇に描く。着の身着のまま出ていったあの日の明臣が、スーツ姿の會澤と対峙している。今の會澤は日向の姿を隠すように立ち、明臣のことをまっすぐに見つめている。會澤は映像クリエイターだ。先ほどのシャッター音から考えて、撮影スタジオの一つや二つ借りていてもおかしくはない。

口を開いた瞬間、「父さん……」と、掠れた声が洩れていった。

「日向、待ってろ。すぐに助ける。お前も、光莉も、俺が助ける」

その声は強張っていた。緊張だろうか。まさか日向のほうが攫われるとは思っておらず、その動揺を隠したような声色だった。

「あなたの過去、それに、あなたの父である月嶋英寿が犯した罪を、今はまだ誰かに話すつもりはありません。ただ、交換条件として、あなたは僕が欲している存在も知っているはず」

「光莉のことだな」

「そうです。だからね、月嶋さん。一つ、取引をしましょう。あなたが、選んでください」

「選ぶ……？」

會澤だろう、日向の肩に手が置かれた。

「月嶋光莉、それか、月嶋日向のどちらか一人を、僕に譲っていただきたい」

「何を、言ってる……？」

明臣に続き、日向も声を失った。

會澤が欲しているのは光莉だったはずだ。會澤のそばにいるという、七尾志乃という女性。話を聞き、日向はなぜ會澤が光莉に目をつけたのかという理由に見当がついていた。しかし、口には出さなかった。それは、日向がこれまで光莉を普通の子だと思い続けた理由と、同じ理由。

會澤が光莉を欲したのは、その七尾志乃という女性が、光莉とまったく同じ世界を見ているからに違いない。

光莉と七尾志乃が見る世界——視覚障がいを持つ者だけが描く特別な世界を、手に入れるため。

日向自身、初めて光莉が撮影した映像を見た時の衝撃を覚えている。即ち、同様の視覚障がいを持つ七尾志乃の世界を以前から知っていた會澤が光莉を欲するとすれば、そこに価値を見出したとしか思えないのだ。

「會澤さんは、あの世界を……」

日向が気づいたことを悟ったのか、會澤が「すごいよね」と後方で声を洩らす。

「障がいを持つ多くの人々にとっては、今の世の中は生き難い世の中かもしれない。でもね、障がいを持つ人たちだからこそ、見える世界や秘めている才能があるんだ。かの有名なアインシュタインだって発達障がいを持っていたと言われているし、スティービー・ワンダーは生まれてすぐに失明後、その歌と演奏で多くの人々を魅了してきた。賞を受賞した人だっている。ハンディキャップを背負っていると言われる彼らは、どうしてあれほどたくさんの人々の心に残ることができたんだろうね。

志乃さんや、光莉ちゃんもそうだ。僕らがそばにいて、秘めていた才能をたくさんの人に伝えてあげることができれば、きっとそれが武器に変わる時がくる。動物の視点のように揺れ動き、けれど、その視点だけがどこかずれているあの景色は、僕らが普段見ている景色よりもよりいっそうリアルなものなんだ。美しいよ。世界は自分を中心に回っているわけじゃないと、彼女たちだけが僕らに教えてくれる。皆、平等な世界にいるんだとね」

會澤が今度は優しく日向の頭を撫でた。嫌じゃないと、思ってしまう。

「安心してください。日向くんはもうすべて知っているようです。自分があなたの本当の子供じゃないことも、攫われた子供であることも。あなたのお父さんが犯した罪だけは、今後のことも考えて、さっき僕の口から伝えておきましたけどね」

それを聞いた明臣が浮かべている表情を、日向は想像してしまった。蒼白な顔には絶望の色が濃く浮かぶ。先ほどまで怒りに震えていた父は、もういない。

「日向……そうか。聞いたんだな、光莉からも」

日向。そう呼ばれるたびに、歯を食いしばってしまう。

「……巾着袋の中を見たんだ。そしたら光莉が泣きだして、それで」

「……そうか」

「……うん」

想像の中で、明臣の表情は悔やむこともなく、哀しむこともなく、ただ無だった。知られてしまったという絶望だけを宿した父がそこにいた。隠し通せると思っていたのなら、日向のことをいつまでも子供だと侮っていたということだ。

腕が震える。無であり続ける明臣を軽蔑し、ふつふつと怒りだけが湧いてくる。

「感動の再会の最中、悪いとは思うんだけどね。正直時間もあまりないんだよ。さあ、月嶋さん、選んでください。日向くんか光莉ちゃん、どちらか一人を僕に預ける。もっとも返すつもりはないから、やっぱり譲ると言ったほうがいいでしょうかね」

「ふざけるな！　そんな取引には応じない。応じられるはずがない。言いたければ言えばいいさ。俺は……罪を背負う。親父の罪も、俺が背負う」

「では、二人は犯罪者の子供になりますね」

「なんだと？」

「日向くんはこれから二度と表舞台には出られなくなるでしょう。犯罪者の家族として、一生後ろ指をさされながら生きていく。光莉ちゃんも、二度と外には出られなくなるでしょうね。月嶋さんも、誰かから聞いているんじゃないですか？　光莉ちゃんはようやく、外の世界への第一歩を踏み出したんですよ？　きっと、夢や希望も生まれることでしょう。そして、そんな二人の未来を……あなたが奪うんだ。あなたがここで選択を放棄したことで、二人の未来は闇に覆われる。特に光莉ちゃんは目が見えないので、何をされてもわからないでしょうね。外に出られるようになったことが仇となり、彼女はこれから先、どんな仕打ちを受けるんでしょうか。犯罪者の家族という、ただそれだけの理由で」

沈黙が落ちた。震えるように息を吐く明臣。日向のすぐ隣で會澤が溜め息をつく。

日向はその沈黙が、黙り続ける明臣のことがたまらなく嫌になり、口を開いた。

「……會澤さんが俺を連れていっても、何もメリットはないんじゃないですか？　俺は、目が見える。會澤さんが望んでいる世界は、それこそ光莉にしか表現できないもの。それは俺が一番よくわかってる。それなのに、どうして俺を……」

「まあ、きみは僕になれるからね」

「どういう、意味ですか？」

「きみが僕の元にくれば、なんの説明もなくいなくなった兄を光莉ちゃんは捜そうとするだろう。遠目から見ていても、きみたち兄妹の関係は良好なものに見えたよ。月嶋さんがどう説明しようと、あの子なら、大好きなきみを捜すだろう」

光莉の笑顔が浮かぶ。はっきりと、その表情は描かれる。

「けれどね、心優しい僕は二人が完全に引き離されることは望まないんだ。だから、僕はきみを時々光莉ちゃんに会わせるかもしれないね。もちろん同席はする。

そして……きみが光莉ちゃんに指示を出すんだ。僕の撮りたいものを、きみが光莉ちゃんの目を通して撮る。目の見えないあの子は、きみに言われたら何もかもを信じてカメラを構えるだろう。それが兄の作品ではなく、僕の作品になることすら気づけずにね。きみはあの子を意のままに操れるんだよ。それだけでも、きみを譲ってもらう価値はある。まあ、仮に光莉ちゃんが僕の元に差し出された時は、なんとでも言いくるめるさ。『きみがカメラを持てば、いつかまたお兄ちゃんと会えるから、それまで一緒に頑張ろう！』とでもね。なんとでもなるのさ。だってあの子には、本当の世界は何一つとして、見えていないんだから」

「そんな……それだと――」

それでは、選ぶも何もないではないか。

明臣が光莉を手元に置くと決めたところで、日向たちは會澤によって引き合わされ、會澤のために働かされる。仮に明臣が光莉を止めても、光莉は日向に会いたがること も會澤は見越している。強引に止めることで明臣と光莉の関係は拗れ、光莉が家を飛び出してしまうことだけは明臣も避けたいはずだ。結果的に、明臣は光莉を會澤に会わせるしかない。

明臣が日向を手元におけば、それこそ、明臣と光莉は二度と会えなくなるだろう。明臣が會澤を告発しようにも、會澤は反対に明臣たちの罪を世間に公表するはずだ。そうなれば、ともに暮らしている日向と光莉の存在は公の場に晒され、結果的に明臣の実子ではないにせよ、犯罪者の子供として扱われることになるだろう。會澤の地位はいくらか落ちるかもしれないが、光莉がこの先好奇の目に晒されるのは避けられない。

つまり、明臣は光莉を選び、日向を會澤に差し出すほかかない。

日向を差し出せば、日向と光莉が引き合わされる際、時々でも明臣の同席が叶いさえすれば、明臣と日向は短い時間かもしれないが顔を合わせることができるのだ。しかしその逆はただ光莉を差し出すだけで、光莉と明臣は今後永遠に会えなくなる。

――本当に俺は、光莉とばらばらになるのか。

明臣がどちらを選ぼうと、日向と光莉は引き離されてしまう。

これまで毎日ともに過ごしてきた光莉の元を、自分は去っていく。何も知らない光莉は明臣を見て、「お兄ちゃんはどこ?」と訊ねるかもしれない。日向は知っている。光莉がどれだけ自分のことを想ってくれているか。日向のために嘘をつき、心をすり減らしてまで一緒にいてくれた光莉を、知っている。

――俺は、光莉の兄として、ずっと。

自分だって明臣のことを言えない。光莉を想いすぎているという自覚もある。しかしそれは、目の見えない光莉がどんどんと強くなっていくのを見守るのが幸せだったからだ。嬉しかったからだ。愉しくすらあった。

この先、兄妹喧嘩だってするかもしれない。学校に通えば、兄よりも友達や恋人を優先するようになるかもしれない。その時は自分も光莉と同じように距離を取り、けれど、心だけはいつまでも、初めて光莉と出会った頃のままでいるはずだった。

光莉はこの十年間ずっと、ずっとずっと、日向の後ろだけをついてきた。

――嫌だ。嫌だ。

日向は目を瞑った。

――……だけど。

しっかりと、光莉の笑顔が思い浮かんだ。

それだけで、もう、十分だった。

「父さん、俺が……行くよ。俺が、會澤さんのところへ行く」

それが一番の解決策だと、この場にいるであろう全員が知っている。會澤は事を穏便に済ませようとしていた。それに、日向は會澤に憧れていた。こんなことをされても、會澤の作り出す作品への憧れは完全には消えてはくれない。

自分はもう高校生。この先いつかは一人暮らしをすることもあっただろう。これからは明臣の代わりに、會澤が日向の隣にいる。ただ、それだけのこと。

ただ、それだけの。

「月嶋さん、日向くんもこう言ってますから。もともと選択の余地はないはずです。最初から、こうするつもりでしたから。ああ、やっとこれでまた、僕の元に……」

恍惚とした表情を浮かべた會澤が明臣の返事を待たずして、日向の足枷に手をかけた。わかる、想像できる。その表情も、洩れる息や声の高さで、こんなにも読み取ることができる。

「さあ、日向くん。今の言葉どおり、自分の意志で僕についてきてくれると嬉しいよ。足枷は外したから、次は手を──」

「──日向、待ってろ。お前は、俺が守る」

受け入れたのに、受け入れられたのに。この局面においても無表情でそう口にする明臣に、日向の中で何かが弾けた。

これまで言えなかったこと。我慢してきたこと。きっと、この夏休みを迎える前までの自分なら、勇気なんて到底出せなかった。強くなんてなれなかった。また見て見ぬふりをして、時の流れに身を任せ、何も自分で選んではこなかったはずだ。

けれど、今は違う。

ずっと近くで見てきた妹は、兄のためにと勇気を出してくれた。

自分の意思を自分の言葉で伝えてくれた。二人きりになってからも、強くなろうと

懸命に頑張る光莉を見てきた。その姿こそが、何よりの証だった。

光莉はもう、十分に強くなっていたのだ。

それを認められなかったのは、いつまでも強くなれなかった、日向自身の問題。

だから、だから今は、光莉のために言葉を届けたい。

光莉のために、強くなりたい。

「……守る守るって、そればっかりかよ」

いつも肝心なところで逃げる明臣に、日向だって背を向けた。本気で自分の言葉を伝えたことなんて、きっと、一度もなかった。

だから、溢れた。勇気とは誰かのために出すもので、勇気を出したからこそ人は強くなれるのだと、日向は初めて実感した。

言葉が、止まらなくなった。

「これまでは……これまでは一度も守るなんて、言ってくれなかったじゃないか！　これまで一度だって父さんは、本当のことを言ってくれなかった。いつもそうだ。誕生日だって、本当の子供のところに、行ってたくせに……っ」

「日向……」

「いつも家に帰ってくるたびに思ってたんだろ。ああ、こいつは俺の子じゃない。そう思って、ずっとずっとそう思いながら、俺と一緒に暮らしてたくせに……っ。今さらそんなこと言うなよ！　今さら、俺のことを日向って呼ぶなよ！　父さんはずっと俺じゃなくて、その子が生きていればよかったって、ずっと……ずっと、今日までっ……」

息が上がる。それでも、言葉がすらすらと口から出ていった。

今日までともに過ごした記憶があった。その記憶があることで、溜め込んだ想いが一斉に溢れ出した。

「……父さんの言うとおりだった。俺の作品はさ、受賞なんてしてなかったんだ。俺自身にはなんの才能もない。本当に才能があるのは光莉のほうだよ。せっかく光莉には才能があったのに、今の俺の力じゃ光莉の才能を活かしてやれなかった。……だからさ、頼むよ。俺のことなんかもう、考えなくていいよ。今までみたいにさ、放っておいてくれよ。父さんは、光莉を選んだ。光莉を選んでくれよ。光莉はさ……光莉は、父さんのこと、大好きなんだよ……っ」

これまでの日々が暗闇に描かれる。いつも明臣といる時、間に光莉が入ってくれた。だから、気づけばいつも日向たちは三人で話していた。あの、寿司の日も。普段から、それは当たり前になっていた景色だった。

その日々が、再び闇に覆われていく。無が訪れる。

けれど、目の周りだけが熱くなる。何も見えない世界で涙が流れる時、何も見えていないからこそ、その熱さだけが伝わった。

「――日向」

明臣の声がする。繰り返し、その名前を呼ぶ。

今日まで一度だって名前を呼ばれたことがあっただろうか。何度も記憶を探った。

――どうして、今なんだ。どうして、今になって。

「たしかに俺たちは人として、最低なことをした。でも、子供たちは関係ない。何があっても俺が守っていくと……約束したんだ。俺たちの関係は終わっても、子供たちだけはどんなことをしても守ると、俺はあいつに誓った。父として、家族として。だから、だからな、日向。俺は、光莉もお前も、二人とも守るんだ」

途端、周りの空気が一変したのがわかった。會澤が舌打ちをし、彼の履いている革靴の踵が床を叩いた。

「交渉決裂ですか？　では、日向くんと光莉ちゃんは、犯罪者の家族ということで」

衣擦れの音とともに、會澤が何かを取り出した。

「ここにかつてのあなたと志乃さんの会話が録音されています。証拠がないと踏んで強気でいたんでしょうが、残念でしたね。僕はこれを然るべきところに提出します。裏付けに使えそうな戸籍情報も運良く手に入りましたしね……。でもまあ、ここから長い戦いになりそうだ。とりあえず、あなたが捕まるまでの間だけでも、日向くんはひとまずこちらで預からせてもらいますね。……手荒なことは嫌いだが、今日のところはこれで納得してもらうしかないかな」

重力に逆らった体が浮き上がる。會澤に担ぎ上げられたのだとわかった。

「日向くん、きみ自身が了承したんだ。忘れないでくれよ。妹さんにもまたすぐに会えるさ。きみがこれから、そばに居続ければね」

体が揺れる。會澤は日向を担いだまま走りだした。痩せ細った明臣とは比べものにならない屈強な肉体には、想像どおりの力が眠っていたことを実感させられた。

目隠しを外そうと縛られた腕を上げた。しかし、激しい動きでうまくいかない。

そんな状況の中、ふと思い出したことがあった。

いつか、本当にまだ幼かった頃。こうして誰かに体を持ち上げられたことがあった気がする。痩せ細った腕で、日向の体を持ち上げる誰か。

怖くないか、日向。そう言って笑ったのは誰だったのだろう。もう一回、もう一回とせがむ日向を見て、その人は嫌な顔一つせずに笑っていた。

描き出された、明臣の顔。ほかならぬ、父の笑顔。

「では、またどこかで。日向くん、怪我はしないように」

唐突に蘇った記憶に、日向は困惑していた。想像の中では、明臣は今もそこに立ち、日向たちを追いかけるべきか逡巡している。迷うくらいならそのままでいい。自分はもともと、月嶋家の人間ではないのだから。だからどうか、光莉のことを頼む——そう念じて、まったく同じ言葉を明臣からかけられたことを思い出す。そしてまた体が浮き上がり、記憶が降ってくる。若かりし頃の明臣の腕が、日向を抱く。

會澤の足が止まった。誰かに止められたのだとすぐにわかった。

直前まで遠く聞こえていた明臣の声が、すぐ側から、聞こえてきたから。

「俺は、こいつの父さんだ！」

想像していた無の表情が消え去った。日向が叫ぼうとした瞬間、

「――やめて！」

響いた声に、それが誰の声なのか一瞬わからなかった。立ち止まった拍子に會澤が日向の腕を掴む。その時わずかに目隠しがずれ、ようやく光が、差してくる。

「……光莉、どうしてお前がここに。隠れていなさい、危険だから」

明臣の声で、日向はそこに現れた者の正体を知った。

「お兄ちゃん！　私、自分から千歳さんに連絡したの。やっぱり今だけは、待ってるだけなんて、嫌だったから」

連れ去られる直前に連絡はあった。日向が会話したのは千歳だけで、光莉の端末を使っているとはいえ、本当に光莉が助手席に乗っているのかはわからなかった。

しかし、確かに光莉はここにいる。家にいてほしいと願った日向の想いを破って、光莉は来てくれた。光莉自身が、誰のためでもなく、自分のためを考えて。

「私はまだ、お兄ちゃんにおかえりって、言ってないよっ」

「光莉……」

「だからっ、だから……こんなの、私は嫌だ！」

光莉が自分の口から嫌だと、言ってくれた。

ただ、それだけの。それだけのこと。

「……これは、まずいな」

耳元で會澤が呟く。日向は瞬間、恐怖した。會澤のそもそもの目的は光莉だった。

――光莉を、守らないと。

日向は指先で會澤のスーツを強引に掴んだ。振り落とされ、會澤が光莉の元へ近寄るのを防ぐためだった。光莉はおそらく、どこかに隠れてこれまでの会話を聞いていたはずだ。目の見えない光莉に、日向は逃げろとは叫べなかった。

どうすれば、どうすれば。

しかし、どうしてか會澤は、日向の体をさらに自分へと密着させ、その場からまた駆けだした。明臣が追ってきているのが足音でわかる。ただ、先ほど光莉の声が聞こえた方向とは反対の場所を目指して會澤は駆けていた。自分の方向感覚がおかしくなってしまったのかと、日向はなんとか目隠しを外そうと腕を伸ばした。

會澤の足が再び止まった。今度は自発的にだった。

足が止まり、じりじりと後ろに下がっていくのがわかる。

會澤の体が、震えていた。

「……どうして、あなたが。いやいや、僕はそんな、危険な交渉をしていたつもりはないんだよ。お、落ち着け。落ち着くんだ。わかった、下ろす。下ろすから」

日向の体がゆっくりと下ろされる。會澤はすぐに日向の手枷を外した。それがわかった瞬間、日向は目隠しを剥ぎ取った。

予想どおり、倉庫のように広い場所の中にいた。四方の壁にはいくつもの段ボールが積まれている。開かれた数個の段ボールの中からは、乱雑に積まれた調理器具らしきものが見えていた。

そして、引き攣った笑みを浮かべる會澤の視線の先には、その手に鋭利なナイフを握り、大粒の涙を流して震える——千歳の姿があった。

「そ、そんなものを向けないでくれるかな。暴力とか、そういうのは苦手でね。だ、だだだから、すぐにそれを収めてほしい。ほ、ほら、日向くんなら、ほら」

「……全部、わたしのせいよ」

「落ち着け、落ち着くんだ」

「本当は、わたしがどうにかしないといけなかったのに、これまで全部、明臣さんたちに任せっきりにして、それで、罪を償った気になっていたから、あなたみたいな人がまた、現れて……っ。もう嫌なの。もう誰にも知られずに、静かに暮らさせてあげたいの。だから今度は……わたしの番——」

鋭利な切っ先を會澤に向け、叫び声を上げた千歳が床を蹴った。日向は硬直した体を動かすことができず、彼女の動きをただ、目で追った。

「や、やめろ！　七尾さん！」

會澤が叫んだ。――七尾。

目に見える光景すべてがコマ送りに変わる。

幾度となくディスプレイの中で見た景色。編集画面を開き、再生速度を変更する。コマ送りにした映像のどのタイミングでエフェクトを差し込むかを熟考し、また、速度を戻す。しかし今、この手はマウスの上には置かれていなかった。

千歳は日向の家を訪れる時同様に、高いヒールを履いていた。「あっ」と彼女の口から声が洩れた時、ナイフの切っ先は會澤から外れ、倒れ込む千歳とともに、日向の目の前に迫っていた。

日向は反射的に瞼を閉じた。瞼の裏には今も残像が残っていた。日向には、直前に見た光景が残像として残っている。残ってしまう。

その残像の隅に、背中が見えた。

大きな、大きな背中だった。

気づいた時には、取り乱した様子の千歳の声が響いていた。刺されたにしては痛みがない。しかし、掌にはぬめりとした感触があった。

「こ……ここ、こんなことになるなんて。違う、違うんだ。僕のせいじゃない！」

恐れ慄いた會澤が一目散に出口へ駆けていく。日向は彼の後ろ姿を呆然と見送った。

視線を横へずらすと、自分の体の上にその人が横たわっているのがわかった。いつも見ていた灰色の作業着。その側面が、溢れ出した赤に染まっている。

「……父さん？」

腹部に突き刺さったままのナイフ。日向は手を伸ばし、引き抜こうとした直前で、近くから声が聞こえた。

「お父さん……？」

光莉はその場に立ち尽くしたまま、明臣のことを呼んでいた。「光莉……」と日向が震えた声を出す。その声に導かれるように、光莉が両手を前に出したまま、日向の元へゆっくりと進んでくる。

伸ばされたままの手が、日向の手に重なった。

何もわかっていないはずなのに。光莉は明臣の体に掌を押し当てた。日向の手の上から、優しく、強く。わかっていないからこそ、そこにいると実感するように、ぎゅっと。

日向も光莉の隣で想像した。このまま包丁を引き抜いた世界を想像した。光莉と一緒に想像した。日向はすぐにシャツを脱ぎ、赤く染まる場所に押し当てた。放心状態だった千歳も我に返り、スマートフォンを操作しながら明臣に呼びかける。

今はただ、必死だった。嫌だと、そう思った。

「お父さんっ！」

光莉が隣で呼んでいる。自分の口からも、同じ呼び名が洩れる。嫌っていた父だった。ろくに、話もしてこなかった。

「父さん……父さんっ！」

明臣は顔の向きを変え、日向と光莉をその瞳に映した。日向は父の顔を見て、涙が溢れた。

「お前たち……立派に、なったなあ」

その穏やかな表情だけが、日向に見える父のすべてだった。

（八）

けたたましい蝉の鳴き声が、相も変わらず鼓膜を震わせている。首筋には汗が滴り、半袖のシャツの色が変わっていく。

そんな中で空を切る掌だけが、季節がすでに初秋へと移行してしまったかのようにどこか冷んやりとしていた。

「それ、もう慣れてきたか？」

歩き慣れた畦道を進みつつ、日向は一歩先にいる光莉に訊ねた。

「ええと、まだよくわかんない」

「そうか、ゆっくりでいいぞ。怖かったらまた手を繋げばいいだけだしさ」

「ううん。私ね、頑張る。一人でも大丈夫になれるように。学校、行きたいから」

日向は伸ばしていた腕をそっと止めた。光莉は麦藁帽子の下で、照れ臭そうに笑っている。

光莉が右手を前へと伸ばしていく。

いつも日向が握っていたその手には今、白杖が握られていた。日向の掌の代わりに。といっても今はまだほとんどの時間、光莉の手は日向の手と繋がれている。今後のことを考え、白杖も使えるように訓練の真っ只中、というわけだ。

光莉は杖の先で乾いた地面を慎重に叩きながら、日向よりも一歩先をゆっくりと、ただゆっくりと進んでいく。

「学校に行ったら、光莉はまず何をしたい？」

「お友達、たくさん作りたい！」

即答した光莉に、日向は思わず笑った。

「それはいいな。けど、友達は作るものじゃなくて、自然にそうなっているものだぞ。光莉が困っている時に、頼まなくても手を差し伸べてくれる人。そういう人と友達になれるといいな」

光莉が頷き、歩きだす。自分よりも先の道を一歩一歩進んでいく背中を見ているうちに、だんだんと心細さが募っていく。光莉が自分の元を離れ、遠くに行ってしまうような、そんな錯覚を覚えた。

「でも、私はお兄ちゃんみたいな人とお友達になりたいな」

その一言で、簡単に心が凪いでいく。

「俺？　男友達を作るのもそりゃ悪くないけど、その……まだ早くないか？」

「もう、そういうことじゃないもん」

微かに焼けた肌。それ以上に、膨らませた頬だけは、林檎飴みたいに真っ赤だった。

「あっ、今ね、もう一つ思いついた。私、初恋をしてみたいな」

「は、初恋……？　そ、それこそちょっとまだ早くないか？　恋っていうのもな、するものじゃなくて、落ちるものらしいぞ。だからさ、そんな」

「冗談だよ？　でもね、お兄ちゃんはきっと、私が誰かを好きになった時は心の底から喜んでくれそうな気がするの。なんとなくね、わかるもん。ねえねえ、やっぱり、兄妹だからかな？」

想像した。閉じた瞼の裏で、誰か知らない男の子が光莉と手を繋いでいる。

日向が後ろから呼びかけると、まずは光莉が振り返り、恥ずかしそうな顔をして男の子の後ろに隠れる。そんな光莉に何か言葉を告げて、男の子は堂々と、しかし緊張した面持ちを見せながら、日向に会釈する。「はじめまして、お兄さん――」

「――……いやいや、だめだ。まだ早い、喜べない」

「えーっ！　なら私も、お兄ちゃんにもし恋人ができても喜ばないからね」

「それは、ちょっと困るな。けどまあ、今はまだ恋人なんてできそうにないけど……もしできたら、俺も光莉には早く会わせたいな。やっぱり、兄妹だからかもな？」

うんうんと、光莉が嬉しそうに頷いた。

道の途中、いつの間にか立ち止まっていた二人は合図もなしに歩き始める。日向の少し前からは、たんたんっと、地面を叩く杖の音。

先を歩く光莉の背中は、あの日の父の背中に似て、ずいぶんと逞しいものだった。


あんなことが起こってから、今日で三日が経っていた。

あの日、日向たちは必死に明臣の止血を試みた。幸いにも作業着が厚手のものだったおかげで、ナイフは深くまでは刺さっていなかった。赤黒く染まったその作業着こそが事態を深刻なものに見せていたものの、初期対応を間違わなかったこともあり、最悪の結果を阻止することができたのだ。

千歳が呼んだ救急車で明臣が病院へ搬送されたあとも、病院側の通報で駆けつけた警察官の男たちに、本当のことを話すべきか日向は悩んでいた。

日向が閉じ込められていたあの暗い倉庫は、例のパーティーで使用される備品を保管しておく場所だった。千歳が持っていた果物ナイフも、バーベキューのために主催者側が用意しておいたものの一つだったらしい。

　そこに、光莉と千歳が歩み寄ってきた。故意ではないにしろ、あの時千歳が明臣を刺してしまったことに変わりはない。

　日向が口を開くよりも先に、千歳は目の前の警察官たちに深く頭を下げた。彼女の口からすべて話すのだと察し、日向が一歩身を引いた時、その場で誰よりも力強く声を発したのは、光莉だった。

「私です。私が、ナイフを……近くでパーティーをやってるって聞いて、でも、関係者しか入れないパーティーだって知ってがっかりしちゃって、少しだけ日陰で休んで帰ろうって話になったんです。けど、そこで私が間違ってナイフを手に取っちゃったから、だから、お父さんに慌てて渡そうとして、転んで……そのまま、思いっきりお父さんの上に……」

　彼らは光莉の話を聞き、顔を顰めた。どうしてナイフなんて手に取ったのか、それがナイフだと見ていればすぐにわかっただろう。そう言いかけた。

「私は、目が見えないから」

　彼らはハッとして顔を上げ、光莉の隣に立っていた日向を見た。

　日向自身も光莉の発言に呆然としていたが、袖口が強く引かれたのがわかり、頷いた。今後は明臣からも念のため事情を聞くことになるとは言っていたが、去り際、彼らは光莉に同情の目を向けていた。

光莉の嘘は、大切な人を守るための嘘。千歳はすぐに首を振り、本当のことを言ってくると踵を返した。そんな彼女を止めたのも光莉だった。明臣が目覚めたら今の話に口裏を合わせてほしいと、光莉は千歳に頼み込んだ。千歳が光莉の申し出に従ったのかは、今はまだわからない。ただ、彼女は病院に残ると言い、日向と光莉は一度自宅へと戻った。

そしてその日の晩、一人の刑事が日向たちの家を訪ねてきた。以前も捜査のために日向の家を訪れた八雲刑事は、日向にいくつかのことを質問した。そのほとんどが、本当に明臣を刺したのは光莉なのか、という質問だった。

先に休んでいた光莉が日向の隣にやってきたあとも、八雲刑事の表情は硬かった。捜査一課の刑事である八雲は今回の件に関しては直接関わりがないものの、明臣が刺されたという話を聞きつけ、日向の家まで飛んできたのだという。

「お嬢ちゃん、本当にきみがお父さんを刺したのかい？　いやねえ、例の白骨死体に関することで言えば現状お父さんは無関係ということになったが、最近まで名前を目にしていた人が刺されたとなれば、こうして話を聞かないわけにはいかなくてね」

言葉の節々に、実際は明臣も容疑者として名前が上がっていたのだと勘繰らせるものが孕んでいた。

日向がほんの少し臆する一方、隣に立った光莉は力強かった。

「そうです。あの、お父さんはもしかして、私を庇おうとして病院で何か別のことを言ったりしましたか……？　もしそうなら、嘘をつくことは……罪ですか？　大切で、大好きだから、お父さんはきっと……」

八雲刑事は光莉の言葉を聞いて、どう思っただろうか。必死に言葉を並べる光莉のことを、少なからず疑っただろうか。日向には八雲刑事の顔が見えていた。浮かべていた表情は、予想に反してずいぶんと、穏やかなものだったように思う。

「わかった。こんな時間に、すまなかったね」

八雲刑事はそう言い残し、一度だけ日向に視線を向けてから去っていった。警察という組織は、疑わしき者のことはとことん調べ上げるという。

捜査の過程で名前が上がった明臣についても、彼らはとことん調べただろう。その過程で、明臣の戸籍に関しても調べは及んでいるはずだ。そこに光莉の名前がないことを不審には思わなかったのだろうか。

思わなかったとしたら、それはいったい、なぜだろう――。

自動ドアが開き、光莉がびくっと肩を震わせた。日向は華奢な妹の肩に手をのせて、振り返った光莉に微笑んでみせる。

「さあ、着いたぞ。父さんに会いに行こう」

緊張しているのか、光莉は院内に足を踏み入れるとすぐに姿勢を正した。この場では光莉も自ら日向に手を預け、受付を済ませてからエレベーターに乗り込んだ。四階で降り、廊下をゆっくりと進んでいく。

受付で伝えられた病室は大部屋だった。奥にあるベッドの前まで進み、「来たよ」と光莉がカーテン越しに声をかけた。日向がカーテンを開くと、ベッドの上で上半身を起こし、薄い銀フレームのメガネをかけた明臣がそこにいた。

「早かったな、二人とも。それと、光莉。よく、ここまで来られたな」

「これがあるから、一人でももう平気だよ」

光莉が白杖を見せると、レンズの奥の目を細め、明臣は頷いた。

「でもね、今日はお兄ちゃんと一緒に来たから、もっと平気だった」

光莉がそっと手を伸ばす。指先が肩に触れたのがわかると、光莉は勢いよく明臣に抱きついた。その瞬間、明臣が微かに表情を歪める。傷口に障ったのだろう。それでも、明臣はすぐに笑みを作り、娘の頭を撫でていた。光莉はまだまだ、父親のことが大好きな子供なのだ。

日向はそんな明臣と視線を交わす。二人は同時に、頷いた。

「屋外遊歩道に行こう。この時間なら、ほかに誰もいないからな」

大袈裟だと言う明臣を無理やりに車椅子に乗せ、日向たちは場所を変えた。

自動販売機のほかには立派な花壇がある。屋上はないの？　日向が訊ねると、屋上は基本的に開放されていない病院がほとんどだ、と明臣が答える。ドラマや映画などでよく見かける屋上のシーンは、それこそ病院関係者以外の誰かが、瞼の裏で想像した世界なのかもしれない。

「光莉、たくさん花が咲いてるぞ。わかるか？」

「うん！　匂いがするからわかるよ。お兄ちゃん、今日はカメラ持ってきてるの？」

「ああ、もちろん。わかってて訊いただろ？」

「えへへ。ばれちゃった」

背負っていたリュックからカメラを取り出す。応募した作品が実際は受賞していなかったことがショックで、しばらくカメラに触れていなかった。

それでも、光莉は待ち望んでいる。この子が望むのならと、数日ぶりに触れたカメラを労ってから光莉に預けた。

気をつけろよ、と声をかけ、花壇に近づいていく光莉を日向は見つめた。明臣も同じように光莉を見つめていた。

「……驚いた。あいつはもう、小さな子供じゃないんだな」

「俺もさ、最近気づいたよ。光莉は、俺や父さんよりもずっと大人なんだ。態度とかはたぶん、同世代の子より幼いところもあるだろうけどさ」

明臣が深く頷く。花壇の前まで歩みを進めた光莉が振り返り、手を振ってくる。ここにいるよ。そう告げなくとも、光莉にはきっと自分たちの姿が見えているのだろう。

「父さん……今日は全部、聞きにきた」

「ああ、わかってる。全部、話すつもりだ」

明臣が体を預ける車椅子の手押しハンドルを握ったまま、日向は俯いた。顔を見られるのが嫌だったから。

「俺は……父さんの本当の子供じゃ、ないんだよな」

「……そうだ。ただ、日向。すべてを話す前に、どうしても、お前に伝えておきたいことがある」

日向と向き合おうと、明臣が体を動かした。しかし傷口が痛んだのか、歯を食いしばった明臣が苦笑を浮かべる。

日向はその姿を見て、やれやれと、自ら明臣の隣に移動した。横顔くらいなら、どんな話を聞かされても誤魔化せる気がした。

「父さんは俺のこと、本当の息子だと思ってくれてるんだろ？　もう、知ってるよ」

　どうして知っているのかという表情で、明臣が日向を見た。顔を見られたくなかったのは明臣も同じだったらしい。すぐに顔を背けた明臣を見て、日向も思わず苦笑した。少しだけ嬉しくて、「光莉のおかげだよ」と、そう呟く。

「そうだ。お前は、俺の息子だ。俺はお前と暮らし始めてから今まで、ずっとそう思ってきた。それだけは信じてほしい。そしてそれは、これから先も変わらない」

「……うん。わかってるよ」

　気恥ずかしさから、日向は頭上を見上げる。空に浮かんでいる入道雲は、この夏見た中でももっとも大きなものに見えた。

「俺さ、父さんの戸籍を見たんだ。それで、そこに光莉の名前がないことを知った。最初は、光莉こそが昔、父さんが攫った子供なんだって思ってた。実は今でも少しそう思ってる。光莉だけは、俺とも血が繋がってるんじゃないかって、そんなはずないのにさ」

　明臣は黙って日向の話を聞いていた。無性髭の生えていない父。あまり見たことのない父の口から何が語られるのか、聞くのが急に怖くなった。

　それでも聞きたかった。知りたいと、今では強くそう思うのだ。

「そうか……あれを見たのか。なら、そこにもう一人、お前にとって大切な人の名前があることにも気づいただろう？　その人の名前は七尾志乃。俺の別れた妻であり、お前の、母さんだ」

「でも、その人は……俺の本当の母親じゃないんだろ？」

自分は攫われた子供だと日向はもう知っている。明臣も、日向が知っていることを理解しているようだ。隣で、髭のない口がゆっくりと開いた。

「……俺がまだ、足ヶ谷に住んでいた頃の話だ。俺と志乃は、とある祭りで出会った。彼女はその時からカメラを構えていてな。別に俺個人を映していたわけではなくて、祭りの様子を撮影していただけだ。それでも俺は、俺のことを勝手に撮っているんだと勘違いして、すぐに彼女に詰め寄った。そんな、出会いだった」

日向は黙って話を聞くことに決めた。明臣も、そう望んでいるのがわかる。

「俺は自分が映っている映像を消してくれと頼んだ。当時は何も疚しいことなどなかったが、勝手に撮られることには不快感があったんだ。もちろん、彼女のほうにも言い分はあった。ただ祭りの様子を撮影しているだけだと言われ、そんなの映像を見てみなければわからないと俺は返した。互いが意地になっていたんだろうな。後日、彼女の自宅まで行って、映像を確認することになった。そして、映されていた光景を見た時、俺は自覚した。そこには、カメラを向けられて驚愕し、そして、レンズをしばらくの間じっと見つめる俺の姿が映されていたんだ。

……わかるか？　俺が彼女にカメラを向けられてすぐに憤ったというのは嘘で、本当は、カメラを構えた彼女をずっと、見つめていたんだ。視線を外せなかった。彼女はそれくらい綺麗な女性だった。そんな俺の魂胆に、あろうことか彼女のほうも気づいていてな。そして奇跡か必然か、彼女のほうも俺に嘘をついていたと白状してくれた。彼女もまた、祭りの様子よりも、そこに佇んでいた俺だけを映していたと語った。俺が彼女の家にあれこれ理由をつけて上がり込んだのも、彼女が俺を上がり込ませたのも、互いの計画どおりだったんだ」

明臣は当時を懐かしむように、視線の先でカメラを構える光莉を見つめた。

「俺と彼女……七尾志乃はそのまま交際に発展し、結婚した。志乃には妹がいたが、若くして両親を亡くし、妹と二人きりで生きていた。当然俺は男として、あいつを幸せにしてやろうと思った。幸せな家庭を築く。あいつの妹も夕食に招いたりして、笑いの絶えない景色を二人で見る。俺は確かに、志乃に誓った。志乃も、涙を流して喜んでくれた。そんな未来を確かに互いが見ていた頃だった。……志乃が、失明した」

日向は瞼を閉じる。真っ暗な世界。

「病気の兆候は昔からあったそうだ。しかし志乃はそれを俺に黙っていた。どうして言わなかったのかと俺は志乃を責めた。責めてしまった。どうしようもないことだったのは理解していたが、それでも……教えてくれなかったことが哀しかった。なあ、日向。お前に今後愛する人ができた時、俺と同じ道にだけは進まないでほしい。どんなことがあっても、自分の幸せよりも相手の幸せを考えられるような、そんな男になってほしい。先にそれを伝えておく。俺は男として……最低なやつだから」

日向は黙って頷いた。視線を光莉に向ける。その姿は、眩しかった。

「俺は、縋ったんだ。やるせない想いから、志乃に信頼されていなかったという哀しさから、ほかの女性に縋ってしまった。志乃とよく似た顔をした、ずっと俺の顔を見てくれる……七尾千歳に。千歳も、姉である志乃が病気のことを伝えず、手遅れになるまで病院にすら行かなかったことを責めていた。千歳も俺と同じ気持ちだったんだ。俺と千歳は何度か会って、志乃に対する愚痴を零していた。信頼されていなかったのかと、互いに慰めあったりもした。

そうしているうちに……思ってしまった。志乃のことは愛している。ただ、俺と同じく志乃を愛する妹の千歳もまた、苦しんでいるのだと。結果、俺たちは何度かその寂しさを埋めるために逢瀬を重ねた。千歳と会い、家に帰って志乃にただいまと言う。俺は生まれていた寂しさを、ただただ自分勝手に埋めていた。俺はそんな、最低最悪な男だ。だからこそ神は罰を与えた。俺に与えるべき罰を、よりによって……畜生にも劣る俺の伴侶となってしまった、志乃に」

目を瞑る。日向はまた、想像する。

「ある日、家に帰ると家中が荒らされていた。目が見えなくなってしまった志乃のために、俺たちはその頃すでに池神村に越してきていた。彼女は出会った頃から自然を愛していてな、その景色をカメラに収めるのが大好きだったんだ。……そしてその日、俺だけがこの目で見た。目の見えない若い女が越してきたという噂はすぐに村中に回っていた。時々だが、空き巣に入られたりした家があるのも聞いていた。悪事を働く男がその頃村にいたことを知っていたにもかかわらず、俺はまだ慣れない土地で志乃を一人きりにしてしまった。荒らされた家、横たわる志乃。今でもその光景が脳裡に焼き付いて離れない。俺は、自分自身を許せない」

明臣の肩が小さく震えていた。

「そのまま、最悪の結果になった。志乃は、身籠った。俺はもちろん警察に行こうとした。ただ、そこでもう一つの事実が発覚したんだ。……千歳も、妊娠していた。間違いなく、俺の子供だった。言葉が出なかったよ。それでも、志乃の件はすぐにでも警察に行くべきだと思った。

ただ、そんな俺を止めたのは……志乃だった。目の見えない彼女は、『このお腹にいる子は、あなたの子よ』と、涙を流しながら言った。志乃は、自分が襲われたことを必死に忘れようとしていたんだ。俺と千歳の関係に、志乃は気づけない。目が見えなくなって以来、志乃は家に籠るようになり、外からの情報はほとんど遮断されていた。実の妹が妊娠し、しかもそれが自分の夫との間にできた子供であるという事実を、志乃は……知らなかった。

もし俺が警察に行き、様々な事情が明かされれば志乃がそのことを知ってしまうかもしれない。そう感じた俺は、千歳と距離を置くことにした。千歳も同じように、もう俺には会わないと決めていた。だが、志乃と千歳は姉妹で、唯一血の繋がった家族だ。事情を知らない志乃は千歳にも側にいてほしいと望み、断れるはずもなかった彼女もまた、池神村に越してきた。俺はその状況を受け入れることしかできず、そして時期がきて、二人の子供が生まれた」

心が何かを察し、日向は息を呑む。

「子供が生まれる直前に千歳と話し、志乃が産む子供は俺と志乃の子供として、そして、千歳の生む子供は彼女が一人で育てていくことになっていた。それが崩れたのは、子供が生まれてすぐのことだった。村の助産師が自宅に駆けつけ、志乃は無事、元気な男の子を出産した。千歳からも、男の子を出産したと報告を受けていた。未婚の母となる千歳に申し訳ない気持ちもあったが、互いが受け入れ、志乃が落ち着いた頃に千歳は村を離れ、俺たちとは別々の道を歩むと決めていた。……それなのに、あんなことが起こった」

「あんな、こと……？」

「志乃の子供が生まれた直後、その男は家にやってきた。男は城福和俊《じょうふくかずとし》と名乗り、志乃が産んだ赤子は自分の子供だと主張した。城福という苗字を聞いて、それが村長が贔屓にしている男だとわかった。城福は当時から村にいることも少なく、いつもふらっとどこかに出かけては、数年村に帰らないことも多い男だった。それまでも何度か村に帰ってくるたびに悪行を働いたこともあったらしいが、村長の一存で守ってもらっていたんだ。噂では……村長の隠し子であるとも聞いていた。

そしてあの日……城福は、子を……攫った。いきなり殴られ、気を失いかけていた俺の目の前で、あいつは子を攫った。志乃はその日、村に唯一いる医者の元へ行っていた。その日だけは村長が志乃の体を気遣い、村の助産師を志乃のそばにつけて医者の元まで連れて行ったんだ。その助産師は千歳の出産も担当した女性で、村長と同世代で仲もよかった。今考えれば……あれはすべて、村長が自身の孫を手に入れるために、いろいろと裏で仕組んだものだったとわかるんだ。

村長には孫がいなかった。正式な息子夫婦には子供ができず、そのことで村長と仲違いをして、すでに村の外へと引っ越していた。村長が以前から孫に憧れていると零していたことも俺は当時、噂で聞いて知っていたんだ。志乃が子供を産んだ時、駆けつけてくれた村長は微笑んでいたように思う。当時は心からの笑みだと思っていた……だが、村長はすでに存命ではないから、それもすべて俺の憶測にすぎない」

高速道路の建設に伴い、池神村から引っ越す村人は多かった。

日向の記憶にも話に出た村長はいないが、その助産師や村長を慕っていた人々はもっと早い段階で村を去っていたのだろう。入れ替わるように別の人々が越してきたことも、空き家が多かったからだ。

光莉がまた手を振ってくる。明臣は光莉に手を振り返し、頷いた。

「……家に帰ってきた志乃は、我が子がいないことに気づいてパニックに陥った。俺は体の痛みからどうすることもできず、必死に志乃を落ち着かせようとした。その時、千歳から志乃に電話がかかってきた。志乃の泣き叫ぶ声と、俺の説明を聞いた千歳はすぐに駆けつけてくれた。自分の赤子を抱いたまま、千歳は来てくれた。その時千歳が浮かべていた表情を、俺には言葉にすることができない。

……千歳は泣き叫ぶ志乃に近づくと、『赤ちゃん、ここにいるよ、お姉ちゃん』と、そう言ったんだ。大粒の涙で頬を濡らしながら、自らの子を、そっと志乃の腕に預けた。数日違いで生まれた子供の違いに、目の見えない志乃は気づかなかったのかもしれない。子を腕に抱いたことで、志乃は落ち着いた。我が子だと信じて疑わない様子で、千歳の子供を撫でていた。千歳は立場上俺を頼ることもできず、ただ、その場で声を殺して泣き崩れた。『これでいいの。こうするしかないの』、そう、呟きながら」

姉のために自らの子を差し出す。そんなことができたのは、二人が姉妹だったから、それだけが理由ではないはずだ。

　明臣と不倫関係にあった千歳は、自らの過ちを告白することを拒否した結果、その選択を取るほかなかったのかもしれない。自業自得だとはいえ、当時の千歳の気持ちを考えると、胸が張り裂けそうになる。

「しかし、誰の子であろうと、志乃の子供を奪われたままでいいはずがない。それからしばらくの間は俺たちもおとなしくしていたが、あくまで城福の警戒心が解けた頃を狙い、子供を取り返そうとしていた。そして……その日、俺は親父に、日向のお祖父ちゃんに連絡を取った。親父は俺の話を聞いて憤ったよ。帰ってきたら殴る、そう伝えられて、俺が留守にしている間、志乃のそばにいてくれることになった。俺と千歳はその足で城福の家へ向かった。城福が利用していた家には、村長を慕う連中が常に出入りしていて、俺たちはその日まで家に近づくことができなかったんだ。だが、その日だけは家に城福しかいなくなると俺たちは予想していた。ほら、今は高速道路が建設中だろう？　当時も似たような噂があって、その噂を耳にした村長が仲間を引き連れて抗議に行くという話があったんだ。何年も村に帰らないこともある城福が村長についていくはずがない。その日しかチャンスはないと俺は思った。

　そしてその日までの間に……千歳が産んだ子供にだけ、出生届が出された。誕生日だけは千歳が産んだ日付を記入するしかなかったが、名前は当初から志乃が考えていた、日向。ひとまずは、俺と志乃の子供として。千歳が姉のことを想い、俺と関係を持った罪の意識から、そういう運びとなった。だがその時はまだ、攫われた子供を取り戻せさえすれば、すべてが元どおりになると皆が信じていたんだ」

日向は巾着袋に入っていた遺骨を思い出した。『日向』――その名前が記入されていた写真を目にした時の衝撃が、胸に戻ってくる。

話の行く末を、想像してしまう。

「城福の自宅に押し入り、床の上に放置されていたその子を見た瞬間にはもう、俺は奴に飛びかかっていた。必死だった。子供を取り返すために、ただ必死だった。それなのに、逆上した城福がナイフを手に取った時、俺の足は竦んでしまった。意に反して足が動かなくなった。城福はあろうことか子を腕に抱え、鋭い切っ先をその子に向けた。これ以上関われば殺すと、はっきりと口にした。俺ではなく、その子をだ。俺と、そして千歳も、その場から一歩も動けなかった。……そこに、来たんだよ。親父と、千歳の子を腕に抱いた……志乃が来た。

そこで初めて気づいた。志乃は、わかっていたんだ。自分が抱いている子が我が子でないことも、俺と千歳の関係も、全部……。呆然とする千歳に子を返し、目が見えない中、いや、目が見えないからこそ、志乃は城福の声がするほうへ飛びかかった。城福は抱えていた子をソファに放り、志乃にナイフを向けた。姉妹……だからだろうな。姉の身に迫った危険に反応し、千歳は子を抱いたまま一歩、足を踏み出してしまった。それには気づかなかった城福がその場でナイフを振り回し、それが、千歳の抱いていたあの子に……あの子に」

明臣の肩の震え、そして発する声の震えが、どんどんと激しくなる。

「千歳は、もう息をしていない我が子を抱いて、叫んだ。誰もが呆然としていた。俺も、親父も、加害者の城福すらも。けどな……その場でただ一人だけ、憎しみに支配されたままの人がいた。志乃だ。彼女は目が見えないから、何が起こったのかを瞬時に判断することができなかったんだ。動揺した城福の手からナイフが落ち、その微かな音を頼りに、志乃はナイフを拾い上げた。焦る城福に、志乃はそのまま体をぶつけた。……俺は本当に、それが現実の出来事なのか、理解できなかったよ。志乃は取り返した我が子を血で濡れた腕に抱き、千歳は動かなくなったあの子を抱いていた。こんな……こんな哀しいことが起きていいはずがない。これはすべて夢なんだ。瞼の裏で見た悪夢にすぎないんだ。そう、言ってくれたのは……意外にも、親父だった」

明臣は今もまっすぐに、光莉のことを眺めている。

「そのあとのことは、今でもはっきりとは思い出せない。親父に言われるがまま荒れた家を片付け、血痕などを処理した。城福が村に滞在する際にだけ利用する家だったから、物が少なかったことも幸いした。そして、親父と二人で城福の遺体を運び、あの場所に埋めた。こいつは子を殺した。当然だと、そう思ったことだけは鮮明に覚えている。

　幸いにも村長が警察を頼った様子はなかった。もともと城福はふらっとどこかへ出かけて数年間帰ってこなかったような男だ。俺たちが子を取り返したのを知り、村長に顔向けできないと感じた城福がまた村の外へ出て行ったとでも思ってくれたのかもしれない。孫に固執していた村長だったが、警察には頼れるはずがない。自分たちの罪がばれる可能性を考えれば当然だ。

　俺と千歳はその後……一度は日向と名付けられたその子の亡骸を、二人だけの手で神様に返した。正当防衛だと主張することはできただろう。だが、当時の俺たちは本当に、何も考えられなかったんだ。そして何より、その場にいた皆で志乃を……残された子を守らねばと、哀しみの中で誓い合った。一番つらかったはずの千歳がその時どれだけ自分の心を押し殺したのか、俺には……考える権利なんてない」

　日向に気づかれないように、明臣が目元を拭った。

「そのあとのことは、お前も會澤から聞いて知っているのかもしれないな。あんなことがあり、俺と志乃はそれから数年後に離婚した。志乃のほうからの申し出だった。おそらく、千歳のことを気遣ってだろう。しかし志乃は、親権だけは頑なに譲ろうとはしなかった。ほかでもない……お前の親権だ。だが、志乃は目が見えない。結果的に、親権は俺が持つことになった。親権が取れないなら、いっそのこと、自分は死んだことにしてほしいとまで言われたよ。哀しいから、今後は二度とお前にも会わないようにする、ともな。それでも、お前に対する愛だけは薄れなかったんだろう。会わない代わりに、志乃はお前にたくさんの物を与えたんだ」

「たくさんの物……？　俺は、何も」

「先のことを見据えて、ランドセルを与えた。あれば助かるだろうと、お前が最初に手にした携帯電話だってもともとは志乃がお前に与えた物だ。そして、それも」

明臣が日向の左手を見る。毎日つけている、この時計も。

「志乃は俺と別れてからもお前を愛していた。離婚後も、俺だけはお前へのプレゼントを受け取るために志乃と会っていたんだ。会うたびに俺は謝罪し、志乃は……俺の謝罪を受け入れてくれた。離婚してからも、何か一つでも歯車が噛み合っていればと思い続けていた。志乃と本来進むはずだった理想の未来ばかりが、夜眠るたびに瞼の裏に描かれた。俺はずっと、七尾志乃という女性を愛したままだった。だから……俺は志乃と会うたびに、彼女を愛した。志乃が俺を受け入れてくれたことに驚き、それでも甘えた。俺は本当にどうしようもない男だ。本当に……本当にそう思う。

そうして時折志乃と会っているうちに、ある事実が発覚した。志乃が、妊娠した。間違いなく、俺との間にできた子供だった。子供ができたことで再婚することも考えたが、千歳のことが頭をよぎり、俺はその話をしなかった。もししたとしても志乃は受け入れなかっただろう。あの日、俺たちが守ろうとした彼女は、本当はあの場で誰よりも強い女性だったから。

……そしてしばらくして、志乃が女の子を出産したと聞いた。それを教えてくれたのは、なんと千歳だったんだ。数年ぶりに顔を合わせた千歳は姉の出産を心から喜んでいたよ。すごい女性だと思った。そんな女性の人生を壊してしまったにもかかわらず、今度は志乃の優しさに甘えてしまっていた自分をますます悪《にく》んだよ。俺だけが何も変わっていないのだと気づかされた。変わらなければと思い、いつか千歳にも何かを返したいと思った。天国に行ってしまったあの子はもう戻らない。すべては俺の弱さが招いたことだ。だからせめて、死ぬまで絶対に忘れないようにと、何度も何度も誓った」

光莉が花壇に並ぶ花一つ一つにカメラを向けていた。愉しそうに。

「光莉は生まれつき目が見えなかった。それでも志乃は周囲の人々の力を借りて、三歳になる直前まで光莉を立派に育て上げた。しかし、目の見えない二人の生活は、光莉が成長するたびに困難を極めていったらしい。最終的に志乃は光莉を俺に託し、自らは民宿で働き始めた。日向。お前が最初に抱いた疑問はこれで解消されただろう？

光莉は、志乃の戸籍に入っている。お前と光莉は、ちゃんと血が繋がっている。二人とも、母親は志乃だ。お前と光莉は、本当の兄妹だよ」

口から、情けない声が洩れそうになった。

不安だった。

ずっとずっと、不安だった。

その不安こそがすべての始まりだった。けれど、たとえ父親は違っても、光莉と自分には同じ血が流れている。

気を緩めると今にも涙が溢れてきそうで、日向は上を向いた。

澄み渡った、真っ青な空だった。

「それからのことは、お前もよく知っているよな。ジャーナリストを名乗る男がどこからか俺たちの秘密に気づき、俺と親父を強請った。おそらく、昔村長の近くにいた誰かがその時になって言いふらしていたんだろう。しかも、俺たちのほうが子供を攫ったなどという、真実をほとんど隠した嘘話を。あのあとすぐに村長が亡くなったことで、村長の周りにいた人たちも村から離れていったと聞く。当時はまだ城福の不在を怪しんでいない人々が多かったのは幸いだったが、中には、俺たちが何かしたんじゃないかと疑っていた者も少しはいたんだろう。

結果的にジャーナリストの男は志乃の居場所も嗅ぎつけ、彼女にも探りを入れたと口にしていた。それを知った親父は長い間、その男に金を渡し続けた。親父はもともとは正義感が強かった。だが、それで気を良くした男はさらなる大金を強請ろうと……日向、お前にすべてを話すと言ったそうだ。親父が忘れようと誓った過去を、孫であるお前に伝えようとした。親父の中の正義は、また、俺のせいで変わっていたんだろう。親父はお前を、ようやく掴んだ家族の平穏を守るために、あの男を……殺したんだ」

英寿と日向には血の繋がりがない。それでも英寿は日向の日常を守るために、罪を犯した。

間違っていると思う。ほかの方法だってあったのではないかと考えてしまう。

それでも、英寿は愛してくれていた。日向のことを本当の家族として、心から。

「今日は、学校愉しかったかい？」、そう言って、蜜柑をいくつも差し出す英寿の顔が浮かんだ瞬間、上を向いていたはずなのに、涙が溢れて止まらなくなった。

「親父はかつて城福を埋めた場所のすぐ近くに、その男の亡骸を埋めたそうだ。そうすることこそが、すべてを背負うと決めた親父にできる唯一のことだった。もし仮にその男の死体が見つかっても、二つの事件の犯人が親父自身だと思われればそれでいい。親父は俺に……そう言って笑ってくれた。親父はすべてを背負う覚悟だった。俺のことも、志乃のことも。だが、それは心優しい親父にはあまりにも重かった。罪の意識に苛まれた親父が自殺したことも俺の責任だ。あの時親父を頼ってしまった俺の責任。その責任を背負っているからこそ、今度こそお前たちが幸せになるためにできることはすべてしようと思った。これまでは何もできず、ただ誰かに甘え続けていた俺の命をかけてでも、お前達だけは絶対に守ると心に刻んだ。あとは……お前が會澤庸介から聞いたとおりだ」

　長い回想を終えた明臣が、ふっと息を吐き出した。

　震えた咽喉。絞り出すように吐かれた息は、どれだけ長い間、その胸の中に留められていたのだろう。

「……もう少しだけ、訊いてもいい？」

「ああ、もうお前に隠し事をするつもりはない」

「光莉の存在を隠していたのは、どうして？」

「最初は、俺のトラウマからだった。もう二度と幼い子供を攫われたくないという一心で、俺が光莉を閉じ込めた。だがその後、ジャーナリストの男が現れ、ますます光莉の存在を知られてはいけないと思った。親父のおかげであいつが居なくなった後も、いつまた同じようなやつが現れるかに怯えた。會澤さえ……會澤さえ現れなければ、もう少しだけ様子を見て、光莉をきちんと学校へ通わせたいと思っていたんだ。志乃本人にも、時々会う際にそれでいいと言われていたから」

「……父さんがたまに帰りが遅くなってたのは、その、志乃って人に会ってたからなんだ。なら……千歳さんが、光莉の勉強を見ていたのは」

「……千歳は、すべての責任は自分にあると言った。俺と関係を持ってしまったことも、生まれたばかりの子供を守れなかったことも。だからせめて、唯一の家族である志乃が愛した者のために、これからは生きていくと言ったんだ。千歳が当時職を失っていたことを俺は知っていたからこそ、彼女の提案を受け入れたんだ。そして光莉のために必要な資格を取り、光莉の自宅学習という道を手助けしてくれた。本当に頭が上がらない。だからな、俺にとってはこんな傷、どうってことはないんだ」

力なく、明臣が腹部を押さえて笑う。

あの日、御坂公園に千歳が突然現れたのは、光莉が以前から千歳と頻繁に連絡を取っていたからだろう。あの日も日向がぽつりと洩らした行き先を耳にした光莉が連絡をしたからこそ、千歳は偶然を装ってあの場に現れることができたはずだ。

光莉は日向が過去を知ることを望んでいなかった。明臣にすべてを問いただす兄の姿を想像し、千歳を頼って止めさせた。千歳は光莉の意思を汲み、自分が守ろうと決めた家族の絆をも、守ろうとしてくれただけだ。

「……日向、俺は會澤が現れたと聞いた時、すべてを恐れた。俺と日向、そして光莉の三人での暮らしが奪われることを恐れた。だから、今度は俺が會澤を見つけだそうと決めて、あの晩、家を出た。もし會澤を見つけだせたとして、その時俺が奴をどうしようと思っていたのか、それは今でもわからない。もしかしたら、手にかけていたかもしれない。だがこれ以上俺のせいで家族が犠牲になることだけは、嫌だった」

すまないと、明臣は言った。

「千歳が會澤にナイフを向けたあの時。俺は、いつかと同じように足が竦んだ。また俺以外の誰かが罪を犯すところを見たくはなかったのに、それでも足は竦んだままだった。結局俺は何も変わっていないのかと、そう思った。

ただ……見えたんだ。お前と、光莉の姿が。大切な家族の姿が。守らなければと強く思った。気づけば駆けだしていた。これまでは動かなかった足が、あの時だけは動いてくれた。……毎日が、幸せだったんだ。普通の親父にならなければと、お前にはあえてきつく接することもした。呼び方だって、無愛想な態度だって。それが、どこの家庭にもある、普通のお父さんの姿だと思っていたから……」

「父さん……」

「いつかは、話すつもりだった。真実を伝えることで、失うことが怖かった。俺は、俺はただ、また誰かを……お前を失うことが、怖かったんだ」

もう一度すまないと告げ、明臣は嗚咽を洩らした。

明臣の言葉は言い訳にも聞こえた。その瞬間まで変われなかった自分を正当化しようとしているようにも思えた。

それでも日向は、そばを離れたいとはもう、思わなかった。

明臣が失踪し、自分が本当の息子ではないと知った時、自分は愛されていなかったのだと日向は思った。明臣はいつまでも失った子供のことだけを考え、日向を通して、その子の未来を想像していたのだと思っていた。

けれど、違った。違ったのだ。明臣はきちんと日向を見てくれていた。日向の父親として、今日までずっとそばにいてくれた。

日向のことを本気で家族だと思い、本気で変わろうと努力していたからこそ、明臣が日向に向ける態度も、口調も、日向にはずっと本当の父親そのものに見えていたのだ。だから苛立ち、喧嘩した。

あの時日向を助けた父の背中は、誰よりも大きく、頼れる背中だった。幼い頃、何度その背中に体を預けたか。どれだけ顔を見て、笑い合ったか。

家族だった。あの家の中で、外で。

だからこれはすべて、誰かが誰かを愛し、愛されていたが故に起こった、悲劇だ。

「もー、お父さんもお兄ちゃんも笑ってよ！　せっかく撮ってるんだから」

光莉がゆっくりと歩きながら、笑っている。

「父さん、光莉……すごいだろ。あんなに堂々とさ」

「ああ、本当に」

「俺さ、光莉がいたから強くなれたんだ。だから全部、父さんのおかげだよ」

「日向……」

「光莉、初恋がしてみたいんだってさ。けど、大丈夫。変な男が寄りつかないように、今度は俺が家族を守るから。――父さん、みたいに」

いつの間にか、光莉がすぐ近くでカメラを構えていた。そのカメラの裏で、光莉の頬も濡れていた。

これまでならきっと、光莉は自分に見える世界のことだけを口にしていただろう。

「お父さんもお兄ちゃんも、どうして笑ってるの？」

そんな、光莉にしか見えない景色を伝え、それを現実のものにしようとする。しかし、今の光莉はそうしなかった。

「お兄ちゃんもお父さんも、泣いてるね」

きっと、変わる。

すべてが変わっていく。

フィルムの中の世界では、三人は笑い合い、ハッピーエンドを迎える場面。

それでも、明臣と日向、そして光莉は涙を選んだ。

泣いていることだけを認め、ただ、家族三人で泣いた。

（九）

「千歳さん、来てくれてよかったね。お父さん、あのままだと病室戻るの絶対恥ずかしかったと思うもん」

「そうだな。父さん、案外子供っぽいとこあるからな。痩せ我慢するとことか」

「うん、お兄ちゃんにそっくり！」

「いやいや、光莉に似たんだろ。それはそうと、光莉が裏で千歳さんとこそこそ連絡取ってたなんて、俺は知らなかったんだからな」

「前に言ったよ？」

「言ってたけど、勉強する日だけって話だったじゃないか。もっとちゃんと言ってほしかったんだよ。水臭いぞ、兄妹なのに。まあ、あの時はまだ言えなかった理由もわかるけどさ……」

「お兄ちゃんは、私の本当のお兄ちゃん。月嶋日向をよろしくお願いします！」

「またそんなこと言って……ほら、例のコンクールの受賞も、嘘だったんだからさ」

「そんなことまだわからないよ。結果発表はこれからなんでしょ？　大丈夫。お兄ちゃんの作品、妹離れできない兄の気持ちいっぱいで、みんながにこにこになるから」

「どの口が言ってるんだよ。兄離れできてないくせに」

「あはは。えっと、千歳さんにお礼のメッセージ送らないと。今は電話より、メールのほうがいいよね、きっと」

帰宅を促す烏の鳴き声。朱色の空の下、日向と光莉は家路を辿った。

遅れて病院に現れた千歳は、泣き続ける月嶋家三人の姿を見てどこか困ったように笑った。しかし、次第に自らも大粒の涙を浮かべ、誰よりも大声を上げて泣き始めた。

謝り続けている千歳の姿を見ているうちに、日向の涙は収まっていった。この人が誰のために動いてくれたのかを実感し、心の底から感謝した。

端末を取り出した光莉が大きく口を開く。

「千歳さん、来てくれてありがとう。お父さんのこと、よろしくお願いします」

声に出して言うと、にっこりと笑う。

「電話はしないんじゃなかったのか？」

「え？　違うよ？　これ、メールなの。目の見えない私にお父さんがくれたこの携帯電話は、音声認識機能っていうのがほかのものよりも優れてるの。ほら、見てて？」

光莉が端末の画面を日向へと向ける。ピッという電子音のあとに、画面に文字が浮かび上がった。『ちとせさん　きてくれてありがとう　おとうさんの――』

「前にも言ったけど、メールだとうまく伝わってるかがわからないの。全部平仮名になっちゃってるんでしょ？　千歳さんにも前にそう言われて、だからメールはあんまり使わないようにしてたんだけど、ボイスメッセージだと受け取った人が音を出さないと聞こえないから、病院にいる千歳さんには今はこうやってメールで――」

「……光莉、お前じゃないいんだよな？」

小首を傾げた光莉に、日向はもう一度問いかける。

「父さんにさ、メールしたことはあるか？　電話しかしたことない。どうして？」

「ううん、ないよ。お父さんとは、電話しかしたことない。どうして？」

脳の片隅で、以前は存在していなかった点と点が繋がっていく。

「お兄ちゃん？　ねえ、どうしたの？」

以前、非通知設定で無言電話がかかってきたことを日向は思い出していた。単なる迷惑電話の一つだと思い、いつしか記憶から薄れていたが、今思えばその相手はどこで日向の携帯番号を知ったのだろうか？

會澤と初めて会ったのは、日向が完成した作品を応募したあとだった。あのコンクールに応募しなければ、會澤が光莉の存在に気づき、光莉を手に入れようと目論むことはなかったはず。光莉は明臣たちによって存在を隠されていたのだ。故にすべてが日向の失態だったわけだが、今となってはどうしようもない。日向の携帯番号は家族を除いてほかの誰にも教えていない。学校の友人とはメッセージアプリでやりとりしているし、わざわざ番号を教え合うこともない。もし外部に洩れた可能性があるとすれば、やはりあのコンクールに応募する際の、個人情報を入力した時以外には考えられない。しかしあの迷惑電話は、それよりも以前にかかってきたはず。

——いや、いる。一人だけ。

日向はスマートフォンを取り出した。初めて機種変更をした際は名義変更などをしなければならないからと、長く待たされた記憶がある。番号は変えなくていいよな、そう言ったのは明臣だった。

それに、會澤庸介は数日前の倉庫での一件以来、日向たちの前に姿を現さなくなった。

もちろんまだ数日しか経っていないものの、明臣があんな状態になり、気になっていないはずがない。むしろ會澤なら千載一遇のチャンスだと考え、今度こそ光莉を手中に収めるためにと、日向たちの前へ姿を見せてもおかしくない。

會澤は焦っていた。なんとしてでも次回作のために光莉を手に入れたがっていた。

しかし、それは本当だったのだろうか？　本当に彼の目的は、光莉を手に入れることだったのだろうか？

會澤が光莉を狙っていたのなら、光莉の存在を知った時点で攫えばよかったはずだ。現に数日前の倉庫では、會澤は強引に日向の体を担ぎ上げて走りだした。あんなことができるのなら、それ以前に光莉を誘拐することを躊躇う理由がよくわからない。

もちろん彼の企てた計画のもと、あの場で日向を一時的にせよ拉致することで、最終的に光莉を手に入れられると踏んだのかもしれない。

しかし、もし仮に二者択一を迫られた明臣があの場で日向を差し出していたとしても、その後光莉と日向を会わせ、その際に撮影すればいいという考え自体が、今思うと少々浅はかではないだろうか？　明臣が全力で光莉だけを守ると決めていれば、光莉との仲が壊れたとしても、その後二度と光莉と日向を会わせないという決断だって明臣は下せる立場だったのだ。

會澤は焦り、盲目の誰かをできるだけ早くそばに置かねばと望んでいた。そんな時にあんな悠長な提案ができるだろうか。日向が會澤に抱いていた印象は、スマートで、頭もキレる男だった。そんな賢い男がなぜ、あのような遠回しな提案をしなければならなかったのか――。

そう考えた瞬間、日向の脳内で火花が散った。

思い出したわけではない。脳の片隅で記憶していた微かな映像が、突如として光り輝いたのだ。

日向はすぐに明臣に連絡を入れた。幸い電話は繋がり、明臣はそれが隠されている場所を教えてくれた。

自宅に戻り、日向はそれを探した。自宅の隅々まで探した。

探し物があるとだけ告げると、光莉も協力すると言って、手探りでいろいろなところを探してくれた。

「ねえ、見つかるかな？」

「どうだろうな。けど、もし見つかったらさ……」

日向は手を止めて、後ろにいる光莉に告げる。

「もし、見つけたら……俺、行かなきゃいけないところがあるんだ」

光莉も、日向のすぐ後ろで手を止めたのがわかった。

「父さんみたいに言葉にして、伝えられるはずだから」

部屋の窓からは西日が差し込み、けれど、日向の前には光莉がいない。

「私ね、お兄ちゃんと二人きりになって、わかったことがあるの」

光莉の声はいつも、心地よく耳に届く。

「私はいつもこの家で誰かの帰りを待ってた。いつも寂しかった。早く帰ってこないかなって、お兄ちゃんが学校に行ってる間はね、本当にいつも思ってた」

「うん」

「でもね、この夏、毎日お兄ちゃんと一緒にいて気づいたの。一緒にいる時間があったから、寂しかったんだって。家族として一緒に暮らしてきたからこそ、あの寂しさは生まれたんだって。だからね、きっと……本当は寂しくなんかないんだよ。大好きな人が帰ってきてくれる。そう思えることは、本当は、幸せなことだったんだよ」

顔を上げると、背中に光莉の手が触れた。

「頑張れ、お兄ちゃん」

もう小さくはない光莉の手が、日向の背中をぐっと押し出してくれる。

「私はこの家で待ってるね。帰ってくるみんなに、おかえりって言えるように。それから、行ってきますって、私も言えるように」

自分の考えが正しいのかはまだわからない。しかし、その掌から伝わる温もりは、日向の想いを強くさせた。

強くなれたからこそ、ありがとうと、大好きだと、言葉にして伝えた。

限界を迎えた光莉を休ませ、日向はもう一度家の中を探した。
明臣は、今でもそれが自宅に保管してあると言ったのだ。しかし、もう一つ存在するものに関しては、以前ある人に渡してしまったと教えてくれた。
明臣の言葉どおり、一つは見つかり、もう一つは見つからなかった。本当に求めていた物のほうは、すでに人の手に渡ったのだろう。あれが目的ではなかったとすれば
――あの人はなぜ、あんなことを。

考えられる可能性が一つだけ、浮かんだ。

日向は自室に移動し、パソコンを操作した。編集ソフトを起動する。

同時に、ある一つのファイルが、どうしてこれまで目に入らなかったのか、簡単に見つかった。

そのファイルの中身を見た瞬間、その小さな背中が、瞼の裏に描かれた。

終章

おそらくは晴天の下、日傘をさした私の元に、その日差しは届かない。内側には花柄が広がっているんだよ。そう言って、赤く染まった頬を隠しもせずにこの日傘をプレゼントしてくれたあの人の顔も、触れた指先の温もりも、日に日に記憶から薄れていく。頭上を覆う傘地に描かれているという花の種類は、とうに忘れてしまった。

どれくらい色褪せ、どれくらい見窄《みすぼ》らしいものに変わっているのか。この先二度と得ることのできない視覚からの情報を、脳裡に描いた別世界で想像する。きっと紫陽花だ。きっと、温かかった。きっと——愛してくれていた。

公園の片隅にぽつんと置かれたベンチに腰かけて、私は待ち人を待っている。その間、何度も端末を操作し、言葉を聞いた。無機質な声が、画面に表示されているであろう言葉を読み上げる。繰り返し、繰り返し。脳内で、声は待ち人のものへと変換される。繰り返し、繰り返し、そのメッセージを聞き続ける。

私は日傘を閉じ、顔を上げた。真っ暗だ。何も見えない。けれど、皮膚が熱を吸収する。自分がどんな顔をしているのかもわからない。最後に見た自分の顔は若く、美しかった。自惚れるほど綺麗だった。あれから二十年近く経った今、私の顔はどれほど醜く変化しているのだろう。外見も、中身も、こんなにも醜くなった私を見て、あの子は果たして、受け入れてくれるだろうか。

太陽から届く熱を心地よくすら感じ始めていたその時、ぴたりと日差しがやんだ。もうそれだけで、誰かが日差しを遮ったのだとわかる。私の前に今、誰かがいる。

「七尾志乃さん、ですね」

その声を聞いた瞬間、私は認めた。かつて抱いた気持ちが今もまだ、はっきりとこの胸に残っていることを。

「……ええ、そうよ。けれど、よくわかったわね。私の写真はすべて処分してくださいって、あの人にはお願いしていたはずだけど」

言うと、その子は微かに笑った。

それすらも、私には――。

「前に一度だけこの場所でお会いしたことがあるので、もしかしたらと思って。けど、違うはずがないとも思っていました。あなたの顔には、千歳さんの面影があるから」

その名前を聞き、俯いた。私には、血の繋がった妹の面影があるのだという。嬉しいはずなのに、受け入れたくないと思う自分が今でも確かに存在した。

その子は私の隣に少しだけ距離を空け、腰かけたようだった。

何も感じないのだろうか。御坂公園。まだ二つにも満たない頃のあなたは、よくこの公園で遊んでいたのよ。あの人と砂場で遊ぶあなたを、私はここから眺めていたの。カメラを構えて、真っ暗な世界でも、必死にあなたの姿を思い描いて――。

「月嶋日向です。来てくれて、ありがとうございます。本当は父さんのパソコンからメールを送った時、もう届かないんじゃないかって不安でした。けど、よかった」

私は頷きだけを返した。声を聞いているだけで、胸が張り裂けそうだった。

「メールでも言ったんですけど、俺の話を、聞いてもらえますか?」

昨日メールを受け取った時には、まさか直接連絡がくるとは夢にも思わず、心躍った。話とはなんだろう。この子は私と離れ離れになったあと、どんな経験をしてきたのだろう。それが語られる瞬間を、私はずっと心待ちにしていた。

私が頷きを返すと、沈黙のあと、ようやく声が届いた。

「……父さんから昔の話を聞きました。全部、聞きました。そのあとになって、父さんのパソコンに届いたメールのことを思い出したんです。あの平仮名だけのメールは、視覚障がい者のための携帯端末を使って、あなたが送ったものだったんですよね」

想像していた内容とは異なっていたものの、私は「ええ」と曖昧な返事をする。

「以前俺の携帯にかかってきた無言電話のことも、同時に思い出しました。それと、俺の番号を知っているのは、初めて俺のために携帯電話を買ってくれた人以外には、ありえないことも」

風が吹く。心地いいはずなのに、寒気を感じた。

「最初にメールを送った時点でのあなたは、この場所で父さんと会い、何か話をする予定だったんじゃないですか？　けど、父さんはあの時、あなたに自分が自宅に帰っていないことを伝えていなかった。あなたは俺からの返信で初めて父さんの不在を知って、そしてこっそりと……俺に、会おうとした」

どうしてそんな話し方をするのだろう。私は平然を装おうとした。連絡を受けた際は喜びに震えた両手が、今は別の理由で震え始めていた。

「あの日、俺はこの御坂公園前であなたに声をかけました。本当に偶然だった。けど、もしかしたら白杖を持っていたあなたに、光莉の姿を重ねてしまったのかもしれません。……それもあなたの目論見どおりだったのかはわからないけど、結果的にあなたは俺と接触できた。でも、あそこに千歳さんがいたことはあなたにも予想外だった。だからあの時、あなたは掴んでいた俺の腕を離さざるを得なかった」

もしかすると、この子が今日ここに、私を呼んだのは――。

「光莉は、元気にしてる？」

私は動揺から、すでに知っていることを訊ねてしまう。

「はい。父さんが、溺愛してます」

「……そう、そうよね。あの子は、あの人の子供なんだから」

光莉をあの人に託したのは私の意思だった。私と同じく目の見えない我が子は、私一人の力では育てていくことが難しかった。どれくらい、あの子に謝っただろう。健康な体で産んであげられなかったことを、どれくらい。

この子は……日向は、どこまで気づいているのだろうか。

「父さんが入院していることも、それが千歳さんが誤って父さんを刺したからだということも、あなたは……知ってるんじゃないですか？　あの人に、聞いたから」

恐る恐る顔を上げる。日向の声がするほうへ、顔を向けた。

「會澤庸介に、聞いたから」

日向は今、私を見てくれているだろうか。その表情は、どんなものなのだろうか。

「……俺は昔、一本のフィルムを見ました。父さんが見ていたものを、隣に座って一緒に見ていました。当時の俺は、そこにもう一つ別のフィルムが置かれていることも知っていました。でも父さんは、そっちのフィルムだけは見なかったんです。……父さんの気持ちを知った今なら、父さんは過去に縋っていたんだとわかります。なぜなら、父さんが繰り返し見ていたあの映像は、あなたが撮影したものだったから。失明する前のあなたが、父さんと過ごした日々を、景色を、二人だけの思い出を、このカメラを使って撮影したものだったから」

そう言って、日向が私の手に何かを預けた。

懐かしい感触だった。驚くことに、私の両手は今も、預けられたカメラの構え方を覚えていた。

この場所で構えた。目が見えなくなっても、いつかまた見えるようになるのではと、わずかな希望に縋ってカメラを構えた。

「父さんがもう一本のフィルムに手を伸ばさなかった理由も考えました。事件の内容を聞いて、あなたの目が見えなくなったあとに起こったすべてのことを、父さんは悔いているんだとわかったんです。父さんは俺のために、過去を隠そうとした。だから父さんは一度もそのフィルムを見なかった。……だってそのフィルムには、あなたの目が見えなくなってから撮られた映像が収まっていたらしいから。俺は先日、そのフィルムの在り処を父さんに訊ねました。すべてを知った今だからこそ、俺はその中身を見てみたいと思った。……けど、それはすでに人の手に渡ったあとだったんです。

そう発覚した時に、そういえば以前、何者かが家に侵入していたことを思い出しました。俺は會澤の話を聞いたからこそ、あれも會澤が光莉を攫うために侵入していたのだとばかり考えていた。……けど、違う。理由が違う。光莉を攫うことだけが目的なら、家の中があんなにも荒らされていたのはおかしい。犯人が會澤だと仮定すれば、なぜ會澤は光莉が家にいない時を狙って侵入したのか。會澤の目的は光莉だったはずなのに――そう思った時、一つの考えが生まれたんです。すぐに父さんに連絡して、訊ねました。『俺にプレゼントしてくれたパソコンは、本当は誰からの贈り物だったのか』と」

――ああ、だめだ。

「父さんは、『それはお前の母親から託されたものだ』と言った。今思えば、もともと編集ソフトが入っていたりして、カメラに興味のない父さんがどうしてって、疑うべきだったんですよね。俺はいつも撮影した映像をパソコンに取り込んでいたから、ひょっとするとパソコンにあらかじめソフトが入っていたのは、以前このパソコンを使用した人が俺と同じような趣味を持っていたんじゃないかと思ったんです。プレゼントされたパソコンは中古のものだって父さんからも聞いてましたからね。だから、もしかしてと思って、試しに過去に取り込んだファイル一覧を呼び出してみました。……ありました。普段は決して覗かない、ソフト内の未処理フォルダの最奥に、古いファイルが一つだけ。俺は、そのファイルの中身を見ました。

そして、そのファイルに収まっていた映像が……會澤庸介の出世作である、あの作品そのものだと知ったんです」

愛おしいその声が、私の体と同じように震えていた。

この子はもう、全部全部、気づいてる。

「あなたは、父さんから受け取ったあのフィルムをかつて……會澤に譲ったんじゃないですか？　會澤はあなたの部屋に入った時にでも、あなたが隠し持っていたそのフィルムの存在に気づいた。目が見えなくなったあなたも、以前は映像を作りだすことが大好きだったんですよね。フィルムを見つけた會澤が絶賛したのは想像に容易い。だから、あなたがそれを會澤に託した理由も……なんとなくわかります。だって俺も、自分の作品が褒められたら……どんな形でも、やっぱり嬉しいから」

――日向。

「會澤はあなたの才能に惚れていて、手放すことを望まなかった。それでもあなたは一度、會澤の前から姿を消した。父さんから聞いたんですよね？　俺が本格的に映像制作に興味を持ち始めたって。自分を死んだことにしてほしいとまで父さんに伝えていたあなたは、何かの拍子に俺と會澤が繋がってしまい、自分の存在が俺に知られることはあってはならないと考えていた。ずっと、そう考えていた。でも……それは、本心じゃなかった。そしてこの夏、會澤との繋がりを完全には断っていなかったあなたは、彼からあることを聞いた。俺が、會澤が審査員を務めるコンクールに作品を応募してきたことを。

……きっと、その時。その時あなたは、今回の計画を思いついた。會澤の申し出を受け、今後も永遠に會澤の『目』となる代わりに、ある人物を、自分の元に呼び戻すことを。あくまでも表向きは會澤が目の見えない光莉を求めていると思わせながら、本当は別の人物を、永遠に自分の元に……取り戻す計画を。

おかしいとは思っていたんです。會澤があの時提示した二つの選択は、結果的に俺を差し出すしかないものだったから。……それに、父さんからもあなたが頑なに親権を譲ろうとしなかったことを聞きました。だからこんな俺でも、この考えに至ることができた」

——日向。

「そう考えると、全部繋がるんです。きっとあなたは、ふとした瞬間に思い出したんだ。父さんを通じて俺にプレゼントしてくれたパソコンの中に、かつてあのフィルムを取り込んだことがあったことを。その頃すでに目が見えなかったあなたには簡単なことじゃなかったと思います。それでも、あのパソコンには音声認識プログラムが入ってる。試しに昨日やってみました。編集はできなくても、音声認識で指定のソフトを起動できさえすれば、取り込み自体は可能でした。

あなたからフィルムのコピーがあるとだけ聞いた會澤は焦り、すぐにでもそれを消去しなければと考え、俺の家に侵入した。俺が万が一そのファイルを発見していたら、會澤は盗作疑惑ですべてを失う可能性があったから。家が荒らされていたのは、もともと実物のあるフィルムがデータに変換されているとは會澤には考えられなかったからでしょうね。會澤は、あなたが目が見えないことをよく知っているんだから。

それでも、目的のコピーが見つからなかった會澤は俺の部屋にあるパソコンの存在に気づいて、念の為、中を覗こうとした。でも、できなかった。パスワードの入力をミスして、ロックがかかったから。刻も早く正確なコピーの在り処を把握し、消去しなければと焦った會澤は、やむなく直近のパーティーに俺を招待することにした。時期を早めてでも計画を遂行すれば、予定よりも早く俺はあなたの元へ行くことになり、あなたと繋がっている會澤がパソコン内にコピーが存在するかを確認することも容易くなるから。そして、會澤は俺をパーティーへ招待するとあなたに告げ、あなたがそれを了承した結果、今がある。

これが、俺が想像したことのすべてです。きっとその景色は、あなただけが持つ暗闇で描いた……美しい世界だったんだ」

閉じずとも闇が広がる瞼の裏で、見たこともない幼い日向が笑っている。無垢な笑みを向け、砂場で一生懸命作った泥団子を私に手渡す。私の目には、日向が期待しているように映った。掌に置かれた泥団子はその瞬間、美味しそうなお団子に変わる。

躊躇なく、私はそれを口に運んだ。齧り、途端に日向が叫ぶ。おかあさん、たべちゃだめ。口内に広がった苦味とざらつきに、世界が暗転する。まだ幼い日向が父親から受け取ったのか、水筒の蓋に水をたっぷり入れて差し出してくれる。心の優しい子。日向。いつも、太陽の下にいる子。私が確かにこの子にだけ、与えた名前。

受け取った水を口に含もうとして、私の手は止まった。

一瞬、ほんの一瞬だけ、それを水だとは思えなかった。

これはひょっとして、泥水なんじゃないか。そんなことはありえないのに、日向を信じきれなかった私は自分自身に絶望した。信じてあげられなかった自分。そんな私はいつしか壊れ、それでも、それでも——。

「あなたのことを、愛しているの」

——おかあさん、お水だから。これ、お水だから——

「愛しているの。今でも、ずっと」

今でも思う。私の目が見えていれば、私が描いた景色はもっと早く現実のものになっていたのではないかと。

けれど、同時に思う。

私の目が見えていれば、この子はこの世に生を享けることがなかったのだと。

「愛しているの。だから……っ、だから、私は」

絶望の中、いつもそこには日向がいた。

妹の千歳が明臣の子を産んだと知り、一時的にせよ、その子をあたかも我が子であるかのように腕に抱かされた時には、二人に対して殺意すら覚えた。それでも攫われてしまった日向を取り戻すために、私は自らあの男の元へ出向いた。日向の父親が誰であろうと、日向は私に初めてできた子で、正真正銘私の子だ。許せなかった。

闇の中で、私は自分が城福を殺めたのだと知った。千歳と明臣の子は、すでに事切れたあとだった。

それなのに、誰もが私を受け入れた。受け入れようとした。千歳は姉の私に、子供の復讐を意図せず果たしてくれたことを感謝すらした。姉妹二人でいる時に、千歳はぽつりと、ありがとうと言葉を洩らした。

ふざけるな。そう、思った。

人の亭主に手を出した泥棒猫。そして亭主の明臣すらも、人を殺めた私を受け入れた。明臣の父も同様に、これは夢だとそう言って、誰もが私を受け入れた。

その中でたった一人、私を拒んだのが、日向だった。

日向は私の腕に抱かれた途端、泣きだした。あなたを救い、もう一度この腕に抱くために私はここまで来たのよ。手を、汚したのよ。心からそう伝えても、日向は一向に泣きやまなかった。

その時、自覚した。この子だけは私の罪を責めている。正しくないと伝えてくれている。私とともに生きる覚悟を、この子だけは持っている。私を本当に、愛してくれている。

親権を得ることができず、それでも私は日向に会いたかった。もう一度、今の私を叱ってほしかった。

光莉が生まれた時にまた、強く思った。この子には、血の繋がった明臣がいる。けれど日向には……やっぱり、私しかいないのだ。日向の親は私だけだ、と。

取り戻したかった。あの時のように、どんなことをしても。

日向は私を糾弾するかもしれない。けれどそれは、愛しているから。愛しているから、すべてを受け入れて、怒ってくれる。

――日向。

録音データがあることを會澤から告げられ、初めて脅された時ですら、私は公表してもかまわないと彼に告げた。その告発により、いつの日か日向とまた出会えるならそれでもかまわなかった。

會澤は私が牢獄に入るのをよしとせず、何か別の方法を考えているようだった。そして、日向の作品が届いたと會澤から聞かされたあの日、私はこの計画を思いつき、そのデータすらも明臣との交渉材料に使うように促した。

すべては、私のため。

私自身が考えた、私のための誘拐計画。

本当は、誘拐だなんて思っていない。日向は私の愛する息子なのだから。それでも私は今の自分の立場もわかっていた。まさか、日向本人に見破られるなんて。

けれどそれも、どこか、嬉しかった。

「もし……もし失敗してても、あなたは私が残したあのファイルの存在に気づくかもって、そう思ったの。取り込んだ映像は、わざと残しておいたのよ。それであなたが私のことを思い出して、会いにきてくれるんじゃないかって、期待してたわ。実際、そうなったのよね。だからあなたは今、ここにいる」

息を吸うと、鼻腔の奥がつんとした。この感覚は今でも覚えている。あの頃と同じように、瞼を開くと視界がぼやけている。そうであれば、本当にそうであれば、どれだけ、幸せだっただろう。

「……あの人には、言ったの？」

「……まだ、誰にも言ってません。父さんにも、千歳さんにも。光莉にも」

並んだ、三つの名前。私が手放した人たちの名前を、日向は一纏めにすることなく一人一人はっきりと口にした。父さん、千歳さん、光莉。日向の中で今もしっかりと生きている人たちの名前。それを聞いた時、この子はもう、私の見ることのできない世界へ旅立ってしまったのだと感じた。感じてしまった。

「……会いにきてくれて、ありがとう。あの人たちに話すかどうかは、あなたに任せるわ。それと……會澤のことも、もう心配しなくていい。あなたがすでに知っていることを私から伝えて、これまでどおり私が……それで、すべて収まるから」

　私はベンチから腰を上げた。受け取ったままになっていたカメラを日向へ返す。かつては私のものだった8ミリカメラ。それは今、しっかりとこの子が愛してくれている。それだけで……それだけで。

　手が、震えたままだった。

　たくさんの物を与えた。会えないこの子のためにと、私は一生懸命だった。いつか顔を合わせて話せる時がくるとしたら、それはすべて私からのプレゼントなのよと、自分の言葉で伝えるつもりだった。どれだけあなたを愛し、愛されたいと思っていたかを、たくさんたくさん伝えるはずだった。

　私の息子。生まれてから一度もその顔を見たことがない、私の子。

　顔は似ているだろうか。私と日向は似ているだろうか。心優しい子に育っているだろうか。友達の名前はなんというのだろう。初恋は、いつだったのだろう。成績はどうか。将来の夢は何回くらい変わったのだろう。日向……日向。聞きたい。あなたの話を、私はもっともっと、聞いていたい。

　閉じた日傘をもう一度開き、踵を返した。

　背中に視線を感じない。見られているのか、そうでないのかもわからない。それでも私は一歩、また一歩とあの子の元から遠ざかる。離れていく。

毎日のように歩いた道。公園内の遊具がどこにあるのかも私には手に取るようにわかるのに、わからないことが今もまだ、一つだけ。

コツッと、靴の先端に何かが当たった。砂場枠だと、すぐにわかった。

真っ暗だった世界が、記憶と想像の世界に変わる。幼い日向がまた、泥団子を作っていた。何度か手が触れたのか、頬に泥がついている。日向の足元には、二つ、まん丸とした泥団子。ようやく完成した三つ目の泥団子をその隣へ並べると、日向は満足そうに微笑んだ。

――おかあさん、たくさんたべて、はやく病気をなおしてね――

消えていく。想像が、消えていく。

――おかあさん――

泥団子を持ったあの子が、今の私のすぐそばを駆けていく。私が腰かけていたベンチに向かって、走っていく。そこにいる、かつての私のために、一生懸命に。

もう、振り返ることは許されない。

私は上を向いた。日傘が日差しを遮って、私にはもう、何も届かない。

「――母さん」

声がした。愛おしい、声だった。

かつてのあの子の残像を追うように、私は振り返ってしまった。見えないのに。何も見えないのに。そこにはしっかりと、成長した日向が立っていた。

ゆっくりと、あの子が私の元に歩み寄ってくる。見てはいけないのに、見えてはいけないのに。私はもう、あなたの姿を見る権利なんて、持ってはいないのに。

「……母さんになら、かまわないって、思ったんだ」

なんのことかわからなかった。それでもそこに、日向がいる。確かにそこにいて、はっきりと、私のことを呼んでくれる。

「ちょうど、昼時だから」

――日向。

「よかったら一緒に、昼ごはんでも、どうですか」

――ああ、だめだ。

「……日向――」

――今のあなたが食べたい物は何？

――好き嫌いはあるの？

――私のことを、恨んで、ないの？

――私と。

――私と一緒なんて、嫌じゃ、ないの？

訊きたいことはたくさんあった。離れ離れになってから今日までの間に、たくさんたくさん、知りたいことが生まれていた。普通の親子なら当たり前のように知っていることを、訊きたいのに。聞いて、笑っていたいのに。

それに、私は知っていた。日向の作品があれほど早く會澤の目に留まったのは、何人もの選考者が逸早く興味を持ち、審査員全員に勧めたからだということも。

話したいのに、伝えたいのに。

伝え、ともにその喜びを分かち合うことを望むのに。

声だけは、出るのに。

今は何も、言葉だけが、出てこない。

（了）

文芸社文庫NEO

私のための誘拐計画

二〇二二年十一月十五日　初版第一刷発行

著　者　西奏楽悠
発行者　瓜谷綱延
発行所　株式会社　文芸社
〒一六〇－〇〇二二
東京都新宿区新宿一－一〇－一
電話　〇三－五三六九－三〇六〇（代表）
〇三－五三六九－二二九九（販売）

印刷所　株式会社暁印刷

ISBN978-4-286-24047-3

［文芸社文庫ＮＥＯ　既刊本］

佐木呉羽

神様とゆびきり

幼い頃から神様が見える真那は、神様に守られながら成長した。高校一のイケメンから告白されたことで、女子たちから恨みを買う。すると体に異変が…。時を超えたご縁を描く恋愛ファンタジー。

新馬場新

月曜日が、死んだ。

ある朝、カレンダーから月曜日が消えていた。薄れていく記憶、おかしな宗教団体、元カノの存在。月曜日の悲しみに気づき、元の世界を取り戻せるのか。第3回文芸社文庫ＮＥＯ小説大賞大賞受賞作。

田中ヒロマサ

横浜青葉高校演劇部　コント師になる!?

廃部寸前の演劇部部長に、お笑い賞レース出場の話が舞い込む。中学時代からの個性的な仲間たちと共に同じ目標を掲げた時、止まっていた時計が動き出す。5分の笑いにすべてをかける青春物語。

吉川結衣

あかね色の空に夢をみる

同級生の突然の死を受け入れられず、次への一歩を踏み出せない高校生の葛藤を描く。17歳にして鮮烈なデビューを飾った第1回文芸社文庫ＮＥＯ小説大賞大賞受賞作。「その後の物語」も収録。